M

Mercedes Ron

Ébano

ellas.
montena

Papel certificado por el Forest Stewardship Council®

MIXTO
Papel procedente de
fuentes responsables
FSC
www.fsc.org FSC® C117695

Penguin
Random House
Grupo Editorial

Primera edición: octubre de 2019
Décima reimpresión: enero de 2022

© 2019, Mercedes Ron
© 2019, Penguin Random House Grupo Editorial, S. A. U.
Travessera de Gràcia, 47-49. 08021 Barcelona

Printed in Spain – Impreso en España

ISBN: 978-84-17671-72-3
Depósito legal: B-17.517-2019

Compuesto en Compaginem Llibres, S. L.

Impreso en Black Print CPI Ibérica
Sant Andreu de la Barca (Barcelona)

GT 7 1 7 2 A

A mis #CULPABLES,
por apoyarme desde el principio, por creer
en mí cuando nadie lo hacía y, sobre todo,
por seguir a mi lado desde entonces.
¡Os quiero!

Prólogo

Temblando cogí la pistola que Marcus me tendía. Lo sabía todo sobre ella: cómo cargarla, cómo desarmarla, el nombre exacto de cada parte que la conformaba..., pero nunca la había entendido como la entendí en los minutos que siguieron a aquel momento.

Y todo porque él nunca debió estar allí.

Nos habían engañado y ahora... Ahora todo estaba a punto de irse a la mierda.

Le había dicho a Sebastian que estaba lista para morir, que no me importaba perder la vida si al hacerlo conseguíamos nuestro objetivo, que me daba igual morir por una buena causa, pero ahora que tenía el arma delante... Me sorprendió no temer tanto por mí, sino por él...

—Vamos a jugar a un juego, ¿os parece? —dijo Marcus, sonriendo de aquella manera infantil que me provocaba escalofríos.

Mis ojos se apartaron del arma y subieron hasta encontrarse con los de Sebastian.

Todavía no entendía cómo demonios había conseguido llegar hasta allí, aunque las heridas en su rostro y en su abdomen dejaban claro que había tenido que pasar por un infierno hasta encontrarme.

¿Por qué me sorprendía? Me había dicho que lo haría..., que, si las cosas se desmadraban, entraría en persona a sacarme de allí.

Y lo había hecho.

—¿Quién quiere empezar? —dijo Marcus, cogiendo la pistola de entre mis dedos y colocándola en el centro de la mesa. La giró con un movimiento seco y, cuando el arma se detuvo, su sonrisa se agrandó hasta ocuparle toda la cara—. ¿Las damas primero?

Negué con la cabeza.

—Por favor... —le supliqué con la voz rota.

—Hazlo o seré yo quien le pegue un tiro, y no será directamente en la cabeza, no; sino que empezaré por una pierna, luego otra, luego en las costillas y en cualquier parte que se me antoje hasta que me supliques a gritos que lo mate deprisa.

Conteniendo las lágrimas, cogí la pistola de la mesa y la levanté con manos temblorosas.

—A la cuenta de tres... ¿de acuerdo?

Nuestras miradas se encontraron... La mía estaba horrorizada; la de él, calmada como el océano en un día de verano.

—Uno —dijo aquel cabrón hijo de puta.

Sebastian asintió dándome ánimos.

—Dos.

—No puedo... —dije llorando, mientras bajaba la pistola.

Pero Marcus me levantó el brazo con fuerza. Me apretujó los dedos y me obligó a apuntarle a la cabeza a la persona de la que estaba enamorada.

—Hazlo, elefante...

Negué con vehemencia y los dedos de Marcus me hicieron daño al apretarse con más fuerza contra el hierro del arma de fuego.

—Tres.

El estruendo del disparo me hizo cerrar los ojos y gritar.

1

MARFIL

¿Alguna vez habéis tenido una pesadilla y muy en el fondo de vuestra mente habéis sabido que todo lo que estaba ocurriendo a vuestro alrededor era un sueño, que no era real?

Así era exactamente cómo me sentía. Mientras esperaba a que el avión que me llevaba al infierno aterrizase por fin, mi cerebro intentaba con todas sus fuerzas despertarme de una vez, pero mi mente se estaba tomando su tiempo...

Me pellizqué con fuerza hasta casi hacerme daño. Mis ojos miraron fijamente la marca roja que había dejado en la piel blanquecina de mi brazo y mis ojos volvieron a inundarse de lágrimas; más que ayudarme a desahogarme, lo único que hacían era llenar de agua el pozo donde me habían metido.

Si tres meses antes alguien me hubiese dicho que mi padre era traficante, me habría reído en su cara. Si tres meses antes alguien me hubiese dicho que iban a intentar matarme no una, sino tres veces, habría buscado la cámara oculta. Pero si tres meses antes alguien me hubiese dicho que iba a enamorarme..., lo habría escuchado con atención. Eso sí era algo que quería, que esperaba desde hacía años, pero nunca me hubiese creído que iba a enamorarme de un delincuente.

Delante de mí pude ver a Sebastian, que me había estado mirando desde la distancia mientras subía al avión privado de Marcus Kozel. Una parte de mí esperaba que Sebastian acabase con todo aquello, que fuese una trampa y que en cualquier momento me rescatase para meterme en el coche y llevarme lejos de aquella locura. Pero no lo hizo.

Me permití mirarlo una última vez antes de entrar en el avión.

Serio, como siempre, me miró desde donde estaba como si nada de todo aquello fuese con él. ¿Cómo podía ser tan hermético? ¿Cómo demonios podía entregarme a mi peor enemigo y seguir con su vida?

No quise darle muchas más vueltas.

Sebastian Moore, al igual que el resto de los hombres en mi familia, estaba muerto para mí.

En el avión, aparte de la tripulación, había dos hombres enchaquetados que supuse que serían mis guardaespaldas a partir de entonces. Ninguno quiso darme muchas explicaciones sobre cuáles habían sido las órdenes de Marcus, y yo, estando como estaba, tampoco quise insistir demasiado.

Dos SUV de color negro nos esperaban nada más aterrizar. Tardamos unas cinco horas en llegar y, en cuanto bajamos, comprendí que lo que había ocurrido hacía dos noches había sido tan serio como había imaginado. Uno de los guardaespaldas que esperaba a que bajara del avión se me acercó para presentarse como el jefe de seguridad de Marcus Kozel.

—Bienvenida a Miami, señorita Cortés —dijo mientras se quitaba las gafas de sol negras y me tendía la mano.

Se la estreché sin mucho entusiasmo y observé a mi alrededor, a la vez que el calor seco creaba una capa fina de sudor en mi frente.

—El señor Kozel no llegará hasta esta noche, nos ha pedido que la llevemos directamente a casa.

Me hirvió la sangre al oírlo hablar de Marcus como si fuera mi jefe, como si yo fuera suya y pudiera ordenar cuándo y adónde debían llevarme.

No dije nada, simplemente subí a la parte trasera del todoterreno y empecé a idear algún plan para escaparme. Tenía miedo, no quería ver a Marcus y solo con imaginar que volvíamos a estar a solas me ponía a temblar.

Iba a tener que ser fuerte. Mi padre no me dejaría allí mucho tiempo, vendría a buscarme, me llevaría a casa y allí solucionaríamos el tema de las personas que intentaban matarme, ¿verdad?

Aunque pensar en volver a esa casa con la persona que me había mentido desde que nací, con un delincuente que seguramente había sido el responsable de la muerte de mi madre..., hizo que se me revolviera el estómago.

«Respira hondo, Marfil...», pensé.

El trayecto hasta el puerto duró unos veinticinco minutos. Allí nos subimos a un barco pequeño, pero muy elegante y tardamos veinte minutos más hasta llegar a Fisher Island.

Yo nunca había estado en Miami; en verano me quedaba en casa o me iba a pasar unos días a Los Hamptons con amigos, pero tenía que admitir que era un lugar precioso. El cielo era de un increíble color azul claro, sin ninguna nube que se interpusiera entre el sol y la gente que deseaba pasar unas buenas vacaciones. Había palmeras por todas partes y, miraras donde miraras, veías cochazos.

La opulencia nunca me había llamado la atención, pero cuando llegamos a aquella isla no pude evitar asombrarme y mirar maravillada el lugar donde mi enemigo más acérrimo tenía su mansión.

No tuvimos que volver a coger el coche porque la lancha nos llevó directamente al puerto privado que Marcus ostentaba con orgullo. Allí, aparcados ante la mansión, había un impresionante catamarán, un yate, dos lanchas pequeñas y tres motos acuáticas.

Estaba claro que no se aburría.

Un hombre trajeado se acercó al barco para ofrecerme la mano y ayudarme a bajar. Tendría unos cuarenta años e iba vestido de punta en blanco. Se presentó como Lionel, el mayordomo.

¿Mayordomo?

¿Se seguía utilizando esa palabra?

La mansión, blanca y con el tejado anaranjado, era impresionante. Tan grande que no entendí la necesidad de tener una casa así, si solo vivía él en ella... o a lo mejor estaba mal informada y tenía un séquito de mujeres y niños correteando por allí. No me hubiera extrañado encontrarme con un harén escondido en las profundidades de aquella mansión. En realidad, me esperaba cualquier cosa de alguien tan repugnante como él.

El jardín, extremadamente bien cuidado, colindaba casi con la orilla del mar, lo que daba a la casa el aspecto de una isla privada individual.

Desde el pequeño puerto se veía la piscina, gigantesca y cuadrada, cubierta por un impresionante porche blanco con columnas de una altura casi insultante.

Estaba claro que era la casa de un traficante.

Por muy bonito que fuera todo, no quise ni detenerme en los detalles.

No me importaba, quería irme de allí.

—Señorita Cortés, Naty, la cocinera, le ha preparado el almuerzo y tiene su habitación lista para descansar, si lo desea.

—No tengo hambre —contesté seca, al tiempo que entrábamos en la casa por la puerta trasera, la que daba al jardín que acabábamos de cruzar.

En el interior, todo relucía: el suelo de parqué, las paredes blancas, los muebles grises... Todo era como de catálogo.

—¿Quiere que le enseñe la casa, señorita? —me preguntó Lionel.

—Estoy cansada, en otra ocasión.

No se me escapaba lo fría que era con él, pero no quería hablar ni relacionarme con nada ni nadie que tuviese algo que ver con ese hombre.

Lionel me llevó hasta mi habitación, que estaba en la segunda planta; subimos por una escalera cuya balaustrada parecía tallada a mano. Unos cuantos pasillos, unas cuantas puertas que dejamos atrás, y Lionel abrió la que daba a mi habitación.

Tenía unas vistas increíbles al océano y al jardín. Desde allí podía ver la lancha con la que habíamos llegado, así como los guardaespaldas que controlaban el perímetro.

No solo estaban mis dos guardaespaldas, sino que mirara donde mirara había alguien vigilando.

Me estremecí. Me sentí encerrada, acorralada.

—La dejo para que se instale —dijo Lionel con calma—. Cualquier cosa que necesite, puede comunicarse por aquel interfono de allí —añadió, señalándome un aparato que había junto a la inmensa cama con dosel.

Asentí en silencio y me dejó sola.

Lo primero que hice fue sacar mi teléfono móvil y buscar el número de Liam. Necesitaba saber cómo estaba Tami. Necesitaba saber qué tal había ido la operación después de que le dispararan por mi culpa...

Dudé unos segundos antes de llamar.

¿Qué iba a decirle?

Me senté en la cama y miré hacia el suelo azul celeste.

¿Cómo podía contarle a mi mejor amigo que mi padre era un delincuente, que el disparo que había sufrido Tami iba dirigido a mí, que si estaban conmigo corrían un peligro terrible?

Dejé el teléfono y miré a mi alrededor.

Por muy bonito que fuese aquello, me sentí como si me hubiesen llevado a una mazmorra. No había escapatoria, no podría escaparme de esa casa ni aunque contase con ayuda..., cosa que no tenía.

Tendría que permanecer allí hasta que las cosas se solucionaran, hasta que Marcus y mi padre consiguiesen acabar con la amenaza que pendía sobre mi cabeza... Y mientras tanto yo iba a tener que cuidarme sola.

Porque estaba segura de que lo que Marcus me había hecho era una simple caricia comparado con lo que podría llegar a hacerme. Sin poder evitarlo, la mente se me fue a Sebastian, la manera en la que me había besado y acariciado la noche anterior, casi me hizo el amor... Recordé su forma de detenerse, de explicarme su pasado, su oscuro secreto... Todo antes de llevarme en contra de mi voluntad al aeropuerto para dejarme en manos de Marcus.

Me sentía muy triste, pero no era una tristeza normal, sino una sensación que nunca había tenido antes. Sentía que algo amenazaba con llevarse todo lo que me definía: era como si me hubiesen metido en el cuerpo de otra persona, en la vida de alguien ajeno a mí misma. Me miré en el espejo de cuerpo entero de la habitación y no me reconocí. Pero lo peor era que no era mi casa, ni mi familia ni siquiera mis amigos lo que más añoraba... sino a él.

Se me hacía muy raro no verlo a mi alrededor, no escucharle decirme lo que podía hacer. Echaba de menos hasta su mirada crítica, sus ojos decepcionados cada vez que metía la pata. Me dio miedo pensar que Sebastian se había convertido en eso... en mi hogar.

Me había dicho que me quería, se había enamorado de mí... Y ahora estaba en esa mansión del infierno.

Dentro de mí, algo se removió y, furiosa, sin llegar a pensar lo que hacía, cogí el teléfono y lo tiré con todas mis fuerzas contra el enorme espejo que tenía delante.

El cristal se hizo añicos y los trozos cayeron sobre el parqué, devolviéndome una imagen de mí misma completamente rota... destrozada.

«¿Por qué me has hecho esto, Sebastian?»

Me hice un ovillo encima de la cama y cerré los ojos con fuerza.

Debí de quedarme dormida porque, al abrir los ojos, apenas entraba claridad por la ventana. Me incorporé, agarrotada por haber estado en una posición muy incómoda, y busqué el interruptor de la luz con la mirada.

Casi me da un infarto cuando vi que allí sentado, apenas iluminado por la luz del atardecer, estaba Marcus, observándome con calma, los brazos apoyados en sus rodillas y la barbilla en sus manos entrelazadas.

—No era mi intención asustarte —dijo sin moverse ni cambiar de postura.

Mi mano estaba sobre mi corazón que latía enloquecido, no solo por la sorpresa, sino también por el miedo.

—¿Qué haces aquí?

Ahí sí que se movió, apoyó la espalda contra el pequeño sofá y me sonrió.

—Estás muy hermosa cuando duermes...

Fue tan espeluznante oírle decir eso que casi me entraron ganas de vomitar.

—Sal de mi habitación.

Marcus se puso de pie y se acercó sin perder la sonrisa de sus labios.

—Sé que estás muy cansada... y que los acontecimientos de las últimas horas seguramente te tengan aterrorizada, pero no puedes hablarme así en mi casa. ¿De acuerdo, princesa?

Giré el rostro cuando fue a tocarme la mejilla, pero me cogió el mentón y me obligó a mirarlo directamente.

—Aunque no lo creas, estás aquí porque me importas —añadió acariciándome la mejilla una y otra vez. Quise apartarlo de un manotazo, pero algo me dijo que era mejor quedarme quieta—. Mientras estés aquí no te pasará nada malo, te lo prometo.

Al ver que me quedaba callada, volvió a sonreír y se apartó.

Se giró hacia el espejo, que estaba completamente destrozado; el suelo estaba lleno de cristales.

—Diré que vengan a limpiar este desastre y que te pongan un espejo nuevo mañana por la mañana —dijo muy tranquilo, como si encontrarse cosas rotas fuese lo más normal del mundo.

—No hace... —empecé, pero me interrumpió.

—Te espero dentro de media hora para cenar —anunció en un tono muy alegre—. Ponte algo bonito, la cena es un momento especial para mí. Odio pensar que la gente ya no se reúne ni respeta las etiquetas básicas.

—No tengo hambre —repuse muy seria.

—Tienes que comer, Marfil —dijo alejándose hacia la puerta—. No me hagas venir a buscarte —agregó deteniéndose.

Dicho esto, cerró la puerta tras de sí y yo corrí para asegurarme de que quedaba completamente cerrada. No había ni cerradura ni pestillo... nada.

Cualquiera podía entrar cuando quisiese y eso me dejó congelada de miedo.

Respiré hondo e intenté tranquilizarme. Iba a tener que convivir con él, lo cual no era ninguna novedad, pero verlo me había traído de vuelta todos los recuerdos, sus manos tocándome sin mi permiso, su mano lastimándome los dedos... Sus amenazas...

«Haz todo lo que él te diga.»

La voz de Sebastian se materializó en mi cabeza como si lo tuviese ahí al lado, conmigo, y algo en mi interior se tranquilizó un poco.

«Paso a paso, Marfil... Solo quiere que cenes con él.»

Me di una ducha y me sequé el pelo con el secador que había en el cuarto de baño. Mis pensamientos volvieron irremediablemente a Tami en el suelo, sangrando... No me lo podía quitar de la cabeza. Miré a mi alrededor con intención de llamar a Liam para saber cómo estaba recuperándose y también para pedirle que se hiciese cargo de mi perro Rico hasta que volviese, pero entonces comprendí que el teléfono estaba roto. Lo encontré en la otra punta de la habitación, había rebotado y tenía la pantalla completamente destrozada.

—Mierda —dije en voz alta.

Acababa de romper lo único que podía conectarme con las personas que quería.

Maldije entre dientes y me metí en el vestidor que había de camino al baño.

Había bastante ropa, no tenía idea de quién había mandado comprarla, pero tampoco quise darle muchas vueltas. Busqué entre la marea de vestidos y faldas, y no encontré ningún pantalón... ni siquiera unos vaqueros.

¿Era broma?

Maldiciendo en mi fuero interno, cogí un vestido suelto, uno de los pocos vestidos sencillos que había, y me lo pasé por la cabeza.

Al buscar los zapatos vi que lo único que había eran tacones o sandalias altas.

«Este tío es gilipollas.»

Molesta al comprender que no tenía nada que fuera mío ni nada que me gustase remotamente un poco, decidí bajar descalza.

¿Era una declaración de principios?

Sí, lo era.

Bajé las escaleras, mientras a lo lejos se oía una música que me resultaba familiar.

No recordaba muy bien dónde estaba el salón, pero no me hizo falta dar muchas vueltas. Una de las criadas me esperaba al final de las escaleras y me indicó el camino hacia donde Marcus me esperaba.

En el salón había una larga mesa de roble, con sillas de gamuza muy bonitas de color blanco, a juego con las cortinas. Había detalles en verde aquí y allá, al igual que algunos animales colgados de las paredes. Sabía que Marcus también amaba la caza, había salido con mi padre en más de una ocasión según me había contado él, y eso me dio otro motivo para aborrecerlo un poco más.

Estaba hablando por teléfono cuando me vio entrar. Sus ojos recorrieron mi cuerpo hasta llegar a mis pies.

En contra de lo que esperaba, una sonrisa se formó en su atractivo rostro.

—Tengo que dejarte —dijo a quien estaba al otro lado del teléfono sin apenas esperar respuesta.

Se lo guardó en el bolsillo y señaló las sillas que había junto a la mesa que nos habían preparado para que cenáramos solos.

Noté que un malestar general me recorría el cuerpo.

—Toma asiento, por favor —dijo, indicándome que me acercara.

Me ayudó con la silla y me senté preguntándome cómo demonios iba a controlar mis impulsos, a controlar las ganas terribles que tenía de coger el cuchillo que reposaba filoso frente a mí y clavárselo en un ojo.

—Estás preciosa —aseguró mientras tomaba asiento a mi lado, presidiendo la mesa.

—Me gustaría traer mis cosas...

—No te preocupes, puedes comprarte lo que quieras aquí —me interrumpió descorchando una botella—. ¿Vino?

—Prefiero agua —contesté seca.

—Vamos, no seas niña —repuso, y me sirvió el líquido colorado a pesar de mi negativa.

Entraron dos criadas con la comida. Nos sirvieron y dejaron las bandejas en el centro de la mesa por si queríamos repetir.

Al ver los espárragos a la plancha y el filete de ternera se me revolvió el estómago.

—Come —ordenó unos minutos después, porque lo único que hacía era dar vueltas a los espárragos con el tenedor.

Suspiré y pinché un trozo de carne.

—Sé que ahora mismo me odias —dijo en un tono muy calmado.

Levanté la mirada del plato y la fijé en él, que se llevó la copa a los labios.

—No es algo que me preocupe demasiado, he de admitir —continuó mientras cortaba un trozo de carne—, pero, si me dejas, puedo hacer que tu estancia aquí sea algo que puedas disfrutar, Marfil —añadió, alargando el brazo y cogiéndome la mano.

Me tensé, a punto de pegar un tirón fuerte, pero me contuve.

Sus dedos recorrieron con suavidad los mismos dedos que me había doblado aquella mañana hacía un mes.

El miedo a que volviera a hacerme daño me nubló los sentidos.

—Siento mucho lo que te hice aquel día —dijo, acariciándome con una suavidad que se me hacía difícil de digerir—. Como habrás podido comprobar, soy un hombre de carácter fuerte. A veces pierdo los papeles, pero nunca fue mi intención hacerte daño... Todo lo contrario —aseguró, apretándome la mano con firmeza, obligándome a mirarlo—. Deseo protegerte, Marfil... Deseo matar a quienes intentan matarte a ti y ten por seguro que lo haré dentro de muy poco.

Tiré de mi mano y me soltó.

—No quiero saber nada de lo que quieras o vayas a hacer —dije muy seria—. Si estoy aquí es porque no me queda otra opción, ni siquiera he podido hablar con mi padre. Por lo que a mí respecta, podrías haberme secuestrado.

Marcus dio un trago largo al vino y luego depositó con cuidado la copa en la mesa. Se pasó la mano por la boca y volvió a sonreír, aunque esta vez la alegría no le llegó a los ojos, que me miraron con algo oscuro que me dejó quieta en el lugar.

—Llama a tu padre —dijo—. Ahora —aclaró.

Parpadeé confusa unos instantes.

—No tengo teléfono.

Marcus suspiró y sacó su teléfono móvil del bolsillo y me lo dio después de desbloquearlo.

Cuando lo cogí, vi que el fondo de pantalla era una imagen mía, de cuando me había dormido hacía unas horas.

—No pude resistirme —admitió sin una pizca de arrepentimiento.

¿No se daba cuenta de lo escalofriante que era todo aquello?

—Llama.

Busqué en la agenda y encontré el contacto de Alejandro Cortés.

El teléfono sonó dos veces antes de que contestara.

—¿Qué tal, Marcus?

Me puse de pie.

—¿Papá? Papá, soy yo —dije, alejándome de Marcus hacia la ventana, sin poder evitar que las lágrimas se deslizaran por mis mejillas. Por primera vez en mi vida me alegré de oír su voz, por primera vez en mi vida lo necesité. Daba igual lo que me hubiera dicho Sebastian de él, en aquel momento cualquier cosa que no fuera estar delante de ese hombre horrible me producía una calma que necesitaba con urgencia.

—¿Por qué llamas desde el móvil de Marcus? —preguntó alarmado—. ¿Le ha pasado algo?

Respiré hondo para que no se diera cuenta de que estaba llorando.

—No, papá, él me lo ha dado... Por favor, papá. Por favor, ven a buscarme.

—¿Que vaya a buscarte? —exclamó, indignado—. Marfil, han matado a casi todos tus guardaespaldas. Han intentado asesinarte en un lugar público. ¿Tienes idea del peligro que supone estar contigo en este momento?

Me quedé con las palabras atascadas en la garganta.

—Pero... ¿Cuánto tiempo voy a tener que estar aquí?

—El que haga falta —me dijo sin rodeos—. Ahora mismo Marcus puede proporcionarte una protección que yo no puedo; mientras estés en peligro te quedarás ahí.

Tomé aire y miré por la ventana. Fuera era de noche.

—¿Y qué pasa con la facultad? —pregunté—. Tengo los exámenes finales dentro de nada y...

—Marfil, no tengo tiempo para tus caprichos. Tus exámenes son lo último que me preocupa ahora mismo. Compórtate con Marcus, te lo digo muy en serio. Ese hombre nos está dando más de lo que yo podría pagar jamás...

Me dio tanta rabia notar que le daba igual cómo me sentía yo... Su falta de interés dejaba claro el tipo de hombre que era.

—Ya hablaremos —agregó antes de colgar.

Miré la pantalla del móvil y me sentí más sola que nunca.

Cuando regresé a la mesa, la mirada de Marcus me sorprendió.

—No estás aquí por un capricho mío —dijo mirándome a los ojos—. Estás aquí porque es donde tienes que estar.

Si estar con un asesino era ahora mi lugar..., ¿en qué me convertía eso a mí? ¿Se me consideraría una delincuente por juntarme con él? ¿Tendría problemas en el futuro si esto llegaba a salir a la luz más adelante? Miré a Marcus de reojo y empecé a darme cuenta de la realidad en la que vivía: una realidad aterradora.

2

MARFIL

A la mañana siguiente, cuando bajé, con un vestido de flores rosas y blancas y otra vez sin zapatos, Marcus desayunaba distraídamente en la mesa del salón. Odio admitir que era muy guapo. Iba vestido con unos pantalones negros y una camisa de rayas blanca y celeste, sin corbata. Su aspecto era como el de aquellos animales coloridos que utilizan su hermosura para atraer a sus presas. ¿Cuántas chicas habrían caído rendidas a sus pies y luego habían descubierto que era el más peligroso de todos? Cuando me vio aparecer, me indicó con la mano que me sentara enfrente de él.

—¿Qué deseas desayunar? —me preguntó, deteniendo su mirada en mis ojos hinchados. Me hubiese maquillado, pero no tenía nada con que hacerlo.

—Un vaso de leche con miel —contesté evitando su mirada.

—¿Y para comer?

—No tengo hambre.

—Anoche apenas tocaste la comida, Marfil.

No dije nada y él se giró hacia Lionel, que aguardaba como una estatua junto a la puerta, a la espera de recibir órdenes.

—Dile a Naty que le prepare unos huevos revueltos.

—No qu...

—Vas a comer —me cortó en un tono que me hizo estremecer. Apreté los labios con fuerza.

—Veo por tus pies descalzos que o no te gustan los zapatos que hay en tu armario o tienes tendencia a ir descalza a todas partes —dijo al rato, cuando se dio cuenta de que no pensaba decir nada.

—Prefiero usar unas zapatillas cómodas, sobre todo para estar en casa.

Marcus me observó unos instantes y luego se llevó la taza a los labios.

—Dime qué quieres que te compre y lo haré.

Me chocó ese gesto por su parte, no lo esperaba. Pero en vez de sentirme agradecida, me molestó darme cuenta de que me hacía sentir como que era su juguete, una muñeca a la que pondría vestidos bonitos y tendría encerrada en su casa para contemplarla durante horas.

—No quiero que me compres nada, quiero mis cosas.

—Mandaré a alguien a tu piso para que recoja lo que necesites.

¿Por qué demonios se mostraba tan amable?

Ese Marcus me daba aún más miedo que el que me había lastimado, porque no sabía cuándo podía dejar de sonreír y sacar los dientes para atacarme.

¿Lo hacía para que bajara la guardia?

—Gracias... —dije, odiando el sabor de esa palabra en mis labios, sobre todo si iba dirigida a él.

—¿Necesitas algo más?

«¿Recuperar mi vida, por ejemplo? ¿Que te encierren en un calabozo hasta el final de tus días?»

Pero, ironías aparte, lamentablemente sí que necesitaba algo con urgencia.

—Tengo un perro... Se llama Rico y no sé nada de él desde que intentaron matarme en la fiesta.

—¿Quieres que alguien lo traiga aquí?

—Me gustaría mucho —contesté esperanzada.

Tener a Rico me alegraría el día, me haría compañía; no me sentiría tan sola ni tan asustada. La idea de tenerlo conmigo, abrazarlo, sacarlo a pasear... Le encantaría correr por la playa, meterse en el mar...

Por fin, desde que había llegado, sentí algo de esperanza.

Marcus se fijó en mi semblante, en cómo seguramente se me acababa de iluminar la cara... y, cómo no, se aprovechó de aquella situación.

—Haré que lo traigan... pero con una condición —dijo dejando la taza vacía sobre la mesa e inclinándose.

Sabía que ese favor vendría acompañado de algún truco.

—¿Qué quieres?

—Una tregua.

Respiré hondo para intentar controlar mis pensamientos.

—Si aceptas, haré que tu estancia aquí sea algo agradable, te lo prometo, pero a cambio tendrás que pasar cierto tiempo conmigo. Cenarás en el salón todas las noches y te pondrás la ropa que con tanto gusto mandé comprar para ti; a cambio podrás ponerte lo que quieras durante el día, como si vas descalza a todas partes, no me importa, pero las noches son para mí.

Tener a Rico a cambio de cenar con él todas las noches... Para ser sincera, nunca creí que existiese otra opción, por lo que no era un mal trato... Pero eso no podía convertirme en un objeto, en su objeto. Mi corazón se encogió al pensar en Rico, pero tomé aire y contesté:

—No seré tuya ni durante el día ni durante la noche.

Marcus no pareció sorprendido con mi respuesta, es más, parecía que estaba esperándola.

—Lo serás... y antes de lo que crees —dijo muy seguro de sí mismo—. Ahora come —añadió casi sin pestañear.

Me comí los huevos a regañadientes, apenas me entraba nada. Cuando terminó de desayunar, dio un último sorbo al café y luego se puso de pie.

—Quiero verte en mi despacho dentro de media hora.

No esperó respuesta.

Se alejó de mí y salió por la puerta de la cocina.

Me quedé mirando el plato de huevos, aún quedaba la mitad, pero después de saber que iba a tener que encontrármelo a solas, el estómago se me terminó por cerrar del todo.

El despacho de Marcus estaba en la segunda planta. La puerta daba al rellano de las escaleras y desde allí, un ventanal gigante dejaba ver el jardín trasero y las bonitas vistas.

Me molestaba que fuese un lugar tan agradable cuando yo quería odiar todo aquello que le perteneciera.

Llamé antes de entrar y me indicó que pasara. Estaba sentado frente a una mesa de madera clara, a la izquierda había un juego de sofás blancos con una mesa en medio, y al otro lado, una biblioteca impresionante. Me entraron ganas de acercarme y ver qué libros había allí, tocar los lomos con mis dedos y oler la fragancia del papel antiguo, pero simplemente me quedé de pie frente a él, esperando.

Marcus se levantó, rodeó la mesa y se apoyó contra esta, colocándose enfrente de mí.

—Creo que es el momento de que sepas quiénes quieren matarte y por qué —empezó, directo al grano.

—Ya lo sé —lo interrumpí, quería ahorrarme aquella historia otra vez.

Marcus torció el gesto, sorprendido.

—No creo que entiendas...

—Sois narcotraficantes —dije sin poder evitar que mi entrecejo se frunciera y que aquella palabra me causase una repulsa indescriptible.

Marcus me miró durante lo que pudieron ser segundos o minutos.

—¿Quién...?

No contesté y su mirada se iluminó con un cabreo que no supo disimular.

—Sebastian..., ¿verdad?

Oír su nombre me causó un escalofrío, pero intenté que no se me notara. No sabía si lo estaba metiendo en un problema o no, pero no quería que sospechara lo mucho que me afectaba solo recordarlo.

—No fue difícil llegar a esa conclusión —mentí, ya que en el fondo temía por él, no quería que le pasase nada malo, y menos por mi culpa—. Él simplemente me lo confirmó.

—¿Y qué te confirmó exactamente?

—Que mi padre vende droga... Que alguien ha intentado robarle una de sus rutas y que eso ha provocado un enfrentamiento con sus enemigos.

Marcus se separó de la mesa y se acercó a mí despacio.

—Un resumen bastante escueto, aunque también bastante preciso... ¿Y qué te dijo Sebastian de mí? —agregó deteniéndose a medio metro de distancia. Sus ojos azules se clavaron en los míos con un frío interés.

—Que tenías el poder suficiente como para enfrentarte a la mafia rusa que está intentando matarme.

Marcus sonrió.

—La mafia rusa... Yo soy la mafia rusa, cariño —dijo levantando una mano y colocándome un mechón de pelo tras la oreja—. Esos aficionados no tienen nada que hacer ahora que estás aquí... a salvo. —Quise apartarlo de un manotazo, pero algo me dijo que era mejor quedarme quieta—. Hasta que acabe con todos ellos, y créeme que lo haré, te quedarás aquí, bajo mi techo y bajo mi protección...

—¿Cuánto tiempo crees que tardarás? —no pude evitar preguntarle con ácida ironía.

Marcus sonrió.

—¿Tienes prisa por irte?

—Más de lo que te puedas imaginar.

Su mano me acarició la mejilla y cerré los ojos intentando controlar mis impulsos.

—Entiendes que esto solo lo hago por ti, ¿verdad?

Cuando dijo eso no pude evitar que mis ojos volviesen a abrirse. Parecía enfadado, pero se controlaba.

—Yo no te lo pedí.

—Eso es lo de menos... La cuestión es que yo nunca hago nada sin pedir algo a cambio... —Me tensé cuando se acercó más a mí—. Que no te tenga de rodillas comiéndome la polla en este jodido instante solo se debe a que sé lo que vale una mujer como tú...

—Eres repugnante —dije entre dientes, intentando con todas mis fuerzas mostrarme entera, daba igual que por dentro estuviese temblando, gritando...

Marcus me miró los labios y luego los ojos.

—Te quiero para todo, Marfil —dijo levantando la mano y rozándome el brazo—. Para que vengas conmigo siempre que precise de una acompañante... Para que todos se mueran de envidia al verme contigo... Para poder tocarte, mimarte, contemplarte... y follarte —agregó mirándome con lascivia.

Mi mano salió disparada hacia su mejilla, pero me vio venir antes incluso de que yo fuese consciente de lo que estaba haciendo.

—No me busques, princesa —dijo con calma. Mis ojos se humedecieron y solo pude rezar para que ninguna lágrima se derramase delante de ese hijo de puta—. Iremos poco a poco, no haremos nada que tú no quieras hacer.

Quise empujarlo, pegarle, hacerle daño, utilizar los pocos conocimientos de defensa que tenía para partirle la cara, pero solo pude armarme de valor para soltar dos simples palabras:

—Quiero irme.

Marcus se separó de mí, regresó a su mesa y se sentó detrás de su escritorio.

—Eso es lo único que ahora mismo no puedo darte. Nos vemos a la hora de cenar —añadió, fijando la mirada en la pantalla de su ordenador.

Me quedé allí quieta observándolo y asimilando sus palabras.

«Dios mío... ¿Dónde me has metido?»

Me pasé el día encerrada en mi habitación. No quería hablar con nadie. No quería comer nada. No quería cruzarme con él.

Cuando subí después de mi encuentro con Marcus, pude comprobar que, tal y como él había dicho, mi espejo había sido sustituido por uno nuevo. El marco de hierro macizo parecía desafiarme a que intentara volver a romperlo.

Comprendí tarde que haber roto el teléfono móvil había sido el peor error que podía haber cometido. Era el único lugar donde tenía mis contactos, algunos me los sabía de memoria, pero otros...

No quise darle muchas vueltas al hecho de comprender que ni queriendo iba a poder llamar a aquella persona que ni siquiera quería nombrar.

El número de Sebastian y mi único medio para comunicarme con él habían desaparecido, tal y como habían desaparecido los cristales rotos de mi habitación.

Darme cuenta de eso hizo que mi corazón latiera enloquecido... ¿A quién llamaría si estaba en peligro? Mi teléfono roto había desaparecido también y que no lo hubieran sustituido inmediatamente tal y como Marcus había hecho con el espejo me confirmaba que iba a tener que ganarme poder tener un teléfono móvil a mi disposición.

Las horas pasaron de forma lenta, mientras mi preocupación por Tami, y la falta de noticias apenas me permitieron pegar ojo. El televisor de la esquina llevaba horas encendido y solo habían captado mi atención las noticias de la tarde.

Lo único que interrumpió mi rutina de no hacer nada fue la visita de una de las criadas que hasta el momento no había tenido el gusto de conocer, nótese la ironía.

Era relativamente joven, no tendría más de veinticinco, y su pelo rubio contrastaba con sus ojos de color azul cielo. Cuando entró, mis ojos se desviaron perezosos hasta ella.

Me incorporé al notar que se me quedaba mirando sin decir nada.

—¿Querías algo? —dije después de unos incómodos segundos.

Ella miró hacia la puerta y después me miró a la vez que se apretujaba las manos.

—No debería estar aquí...

Me tensé al notar el miedo en su voz.

—¿Cómo te llamas? —pregunté intentando parecer tranquila.

—Nika —respondió mirándome a los ojos por primera vez.

—Encantada, Nika. Yo soy Marfil —dije sentándome en el borde de la cama—. ¿Por qué no deberías estar aquí?

Volvió a mirar hacia la puerta y, cuando fijó su mirada en mí, su rostro cambió del miedo al odio.

—No crea nada de lo que él le diga, señorita —sentenció acercándose a mí—. Nos lo ha hecho a todas... El señor se muestra encantador al principio, pero luego...

Sentí un escalofrió recorrerme la columna vertebral.

—¿A todas? ¿A qué te refieres?

—Al señor le encantan las mujeres hermosas... —dijo en voz baja—, pero se cansará de usted y luego la cambiará por otra... No se crea sus promesas.

Respiré hondo.

—No tengo interés en nada de lo que Marcus Kozel pueda prometerme, Nika, créeme.

Ella parpadeó confusa.

—¿No está aquí porque él la ha traído?

—Estoy aquí porque él y mi padre son buenos amigos...

Su cara se transformó y el terror ocupó su lugar al oírme decir eso.

—Oh, Dios mío, lo siento. Lo siento muchísimo. No sabía... Yo pensaba... —me interrumpió desesperada—. Por favor, no le cuente al señor Kozel lo que he dicho de él, por favor.

Me puse de pie y me acerqué a ella.

Le cogí las manos entre las mías y la miré directamente a sus ojos celestes.

Era muy guapa, de esas chicas que parecen frágiles, bonitas e inocentes, de grandes ojos llamativos... La típica víctima de alguien como Marcus.

¿Me veía a mí de aquella forma?

—Lo odio, Nika —dije sin apenas parpadear para que entendiera que hablaba completamente en serio—. Si estoy aquí es porque no me queda otra opción, ¿entiendes?

—Pero... si su padre y el señor Kozel...

—Mi padre es un cabrón —solté sin pelos en la lengua—. Si estoy aquí es porque él necesita de la ayuda de Marcus, no porque yo haya querido venir.

Nika parpadeó varias veces y pareció mirarme con otros ojos.

—¿No está enamorada de él?

Tuve que contenerme para no reírme.

—Ni en mis peores pesadillas.

Nika pareció aliviada ante mi confesión. Me pareció muy tierno que se preocupase por mí a pesar de no conocerme siquiera.

—Me alegra oír eso, señorita —dijo con una sonrisa—. Puede acudir a mí para cualquier cosa que necesite ¿de acuerdo? Cualquier cosa...

Sopesé lo que me decía y agradecí tener una especie de aliada bajo el mismo techo.

—Debería descansar —agregó mirando mis ojeras—. Al señor no le gustará verla tan cansada a la hora de cenar...

—No he aceptado su trato para cenar con él —dije, convencida.

—Usted... Debería aceptar. No es bueno hacerle enfadar...

Sus ojos, que se oscurecieron por momentos, me provocaron un escalofrío. Fuera lo que fuera lo que Marcus había hecho con ella, estaba claro que no la había dejado indiferente.

Nika se marchó y yo tuve que contener las ganas de poner el sofá delante de la puerta de mi habitación. Saber que Marcus podía entrar sin que yo me diera cuenta me atemorizaba... Pero lo peor era saber que iba a tener que pagar mi deuda. Marcus me protegía, sí... pero, ¿a qué precio?

Llegó la hora de cenar. En mi interior había dos Marfiles que se debatían: la que quería seguir siendo la mujer independiente que había sido siempre y la que sabía que ahora lo más importante era sobrevivir; la que se negaba a vestirse para bajar a cenar como si fuese un objeto más para la colección de Marcus y la que intuía que la alternativa iba a ser mucho peor.

Cerré los ojos y volví a ver la mirada de Nika. Volví a escuchar su voz en mi cabeza.

«No es bueno hacerle enfadar.»

Me puse un vestido y bajé a cenar.

3

MARFIL

A la mañana siguiente ocurrió algo que me levantó el ánimo de forma automática. Estaba desayunando sola en el salón, pensando en mi decisión de la noche anterior, cuando tres ladridos de perro captaron toda mi atención.

Primero me quedé paralizada y luego salté de la silla y salí corriendo hacia la puerta de entrada. Allí, junto a Marcus y sujeto por una correa de cuero negra, estaba Rico. Al verme, se puso como loco, tiró fuerte, la correa cayó al suelo y vino disparado hacia mí.

No pude evitar que me saltaran las lágrimas... Lo abracé mientras él se removía inquieto, lamiéndome la cara, las manos y todo lo que encontró a su paso.

—¿No vas a darme las gracias? —preguntó Marcus con los brazos cruzados observando la escena que se desarrollaba frente a él.

Me puse de pie con Rico saltando como loco y ladrando a la vez que se ponía a morder la correa y me tensé al mirar a Marcus. Odié comprobar que él siempre supo que aceptaría... Estaba tan seguro de ello que ya había mandado a buscar a Rico.

—Gracias —dije en un tono seco.

—¿Qué te parece si hoy cenamos fuera? —Debió de leer en mi cara la poca gracia que me hizo la propuesta, porque continuó hablando sin dejarme intervenir—. Ese es el trato, ¿recuerdas?

Era cierto, pero no entraba en mis planes cenar fuera con él... en plan cita.

—¿Esta noche?

—Haré una reserva. —Fue su simple respuesta.

Miré a Rico y sin poder evitarlo me acordé de Sebastian.

¿Qué estaría haciendo? ¿Lo habría cuidado él hasta ese momento? ¿Había sido Sebastian el que había tenido que encargarse de llevárselo a quien fuera que mandara Marcus a buscarlo?

Pasé el resto del día en la playa con Rico. Era la primera vez que salía de la casa y pude comprobar por mí misma cómo se las gastaba Marcus en cuanto a la seguridad. Cinco guardaespaldas me acompañaron durante toda la tarde; fui observada por cinco pares de ojos mientras tomaba el sol, jugaba con Rico, me metía en el mar, daba un paseo...

Alargué mi estancia en la playa todo lo que pude en un intento por no pensar en aquella noche y en cómo podía terminar. Simplemente cenar con Marcus podía resultar más peligroso que cualquier asesino que quisiera hacerme daño.

Llegué hecha un desastre de la playa, igual que Rico, y antes de que me diera cuenta, ya tenía la bañera preparada y a dos criadas aguardando fuera del baño para ayudarme a arreglarme para aquella noche.

Les pedí que se largaran de la manera más educada posible y elegí mi vestimenta por mí misma.

Ansiaba con todas mis fuerzas recuperar mi teléfono móvil, no se me había pasado el detalle de que Marcus había cumplido todos mis caprichos excepto darme un nuevo teléfono. No era tonto, de esa manera conseguía lo que quería: aislarme. Por eso agradecí cuando Nika se presentó en mi habitación ofreciéndome su ayuda para peinarme.

—Nika, ¿me harías un favor? —le pregunté desde mi posición, sentada en el tocador.

—Claro, ¿qué necesitas? —dijo tuteándome después de convencerla de que no era una falta de respeto.

—Un teléfono.

Obviamente me lo prestó sin dudar y no tardé ni medio minuto en marcar el número de Liam, que por suerte me lo sabía de memoria, y comprobar que a Tami ya le habían dado el alta.

—Sus padres quieren llevársela a Londres —me dijo Liam después de decirle por quinta vez que estaba bien, omitiendo, obviamente, todo lo relacionado con mi padre y con Marcus. Le había explicado que mi padre tenía deudas con unos matones y que estos habían intentado matarme por eso. Me callé todo lo del narcotráfico porque no quería preocuparlo. Además, cuanto menos supieran Tami y él, mejor.

—¿Tami qué dice al respecto?

Liam soltó un suspiro de enfado.

—No sabe qué hacer. Está confusa y asustada por lo que pasó...

—Liam se interrumpió y tuve que agudizar el oído para asegurarme de que seguía al otro lado de la línea—. Me gusta mucho, Marfil —admitió como si me estuviese confesando un asesinato—. Esa maldita niña se me ha metido bajo la piel y lo último que quiero es que se vaya a la otra punta del mundo...

Parpadeé sin poder creerme lo que estaba oyendo.

¿Liam se estaba enamorando de Tami?

—Tami nunca querría irse a Londres, odiaba ese lugar...

—Su padre está haciendo todo lo posible por llevársela... Hay algo que se me escapa, Marfil, algo que Tami no quiere decirme bajo ningún concepto... ¿Tú sabes algo? ¿Sabes por qué es tan reacia a dejar que me acerque a ella?

Nunca había escuchado a Liam tan desesperado.

—Tami es muy reservada... —empecé, pero él me interrumpió.

—¡Es una insensata! —Dio un grito que me sobresaltó—. ¿Sabes que ni siquiera me deja pasar a verla? ¡Joder, Marfil, vi como casi se desangraba delante de mí y te juro por Dios que nunca en mi vida he tenido tanto miedo como ese día...

—Liam, tranquilízate, ¿vale? —dije sentándome en el suelo y mirando hacia la ventana—. Deberás tener paciencia... Además, no te ofendas, pero... ¿Tami siente algo por ti?

Tuve que preguntárselo... A pesar de que había notado ciertos cambios en Tami los últimos meses con respecto a Liam, dudaba de que ella sintiese lo mismo que Liam parecía sentir por ella.

¡No pegaban ni con cola!

—Fue ella quien me comió la boca poco antes de que le dispararan.

Abrí los ojos estupefacta.

—¿Tami...?

—Bueno, vale, puede que fuese yo quien le comiera la boca, pero te aseguro que me devolvió el beso... y ahora no quiere saber nada de mí. Dice que no está preparada para estar con alguien como yo, que nunca podría entenderla, que soy demasiado hombre para ella... ¿Qué cojones significa eso?

—Liam —dije interrumpiendo su diatriba—, no conseguirás nada presionándola... Si le gustas, deberás darle tiempo... Tiene que ser ella quien vaya hacia ti.

—¿Eso qué mierda se supone que significa?

Puse los ojos en blanco.

—Pues que deberás ser paciente. Estás acostumbrado a conseguir lo que quieres simplemente usando esa sonrisa que tienes, pero con Tami vas a tener que cambiar de estrategia... o al menos eso es lo que creo.

—¿Sabes qué? —me dijo cabreado—. ¡Que le den! ¿Se quiere ir a Londres? ¡Pues genial! Paso de ir detrás de una niñata que ni siquiera tiene el valor de admitir que le gusto...

Iba a replicar, a explicarle que Tami era especial, tranquila, dulce y, sobre todo, muy reservada con los chicos, pero antes de que pudiese decir nada ya había colgado.

Miré el auricular con incredulidad.

—Qué tonto eres a veces, Liam.

Después de eso devolví el teléfono a Nika y entré en el vestidor con la intención de arreglarme para una cita con el mismísimo diablo. Elegí un vestido negro, básico, con un escote redondo y unas sandalias de tacón alto del mismo color. No quería que pareciera que me había arreglado para él, sino al contrario; cuanto más claro quedase que lo odiaba, mejor que mejor. Me recogí el pelo en un moño desenfadado y no me maquillé.

Al bajar, con Rico pegado a mis talones, Marcus no estaba por ninguna parte. Fui al salón y lo encontré sentado en el sofá, con una copa de whisky en la mano y un puro apoyado en un cenicero en la mesa que había frente a él. Al verme, sus ojos brillaron de una forma extraña y se puso de pie.

—El coche nos está esperando —dijo pasando por mi lado y caminando hacia la entrada. Lo seguí sin decir una palabra y, cuando me senté a su lado en el asiento de copiloto de un Ferrari negro, lo oí respirar hondo por la nariz. Lo miré. Había cerrado los ojos, era como si estuviese contando en su cabeza...

Puso el motor en marcha y salimos despedidos en dirección contraria al mar.

Me sentía incómoda... Hubiera preferido estar en cualquier lugar menos allí.

—¿Qué te gustaría cenar?

Cuando habló por primera vez desde que habíamos subido al coche, me sobresalté, acostumbrada al silencio.

—Me da igual —contesté mirando por la ventanilla. ¿No había dicho que iba a hacer una reserva?

—«Me da igual» no es una respuesta válida —dijo calmado, girando hacia la derecha.

—Elige tú —contesté encogiéndome de hombros.

Vi que se le formaba una sonrisa en los labios.

—Te comería a ti, Marfil —dijo mirándome unos segundos antes de volver a fijar la vista en la carretera. Se me tensó todo el cuerpo—, pero creo que no te haría mucha gracia —añadió al ver mi posición rígida contra el asiento del coche—. Me creas o no..., me estoy esforzando...

Me daba igual lo que estuviese haciendo..., si fuese por mí no lo vería ni en pintura.

Cuando llegamos al restaurante, un japonés muy elegante con las mesas de color negro y los sillones rojo pasión, supe que, aunque él se mostrara tranquilo y me hablase con amabilidad, escondía dentro el mismo monstruo que quiso forzarme y me lastimó los dedos de la mano izquierda sin ningún tipo de escrúpulo.

Nos llevaron a una mesa que quedaba bastante apartada del resto de los clientes. Me fijé en que la forma de tratar a Marcus era parecida a cómo tratarían a un rey en un país europeo. Los camareros parecieron dejar lo que estuviesen haciendo para acercarse a nuestra mesa y atendernos con exagerada deferencia.

—¿Vino? —me preguntó después de mirar la carta y decidirnos por el *sushi*, aunque estaba segura de que el nudo que tenía en el estómago desde que había llegado allí apenas me dejaría comer nada.

Asentí.

Si iba a tener que cenar con él, necesitaría todo el alcohol que mi cuerpo admitiese sin llegar a emborracharme.

—Dentro de poco es tu cumpleaños —dijo después de que nos sirvieran el vino y nos trajeran la fuente de *sushi*.

¿Cómo demonios sabía cuándo era mi cumpleaños?

—Cumples veintiuno, ¿cierto?

Asentí sin decir nada y me llevé la copa a los labios.

—Es una cifra importante... ¿Deseas algo en especial?

—Irme a mi casa —dije sin dudarlo.

Marcus detuvo la copa que estaba llevándose a los labios y la volvió a dejar en la mesa.

—Eso no es posible, de momento —aclaró mirándome fijamente—. Sería divertido organizar una fiesta, ¿no crees?

Fui a replicar, pero siguió hablando antes de que pudiese darle mi opinión.

—Puedes invitar a quien tú quieras...

¿De verdad creía que traería aquí a alguien importante para mí? ¿Aquí, al mismo lugar donde este hombre delinquía?

—No quiero hacer nada —insistí, dejando claro en mi tono que no era algo negociable.

Marcus dejó la copa otra vez sobre la mesa con un golpe, no la rompió de milagro.

—Cuando nos conocimos eras todo sonrisas. Me dije a mí mismo que era muy raro que una mujer hermosa fuese además un encanto, pero está claro que cuando se trata de romper moldes, princesa, tú eres la reina... ¿Era todo mentira?

Apreté los labios con fuerza. ¿Me estaba llamando falsa?

—Supongo que dejé de tener ganas de ser encantadora cuando

intentaste violarme en mi casa... —dije con calma encogiéndome de hombros—. Perdona si no soy como esperabas.

Marcus aceptó mi estocada con admirable entereza.

—¿Qué tengo que hacer para que me perdones por aquello? ¿Me creerías si te dijera que me arrepiento de lo que tú dices que iba a hacerte? ¿Me creerías si te dijera que no iba a hacer nada tan drástico como lo que acabas de insinuar? ¿Me creerías si...?

—No —lo interrumpí—. No te creería.

Marcus me observó en silencio unos instantes, aguantando mi mirada sin titubear.

—No estoy acostumbrado a que las mujeres me rechacen... —admitió mientras acariciaba con los dedos el borde de la copa—. Esa tarde me moría por besarte, por tocarte... y tú me dijiste que no.

Me quedé callada, aguantando la respiración.

—Lo que siento por ti es mucho más fuerte que cualquier cosa que haya podido sentir por otra mujer... Simplemente me rompiste los esquemas, Marfil, no esperaba que me rechazaras. Aún sigo sin entenderlo, pero puedo prometerte que no volveré a tropezar con la misma piedra...

¿Cómo podía ser tan buen mentiroso? ¿De verdad pensaba que iba a creerlo? ¿Después de cómo me había tratado en aquel restaurante de Nueva York?

—Soy consciente de que tengo algunos problemas de ira...

Casi tuve que contener una carcajada... Casi, porque salió de mi boca de todas formas.

—Estuviste a punto de romperme dos dedos.

—¡Y te pedí perdón por ello! —Dio un grito que me sobresaltó y consiguió que algunas personas de las mesas que nos rodeaban se giraran para observarnos con curiosidad.

Mi corazón se detuvo y respiré hondo para tranquilizarme.

«Ten cuidado, Marfil», me dijo una voz en mi interior.

Marcus cerró los ojos un instante.

—Solo te pido otra oportunidad.

Al ver que no decía nada, extendió el brazo por encima de la mesa y me cogió la mano con delicadeza. Sus dedos acariciaron con dulzura los mismos dedos que habían lastimado poco tiempo atrás.

«Haz todo lo que él te diga.»

La voz de Sebastian volvió a oírse en mi cabeza.

—¿Vas a dármela, princesa? —me preguntó esperanzado.

Tragué saliva con dificultad y asentí despacio.

Sus ojos se iluminaron.

—¡Brindemos por eso, entonces! —Sus ojos azules brillaron contentos y pidió al camarero que nos trajese una botella de champán.

—Por un nuevo comienzo, princesa —dijo mientras chocaba su copa con la mía.

«Por un rápido final, Marcus.»

Regresamos a casa en un silencio cómodo para él y raro para mí. Después de haberle prometido darle otra oportunidad, Marcus había sido un encanto durante el resto de la velada. Cuando llegamos a su casa, me acompañó hasta la puerta de mi habitación.

—¿Estás cómoda en tu dormitorio? ¿Te gusta?

Asentí en silencio, deseando que se marchara.

—Sabes que puedes pedir por esa boca y tendrás lo que quieras, ¿verdad?

—No quiero nada, Marcus... Solo deseo recuperar mi vida.

Se adelantó, omitiendo el poco espacio que nos separaba, y me acarició un mechón de pelo suelto hasta colocarlo detrás de mi oreja.

—Y lo harás —susurró—. Los voy a matar a todos... Será una matanza que llevará tu nombre.

Cerré los ojos a la vez que me estremecía de terror y de asco por sus palabras.

Era un maldito asesino..., daba igual que me estuviese protegiendo.

«Todos somos asesinos, Marfil.»

—Ahora descansa. —Me besó en la mejilla—. Aquí nadie tocará ni un solo pelo de tu cabeza.

Se marchó sin exigir nada más... Al menos por ahora.

La tarde siguiente, mientras leía un libro en mi habitación, Nika entró para traerme una bandeja con té y galletas. No había vuelto a tener la oportunidad de hablar con ella, siempre estaba ocupada haciendo algo, pero en aquella ocasión casi le rogué que merendase conmigo.

Necesitaba charlar con alguien que no fuese Marcus y Nika había demostrado ser alguien en quien creía que podía confiar.

—¿Cómo terminaste trabajando aquí, Nika?

Titubeó antes de contestar a mi pregunta.

—El señor Kozel contrató a mi madre hace muchos años... Cuando mi madre me tuvo a mí, me permitieron servir a los Kozel...

La miré haciendo cálculos en la cabeza.

—Pero Marcus no pudo haber contratado a tu madre, él solo...

—Su padre, señorita —dijo olvidándose momentáneamente de que podía tutearme.

—¿El padre de Marcus contrató a tu madre?

Nika asintió, aunque por alguna razón miró hacia otro lado.

—Me advertiste sobre Marcus, como si tú hubieses pasado por lo mismo que yo estoy pasando ahora...

—El señor Kozel mostró interés en mí cuando éramos niños... Prácticamente teníamos la misma edad... Entonces vivíamos en casa de sus padres, en Moscú.

—¿Fuiste su primer amor? —pregunté con ironía, pero al ver la cara que ponía me arrepentí de inmediato.

—El señor Kozel tiene muchas caras, Marfil. Tan pronto es encantador como se vuelve un tirano... Yo tuve suerte de que se aburriera pronto de mí...

—Perdona la indiscreción, pero... ¿Cuántos años tienes, Nika? Mi interlocutora sonrió.

—No es ninguna indiscreción... Tengo veintiséis.

Asentí en silencio.

—¿Y Marcus...?

Nika mordisqueó una galleta.

—Treinta y dos.

Abrí los ojos sorprendida.

—¡Aparenta muchos menos!

Y yo que creía que tenía la misma edad que Sebastian... Aunque no tenía idea de qué edad tenía... ¡Vaya! Nunca insistí en preguntársela... Supongo que era un dato que no me importaba en absoluto.

—Marcus puede tener la edad que tenga, pero está claro que aprendió rápido de su padre... Si no es su viva imagen, que me maten ahora mismo.

No pareció darse cuenta de que lo había llamado Marcus por primera vez desde que la había conocido. ¿Era consciente de la familiaridad con la que había pronunciado su nombre?

—¿Qué te hizo, Nika? —pregunté después de unos instantes en silencio—. Puedes contármelo...

Nika se sacudió las migas invisibles que tenía en su delantal y se puso de pie.

—Hay cosas que es mejor dejarlas bien escondidas donde no puedan volver a hacernos daño.

—Pero...

—Mi historia no le importa a nadie, Marfil —dijo encogiéndose de hombros—. Algunas chicas nacemos destinadas a ser olvidadas y otras... —agregó mirando a su alrededor, a mi lujosa habitación, mis maravillosas vistas...

Me levanté y le cogí las manos entre las mías.

—Tu historia es tan importante como la de cualquier otra, Nika —le dije odiando que se sintiera inferior a mí simplemente por ser criada y yo una invitada en esa estúpida casa—. Nadie, y menos un hombre como Marcus Kozel, debería hacerte daño.

—El daño está hecho —repuso sonriendo con tristeza—. Lo único que mi madre y yo esperamos es que no te haga lo mismo a ti.

Pestañeé confusa, intentando comprender sus palabras.

—¿Tu madre sigue aquí?

Nika asintió despacio.

—Es la cocinera... Fue la cocinera del señor Kozel y luego pasó a servir a Marcus...

Suspiré mientras me dejaba caer sobre la cama. Mi mirada se fijó en el mar celeste y en las nubes que aquella tarde amenazaban con estropear el bonito paisaje con lluvias y relámpagos.

—Me hace feliz saber que estás aquí con tu madre...

Nika pareció querer decirme algo, pero de repente se puso muy nerviosa.

—¿Qué ocurre?

—Nada, nada... —respondió y se apresuró a recoger los platos y las tazas en la bandeja—. Me ha gustado merendar contigo, Marfil, pero ahora debo seguir trabajando.

La observé en silencio mientras terminaba de recoger y salía de la habitación casi a la carrera...

¿Qué demonios ocultaba Nika?

4

MARFIL

Pasó una semana. Gracias a que Marcus se marchó por trabajo, yo me quedé sola y pude disfrutar de un poco de normalidad. Una normalidad forzada, puesto que no estaba en mi casa, pero su ausencia fue como un pequeño respiro.

Hubiese querido aprovechar aquellos días para hablar con Nika, pero desde la charla en mi habitación se volvió muy escurridiza y apenas habíamos podido intercambiar tres frases desde entonces. ¿Se debería a que nos había visto a Marcus y a mí pasar tiempo juntos, tiempo durante el cual, por desgracia, parecíamos una pareja que empezaba a conocerse? ¿No se daba cuenta de que simplemente lo hacía para sobrevivir allí? ¿Que estaba interpretando el mejor papel de mi vida?

Lo cierto es que no me conocía lo suficiente como para darse cuenta, no podía culparla por ello...

Una tarde que estaba aburrida y no tenía nada que hacer, me pudo la curiosidad y me acerqué a la cocina con intención de conocer a su madre. No comíamos nunca allí. Marcus siempre exigía que le sirvieran todas las comidas en el salón, con tres vasos y tres cubiertos, como si se tratase de un duque o algo así.

No tardé en encontrar la cocina. Estaba en la planta baja, en el ala contraria a donde solía pasar el tiempo, ya fuera en la biblioteca, en el salón o, bueno, en mi habitación.

Cuando entré, un olor a pastel recién hecho inundó mis sentidos. Olía a limón con algo que no supe descifrar...

Había tres mujeres charlando animadamente, todas ellas vestidas con delantales blancos. Ninguna estaba cocinando, sino que aguardaban, sentadas en una mesita de color claro, a que se terminara de hornear el pastel.

Las envidié por unos instantes. Parecían estar pasando un buen rato, charlando mientras se tomaban un café. Supuse que, al igual que me había sucedido a mí, la marcha de Marcus había conseguido que la mayoría de la gente que trabajaba para él se relajara y se tomase las cosas con más calma. Había podido ver la forma en que Marcus trataba a sus empleados y la palabra «indiferencia» se quedaba corta.

Nada más verme entrar, las tres mujeres se pusieron de pie como si tuvieran un resorte pegado al trasero.

La que estaba en medio, una mujer de unos cuarenta y tantos, se quedó pálida cuando nuestros ojos se cruzaron.

—Por favor, no os preocupéis por mí. Podéis seguir con lo que estabais haciendo —dije mientras me adentraba en la cocina—. Venía a buscar algo para picar.

Las tres, a pesar de mis palabras, se sacudieron las manos en el mantel y se fueron directamente a la mesa donde habían dejado algunos cacharros sin limpiar y la harina del pastel que habían preparado seguía cubriendo casi todas las superficies.

—Lo sentimos, señorita —dijo una de ellas, la más joven, con el pelo muy corto y unos ojos enormes—. Solo estábamos descansando unos minutos hasta que pudiésemos llevarle la merienda.

—¡No pasa nada, de verdad! —exclamé un poco angustiada al ver que me miraban con temor—. Lo cierto es que estaba bastante aburrida... ¿Os importa si me uno a vuestra charla?

Las tres intercambiaron una mirada temerosa y finalmente fue la mujer más mayor, la que se había quedado traspuesta al verme, la que decidió contestar.

—No sería apropiado que usted compartiera mesa con nosotras, señorita. El señor Kozel nos tiene terminantemente prohibido comer en el mismo lugar que sus invitados y mucho menos aquí, en la cocina.

No me sorprendió su respuesta, pero la ignoré y crucé la distancia que me separaba hasta la mesa y me senté.

—El señor Kozel no está aquí, ¿cierto?

Dos de ellas sonrieron, pero la otra me miró con el ceño fruncido.

—No creo que...

—¿Cómo os llamáis? —pregunté interrumpiéndola a propósito.

—Yo soy Amara y ella es María —dijo la del pelo corto señalando a la chica rubia, que con el cabello recogido en un moño apenas

57

mediría más de metro y medio—. Ayudamos a Naty cuando necesita que le echemos una mano en la cocina.

Asentí mirando a Naty.

—Encantada de conoceros, yo soy Marfil.

Todas asintieron, ya me conocían. Naty me observó con un brillo especial.

—¿Quiere beber algo, señorita...?

—Podéis llamarme por mi nombre de pila.

—Pero el señor Kozel... —intervino María.

—Si queréis podéis llamarme Marfil cuando no esté él delante, si así os quedáis más tranquilas.

Las tres asintieron y se apresuraron a servirme una taza de leche caliente y luego un trozo del pastel de limón recién horneado.

—¡Esto está riquísimo! —dije casi poniendo los ojos en blanco de gusto.

Naty, para mi sorpresa, sonrió satisfecha y se apresuró a servirme otro trozo. María y Amara se sentaron conmigo y charlamos de trivialidades, pero Naty parecía oponerse a tratarme como lo hacían sus compañeras.

En un momento dado, cuando las chicas se pusieron a recoger algunas cosas, me permití levantarme y acercarme hasta donde estaba ella repasando una receta.

—Oye, Naty... Tienes una hija muy agradable, pero hace días que no la veo —dije.

—Nika está aquí para trabajar, no para hacer amigas —contestó muy seria.

Maldije en mi interior haber sacado el tema, pero sentía que me ocultaban algo y estaba dispuesta a hacer lo que fuera por descubrirlo.

—Tienes razón, lo siento —dije sentándome frente a ella en una de las banquetas—. Me contó que trabajabas para los padres de Marcus, ¿es cierto?

Naty dejó el libro que tenía en las manos y me prestó atención.

—Trabajé casi quince años para los señores Kozel antes de mudarme aquí con el señorito Marcus.

Sus ojos se detuvieron en mi rostro y lo escudriñaron con una emoción difícil de descifrar.

—¿Ocurre algo? —pregunté nerviosa cuando siguió mirándome fijamente y en silencio.

—Nada, perdona, es que eres igualita a... —Pero se interrumpió al comprender que se había ido de la lengua.

Algo se iluminó en mi mente.

—¿Igualita a quién, Naty? —le pregunté repentinamente nerviosa.

Negó con la cabeza, poniéndose de pie.

—Nada, nada, no me hagas caso —dijo marchándose, pero me apresuré a cogerla de la muñeca para detenerla.

—¿Igualita a mi madre? —Naty se puso pálida—. ¿La conocías?

No respondió de inmediato. Sus ojos se desviaron a la puerta, pero debió de recordar que Marcus no estaba, o al menos eso me pareció por su cara de temor.

—Sí, la conocía, Marfil —me dijo volviendo a sentarse frente a mí.

María y Amara se habían marchado cargando con dos cestos grandes de ropa; supuse que irían a tenderla o a plancharla.

Algo en mi interior se removió.

—¿De qué la conocías?

—Éramos muy buenas amigas... Siento mucho lo que le pasó.

Asentí intentando que no me afectaran sus palabras.

—¿De qué la conocías?

Pareció dudar unos segundos.

—Fuimos al colegio juntas... Tu madre era hija única y yo tenía diez hermanos. Se pasaba las tardes en mi casa jugando. Con los años seguimos casi el mismo camino hasta que a ambas nos ofrecieron trabajar aquí y así lo hicimos...

Fruncí el ceño.

—¿Mi madre trabajó aquí? ¿De qué? ¿De criada?

Naty asintió.

—Eso es imposible, mi madre era bailarina...

Naty abrió los ojos sorprendida.

—Eso fue lo que quise decir... Vino aquí a trabajar para el ballet...

—Eso no es lo que has dicho —la interrumpí—. Has dicho que trabajó de criada.

Naty se puso de pie.

—Me has entendido mal, niña —dijo cogiendo el libro de recetas y abrazándolo contra su pecho—. No me hagas más preguntas... Recordar a tu madre no va a cambiar lo que le pasó. Lo mejor que puedes hacer es dejarla donde está. Bajo tierra.

Y dicho esto se marchó.

Me quedé allí, quieta, con el corazón latiéndome a mil por hora y casi saltándome las lágrimas. Sus palabras habían sido crudas, como si quisiese cortar de cuajo cualquier posibilidad de que se me ocurriera volver a preguntarle algo al respecto.

¿Por qué me habían mentido? ¿Qué más ocultaban Naty y Nika? ¿Qué más sabían?

Me marché a mi habitación sintiendo que todo lo que había ocurrido hasta entonces era solo la punta del iceberg. Supe que había muchas cosas que aún desconocía, y la primera y más importante era por qué demonios mi madre aceptó un trabajo de criada en Estados Unidos cuando era *prima ballerina* en el Bolshói.

Nada cuadraba, pero no pensaba dejar pasar la oportunidad de conocer el pasado de mi madre. Su muerte aún me producía pesadillas; su asesinato no había sido por un simple robo, había mucho más detrás de eso y pensaba descubrirlo.

Aquella noche, antes de meterme en la cama, aguardé pacientemente a que Nika apareciera por mi habitación. Le había pedido a María que por favor le diese una nota de mi parte. En ella le decía que se pasase por allí a las diez.

Eran las once y media y aún no había aparecido.

Me revolví inquieta bajo las mantas; no podía dormir, no podría hacerlo hasta que Nika me diera un poco más de información.

Cuando ya creía que no iba a aparecer, la puerta de mi dormitorio se abrió despacio y una cabellera rubia, recogida en una coleta, se coló en mi habitación.

—¡Gracias por venir! —exclamé casi saltando de la cama.

Nika cerró la puerta y se acercó nerviosa hasta mí.

—¡No puedes mandarme notas a través de mis compañeras, Marfil! —dijo con el ceño fruncido y cara de preocupación.

—Desde hace unos días te has vuelto escurridiza y necesitaba hablar contigo.

Nika se mordisqueó una uña inquieta.

—Ya, bueno, pero no se me permite subir aquí a estas horas ni ser tu amiga ni nada...

Le cogí la mano y se calló.

—Eres mi amiga, Nika —dije, lo sentía de verdad—. Eso no lo puede evitar ni controlar nadie. Confío en ti... De hecho, eres a la única en quien confío aquí.

Nika suspiró y esperó a que preguntara lo que seguro que sabía que iba a preguntar.

—¿Qué sabes de mi madre?

—Muy poco —respondió muy seria.

—Tu madre la conocía, ¿cómo es posible?

Nika se encogió de hombros y la frustración me invadió.

—¡Nika, cuéntame lo que sabes!

—No puedo, ¿vale? —me contestó mientras se levantaba de mi cama—. No lo entiendes. Sé lo que sé porque he oído cosas que no debía, pero si alguien llega a enterarse de que tú andas preguntando por...

—Solo confírmame una cosa... —dije con el corazón latiéndome acelerado—. ¿Trabajó de criada para los Kozel?

Nika se quedó callada unos instantes y después asintió, solo una vez, con la cabeza.

Solté el aire que había estado conteniendo.

—No lo entiendo...

—Nuestras madres vinieron a Estados Unidos buscando un futuro mejor...

Levanté la mirada de mi manta y la clavé en ella con furia.

—¡Mi madre era bailarina! Y de las mejores —dije levantando el tono de voz—. ¿Por qué iba a renunciar a un trabajo que solo pocas consiguen por venir aquí a limpiar suelos?

Nika levantó un poco la barbilla.

—Limpiar suelos es tan digno como cualquier otro trabajo...

Mierda, la había ofendido.

—Nika, lo siento, no quería...

—No importa —me interrumpió—. Entiendo que ansíes saber más sobre tu madre. Fue injusto lo que le pasó, pero removiendo el pasado solo conseguirás meterte en problemas... Problemas que se escaparían de tu control y de los que no saldrías bien parada, créeme.

—Solo quiero saber por qué me han mentido... Si mi madre de verdad renunció a su trabajo por venir a trabajar de criada, quiero entender el motivo...

Nika tomó aire despacio.

—A veces la gente promete cosas que nunca cumple... Y los Kozel son expertos en esa materia.

Sopesé sus palabras.

—¿Estás diciéndome que la engañaron para venir aquí?

Nika no dijo nada... y su silencio fue respuesta suficiente.

—Te diré algo —añadió al ver que me quedaba callada, inmersa en unos pensamientos que se contradecían y pugnaban por ocupar lugares preferentes en mi ya confundida cabeza—. Si hay algo que mi madre me ha dicho siempre es que no cambiaría nada de lo que tuvo que vivir... Me tuvo a mí y tu madre te tuvo a ti... Las cosas pasan por algo, Marfil.

Después de esa última reflexión se marchó dejándome confusa e inquieta...

«¿Qué te pasó, mamá? ¿Por qué lo dejaste todo? ¿Por trabajo? ¿Por amor? ¿O simplemente porque confiaste en la persona equivocada...?»

5

MARFIL

Dos días después, cuando bajé al salón por la mañana, me encontré con Marcus sentado a la mesa. Ya había acabado su desayuno, pero leía el periódico con mirada severa. Al oírme llegar, sus ojos volaron hacia mí y su semblante pareció relajarse.

—Buenos días, princesa —dijo, llamándome por ese maldito apodo que tanto detestaba. Por muy amable que se mostrase o se hubiese mostrado las últimas semanas, descubrir que mi madre había trabajado para su familia había conseguido que lo aborreciese aún más. Había algo que todos ocultaban, secretos en el aire que se susurraban entre los trabajadores y que tarde o temprano llegarían hasta mis oídos para que actuase en consecuencia.

—Buenos días —dije mientras me sentaba con desgana a su lado.

No añadí nada más y, cuando vi que Nika entraba en el salón con una bandeja de comida, me tensé.

No los había visto coincidir antes en la misma habitación. Normalmente Nika se encargaba de atenderme en mi cuarto o de limpiar, nunca la había visto servirle a Marcus.

Observé con disimulo el comportamiento de ambos.

Marcus apenas le lanzó un vistazo antes de girarse hacia mí y preguntarme qué tal habían ido esos días en su ausencia.

—Agradables —contesté distraída, al tiempo que veía que a Nika le temblaba la mano al servirle el café.

Marcus frunció el ceño.

—¿Agradables? —preguntó en un tono que se asemejaba a la indignación.

Parpadeé para centrarme en él.

—Ya me entiendes... El tiempo ha sido genial, aunque me he aburrido un poco estando aquí sola.

Marcus extendió la mano hasta coger la mía. Me acarició los nudillos mientras parecía que le daba vueltas a algo en la cabeza.

—¿Qué hacías en tu tiempo libre... cuando estabas en Nueva York?

Me sorprendió que preguntase algo sobre mí, más que las trivialidades de las que hablábamos siempre. Eso me hizo cuestionarme si Marcus alguna vez en su vida había demostrado interés verdadero por alguna mujer.

—Pues... salía a correr por Central Park, leía... bailaba. —Levanté la mirada con cuidado para ver su reacción.

Me soltó la mano y se pasó los dedos por la barbilla.

—Según tengo entendido, te lo prohibieron... ¿No es cierto?

Apreté los labios con fuerza como toda respuesta.

Extrañaba bailar, mi vida, mi piso, mi rutina... De repente me entró tal angustia en el pecho que tuve que controlarme para no salir corriendo de allí.

—¿Lo echas de menos?

Lo miré durante unos segundos antes de responderle con sinceridad.

—Todos los días.

Marcus asintió y no volvió a abrir la boca.

Yo me excusé diciendo que no me encontraba muy bien y me encerré en mi habitación el resto del día.

Cuando nos vimos para cenar, él parecía estar de muy buen humor, incluso se esforzó por hacerme reír. En un momento dado, sacó su teléfono móvil y me pidió que posará para él, quería una foto mía para su escritorio.

Me estremecí solo de pensarlo, pero no quería cabrearlo, así que hice lo que me pedía y luego hizo un par de selfis en los que ambos sonreíamos a la cámara, uno más feliz que otro...

Fue extraño... Aunque sabía que me mentía, aunque sabía que algo relacionado con los Kozel había conseguido que mi madre acabase muerta, aunque aún no podía determinar en qué nivel estuvieron implicados, aunque lo odiase y me hubiese hecho daño... aquella noche consiguió que por un rato todo pareciese normal... Dos personas jóvenes cenando, pasándoselo bien...

¿Estaba perdiendo la cabeza?

Al día siguiente me desperté con ruidos de martillazos en la habitación contigua. Me puse una bata encima del camisón y fui a ver a qué se debía tanto jaleo. Unos trabajadores estaban levantando la moqueta blanca del suelo y sacando los muebles. Cuando vi a Marcus apoyado contra la pared, supervisándolo todo, sentí un pinchazo en el pecho.

—Tu nuevo estudio de baile —dijo simplemente con una sonrisa que, si no supiese lo que escondía, hubiese creído que era adorable.

—¿Lo dices en serio? —pregunté con un cosquilleo en el estómago.

Marcus vino hacia mí y me miró desde su altura.

—Solo hay una condición —dijo con una sonrisa.

Se me entrecortó la respiración.

—¿Cuál?

—Bailarás para mí cuando te lo pida.

Bailar siempre había sido mi vía de escape, mi manera de aislarme del mundo, de centrarme en mí misma. Y ahora lo necesitaba más que nunca, así que asentí sintiendo que, por primera vez desde que había llegado, una pequeña ilusión crecía en mi pecho.

Aquel estudio podía ser mi escapatoria a todo lo que estaba pasando en mi vida y si para poder tenerlo iba a tener que bailar para él..., lo haría, claro que lo haría.

Los días pasaron y la rutina se adueñó de mi nueva realidad. Me levantaba, desayunaba, pasaba las mañanas con Rico en la playa, salía a correr por las tardes, leía o miraba la tele y luego, todas las noches, cenaba con Marcus en el salón. No había vuelto a insinuar nada, de hecho, seguía comportándose como alguien totalmente cuerdo, como alguien completamente encantador. Tantísimo que me había encontrado a mí misma en contadas ocasiones bajando la guardia y relajándome en su compañía.

Hablaba de todo conmigo, me preguntaba sobre mis gustos, sobre mis sueños, compartíamos la misma pasión por el cine y todas las noches después de cenar veíamos una película o un capítulo de alguna serie. Me había convencido para darle una oportunidad a *House of Cards* y yo lo había convencido para ver *Stranger Things*...

Aunque lo seguía odiando con todas mis fuerzas, la parte que estaba agradecida por no haberme puesto en una habitación de tortura nada más llegar hacía que le perdonase todo lo demás.

—¡Ven! ¡Acércate! —me gritó Marcus desde la otra punta del barco. Aquella mañana había insistido en salir a navegar conmigo en su catamarán. Llevábamos más de cuarenta minutos en alta mar y tenía que admitir que el paisaje, al igual que la experiencia, me estaba encantando.

Fui hasta donde él me llamaba y, tirando de mi brazo, me colocó delante de él, frente al timón de madera, y me obligó a sujetarlo con mis manos.

—¿Notas cómo tira?

Asentí, sujetándolo con fuerza.

Marcus, detrás de mí, puso una mano en mi cintura para colocarme en una posición más firme contra el timón, y todo mi cuerpo se tensó ante el contacto.

Llevaba más de dos semanas viviendo en su casa... y siempre se había portado como un caballero conmigo, tanto que a veces parecía que estuviese con el hermano gemelo de aquel hombre malvado que una vez quiso hacerme daño.

—¿Ves ese puntito a lo lejos? —me preguntó contra mi oreja—. Es África —añadió muy serio y después soltó una carcajada.

No pude evitar sonreír...

—¡Espera! —dijo abriendo los ojos azules con sorpresa—. ¿Eso ha sido una sonrisa?

Fruncí el ceño de inmediato y miré hacia otro lado.

—Marfil Cortés sonriéndome de nuevo... ¿Quién lo diría? Algo debo de estar haciendo bien... —Me obligó a girarme del todo para poder tenerme de frente y me pegó contra su cuerpo.

Me puse seria: él no era otra persona. Era el mismo hombre de siempre.

—Nunca debiste haber hecho nada mal... Si no lo hubieses hecho, te regalaría sonrisas todos los días... a todas horas.

Marcus asintió despacio. Sus rizos volaban con el viento del mar y sus ojos azules se veían como un calco del océano.

—Tenerte conmigo apacigua mi bestia interior.

Recordé lo que Nika me había dicho, lo que había insinuado, y se me pusieron los pelos de punta.

—¿Podemos volver? —pregunté dándole la espalda otra vez, alejándome hacia los asientos de cuero *beige* que había dispuestos en la proa—. Creo que me estoy mareando...

Marcus frunció el ceño, pero asintió.

Regresamos al rato, y exhausta por la excursión y el ruido del viento, me excusé y me fui a mi habitación.

Tres días después el estudio estuvo preparado. El suelo era el adecuado para no hacerme daño, la barra la habían colocado frente a las ventanas con vistas al mar y un equipo de música de última generación ocupaba la pared opuesta...

—¿Te gusta?

Estábamos solos, las criadas acababan de marcharse, después de haberse quedado hasta asegurarse de que toda la estancia relucía.

El suelo estaba tan limpio que incluso se veía nuestro reflejo en él.

—¿Por qué haces esto? —No pude evitar preguntárselo.

Se encogió de hombros.

—¿Porque puedo? —respondió simplemente.

Miré hacia otro lado. Claro que iba a responderme con algo frívolo como aquello...

—Porque, aunque no lo creas, me gusta ver cómo se te iluminan los ojos cuando algo te hace feliz... —agregó acercándose a mí y descolocándome con sus palabras. Le devolví la mirada, parpadeando confusa—. Y porque tengo la esperanza de que me mires con otros ojos.

Se detuvo delante de mí y su mano se elevó en el aire. Sin quitarme los ojos de encima, me acarició la mejilla con cuidado.

—Porque cuido lo que me importa...

Yo no le importaba, eso era mentira.

No podía soportar volver a sentir su tacto en la piel. Fui a apartarme, pero me sostuvo por el brazo con firmeza.

—Porque me recuerdas a tu madre...

Ese comentario me paralizó.

—A pesar de que fuera joven, cuando la conocí, me enamoré perdidamente de ella... Nunca creí volver a ver una mujer tan hermosa hasta que te conocí.

—¿La veías mucho? —pregunté intentando sonar despreocupada, pero aprovechando mi oportunidad de oro.

Marcus miró hacia las ventanas y luego volvió a fijarse en mí.

—Bastante poco, en realidad...

Mentía. Lo sabía.

—¿Cómo era ella? —Una vez más, no pude evitar preguntar.

Mi padre nunca hablaba de mi madre, decía que le hacía mucho daño..., y yo ansiaba tanto saber de... Sospechaba que los Kozel tenían algo que ver con que mi madre hubiese dejado su país, el baile... todo..., y no podía desperdiciar ninguna oportunidad de saber un poco más de ella.

—Era alegre y divertida —dijo mientras recorría mi rostro con su mirada, como queriendo buscar esos rasgos en mí—. Era una bailarina excelente... Su inglés era bastante rudimentario cuando la conocí aquel fin de semana en casa de mis padres, pero se hacía entender sin problemas...

—¿Fueron tus padres los que se la presentaron a mi padre?

Asintió en silencio y supe que sus ojos ocultaban algo...

—En aquella época tu padre era lo que supongo que puede ser el sueño de cualquier mujer: atractivo, poderoso, simpático y con el mundo a sus pies.

Siguió hablando y se apartó de mí para fijarse en las ventanas que daban al mar.

—Ella se quedó prendada de él... Por aquella época mi padre era un mecenas, mi madre amaba el ballet y éramos de las principales familias que donaban cantidades inmensas de dinero al Bolshói. Tu madre fue la ahijada de mis padres, se encargaban de que no le faltara de nada, de que pudiese seguir bailando, pero...

¿Era eso cierto?

—¿Mi padre se lo prohibió?

Marcus se giró hacia mí.

—No sé si «prohibir» es la palabra, pero se enamoró tan perdidamente de él que dejó de buscar en el baile lo que tenía fuera de él.

Me quedé pensando en sus palabras durante lo que pudieron ser minutos u horas. Finalmente, él se marchó y me dejó sola, no sin antes añadir una última frase:

—Estando conmigo siempre podrás bailar.

Y esas palabras, aunque fueron dichas en boca de mi enemigo, me hicieron sentir bien...

Se cumplió la tercera semana de cautiverio y me encerré en mí misma más y más. Apenas recibía información del exterior y la única vez que convencí a Nika de que me dejara el teléfono y hablé con Liam, estaba taciturno, triste, amargado y de mal humor porque Tami se había ido a Londres definitivamente; no ayudaba no poder decirle ni cuándo volvería ni qué demonios pasaba en mi vida. Así que, para no seguir mintiendo, decidí que sería mejor dejar pasar el tiempo para poder contarle la verdad.

Con mi hermana ni siquiera intenté hablar porque no quería que se preocupara al oír lo decaída que estaba. Además, su alegría juvenil me hacía daño, me hacía añorar mi casa, mi vida antes de todo este desastre.

A mi padre empecé a odiarlo con todas mis fuerzas, a él y a todo lo relacionado con él y su trabajo de mierda.

De esa manera casi perdí el contacto con toda mi vida anterior... Y Sebastian quedó relegado a un recuerdo encerrado en mi mente. Sacarlo de ahí me hacía más mal que bien.

Y Marcus... Marcus se convirtió en mi única compañía. Me traía flores, me compraba bombones, me contaba cosas de mi madre y a veces... me veía bailar.

—Hoy estás especialmente guapa —me dijo una noche, al tiempo que observaba satisfecho el vestido rojo que me había comprado hacía varios días y que me había negado a ponerme por principios.

Mi cambio de decisión fue el regalo que encontré aquella mañana sobre mi cama: un móvil nuevo y reluciente, una ventana hacia el mundo exterior, mi vida, mi todo... No podía arriesgarme a volver a quedarme incomunicada.

—Gracias —dije mientras revolvía los espaguetis con lentitud.

Marcus se llevó la copa de vino a los labios y, después de observarme en silencio, se puso de pie. Fue hasta el tocadiscos antiguo que tenía en una esquina, por el cual yo había demostrado especial interés desde que me lo enseñó. Después de que empezase a sonar una canción que desconocía, se acercó a mí con una sonrisa en sus labios carnosos.

—¿Bailas conmigo?

Al principio dudé... y su mirada de decepción consiguió que me levantara y aceptara su mano.

La música me llegó, me calmó, me animó a ser quien él deseaba que fuera... ¿Por supervivencia? ¿Por sentirme mejor en aquella situación que me tenía deprimida? No lo sé... Lo que sí sé es que mientras duró el baile me sentí tranquila..., en paz.

—Eres lo único que me importa, Marfil —me susurró al oído—. Me haces querer ser mejor persona...

¿Lo decía de verdad?

Eché la cabeza un poco hacia atrás y nuestros ojos se encontraron. Los suyos eran azules como el cielo; los míos, verdes como el océano que teníamos a nuestra izquierda...

—Me hiciste daño —dije al recordarlo todo de repente.

—Y lo siento —aseguró acunando mi cara entre sus manos—. No volverá a pasar jamás... Te lo prometo, princesa.

¿Era sinceridad lo que veían mis ojos?

Entonces todo pareció detenerse por unos instantes. Fue como si todo fuese a cámara lenta y mi cabeza me gritase: «¡Detente! ¡No dejes que lo haga! ¡¿Estás loca?!».

Pero sus labios finalmente rozaron los míos. Fue un beso suave, lento, un beso que me produjo algo tan simple como una caricia de una pluma en la piel.

Y entonces Sebastian apareció en mis recuerdos y, me chocó tanto pensar en él, volver a tenerlo presente, que me solté y di tres pasos hacia atrás.

Marcus abrió los ojos y vi el deseo acumularse en ellos y también el esfuerzo que hacía por contenerlo, por controlarlo.

—Estoy cansada, ¿puedo retirarme?

Algo oscuro reemplazó lo que antes creí ver en su mirada.

—¿Y si te digo que no? ¿Que no puedes retirarte? —preguntó llenándose la copa de vino.

Me quedé quieta..., sin saber qué contestar.

Marcus me lanzó una mirada que no supe cómo interpretar y luego se giró hacia la mesa, dándome la espalda.

—Haz lo que quieras —dijo en un tono que podría cortar el cristal que tenía delante.

No esperé a que cambiara de opinión. Subí las escaleras casi a la carrera y me encerré en mi cuarto de baño.

Me miré en el espejo.

«¿Qué coño estás haciendo, Marfil?»

Ahora puedo decir que ese beso fue el principio del fin. En su momento intenté quitarle importancia. Un simple beso, sin lengua y que apenas había durado unos segundos no significaba nada, pero para Marcus fue suficiente para volverse loco.

Si ya antes había demostrado ser un psicópata, después de aquel beso terminaría por demostrar lo retorcida que puede volverse la mente de una persona, sobre todo la de un hombre.

Tampoco voy a adelantarme porque, al igual que yo fui cambiando con él a pasos tan pequeños que ninguno de los dos nos dimos cuenta de lo que ocurría, a él le pasó exactamente lo mismo. Al igual que un drogadicto con su droga, Marcus Kozel se volvió adicto a mi compañía, y como siempre dicen, ninguna adicción es buena... sobre todo cuando hablamos de personas.

Se convirtió en rutina que viniese a verme cuando ensayaba en el estudio de baile. Se apoyaba contra la pared y me observaba mientras mi cuerpo giraba y saltaba por los aires. Estaba desentrenada, pero él siempre alababa cualquier pirueta o cualquier movimiento que hiciese.

Normalmente después de mirarme bailar durante un rato, se marchaba por donde había venido y me dejaba tranquila.

Pero aquella tarde... Aquella tarde fue diferente...

No lo vi llegar. Ni siquiera había sido consciente de que estaba allí observándome. Pero al acabar mi *piruette,* mis ojos lo vieron a través del espejo.

Me sobresalté del susto y una sonrisa apareció en su bello rostro.

—No quería asustarte.

Fui a coger mi toalla y me la pasé por la nuca y los brazos.

Él se acercó y estiró el brazo para acercarme a él hasta que me tuvo delante.

—¿Te he dicho ya lo increíble que te quedan estos modelitos que te pones?

—No son modelitos..., se llaman maillot. Sirven para...

—Estilizar el cuerpo mientras bailas —me interrumpió—. Lo sé, ya me lo habías explicado.

Y era cierto. Durante sus visitas le había explicado lo que sabía sobre baile, algunas curiosidades, entre ellas la necesidad de vestir con aquellas prendas de ropa.

—Entiendo que tu padre no quisiese que bailaras para nadie —dijo aproximándose más. Se acercó a mi oreja—. Mira cómo me pones. —Tiró de mi muñeca hasta colocarla en el bulto duro de sus pantalones.

Fui a apartarme, pero me retuvo contra su cuerpo.

—Me vuelves loco, Marfil —dijo con la respiración acelerada contra mi oreja—. Esto de ir despacio está empezando a acabar con mi paciencia. —Su nariz fue acariciándome el cuello mientras hablaba y mi respiración se aceleró, no por su contacto, sino por el miedo que me daban sus palabras.

No era tonta, sabía que esto iba a terminar pasando, solo que había rezado todos los días porque me hubiera largado ya de allí.

—Aún no estoy lista... —dije con la voz temblorosa.

Se apartó de mi cuello y me miró a los ojos.

—¿Y para otro beso? ¿Para eso estás lista?

No quería... No quería besarlo, pero temía despertar su ira si no lo hacía... Por muy bueno que se hubiese mostrado conmigo, todo era consecuencia de lo sumisa que estaba mostrándome ante él. Si dejaba salir a la verdadera Marfil, me mataría... o algo peor.

No esperó mi respuesta.

Su mano cubrió mi espalda y me atrajo hasta su cuerpo. Me

besó despacio al principio, pero no tardó en dejarse llevar... Su lengua entró en mi boca y la pasión lo descontroló. No sé cómo, pero mi espalda chocó contra el espejo y sus manos estuvieron pronto por todo mi cuerpo.

«¡Páralo! ¡No lo hagas! ¡Dale una patada! ¡Te hará daño si lo haces!»

Mi voz interior no dejaba de darme órdenes contradictorias y, mientras lo hacía, él seguía apretándome con sus manos, las mismas que me habían lastimado, las mismas que lo volverían a hacer si lo apartaba de mí...

«Ve a por los ojos. Métele los pulgares en las cuencas hasta que le perfores el cerebro.»

La voz de Sebastian en mi cabeza me paralizó por unos instantes... y entonces reaccioné.

Marcus me apretó el pecho y lo empujé.

Con todas mis fuerzas.

—¡No vuelvas a tocarme! —le grité temblando de rabia, de miedo, de horror, por haber dejado que me besara otra vez.

Pestañeó varias veces, sorprendido, y luego me miró furioso. Fue como si las últimas semanas se borraran y el Marcus que conocí la primera vez apareciese de nuevo, con todas sus facetas, con todas sus caras. Caminó hacia mí y me acorraló contra la pared.

—¿Con quién te crees que estás hablando? —siseó contra mis labios—. Eres mía... ¡MÍA!

Me sobresalté cuando me gritó al oído.

«Mierda, mierda, mierda.»

—Lo siento —dije temblando. Mis ojos estaban cerrados. No podía verle la cara. No podía ver esa mirada desquiciada, no sabiendo que estaba a su merced... Tenía que seguir jugando, seguir fingiendo...—. Por favor... Por favor, Marcus, solo necesito tiempo.

—Me estoy cansando de esperar —aseguró con el tono de voz muy contenido.

Lo miré y me devolvió la mirada con calma, intentando controlar su respiración, su rabia.

—Lo sé... Pero estábamos tan bien... Íbamos bien, Marcus —dije poniéndome una careta. Obligué a mi mano derecha a colocarse sobre su mejilla—. No lo estropees, por favor...

Respiró hondo un par de veces.

Su mano apretó la mía contra su mejilla. Cerró los ojos y luego me besó la palma.

—Tienes razón —dijo entonces, apartándose de mí—. Lo siento... Cuando te tengo delante pierdo el control, yo... Me muero por tenerte, Marfil, por poseerte.

Dejé la mente fría y le mentí.

—Y lo harás... Cuando esté lista.

Marcus asintió, se acercó a mí para darme un beso casto en los labios y luego se marchó.

No pude evitar que se me doblaran las piernas y me caí al suelo, donde me abracé con fuerza las rodillas.

«Tengo que irme de aquí...»

6

MARFIL

Pasaron dos días y empecé a notar a Marcus de peor humor. Estaba nervioso por alguna razón y se pasaba las tardes encerrado en su despacho, fumando y reuniéndose con unos hombres que parecían recién salidos de la cárcel.

Yo aproveché que estaba ocupado y me mantuve alejada. Intentaba no cruzarme con ninguno de aquellos individuos y hacía pocas preguntas. Lo sé, era todo un sacrificio para mí, pero me importaba más mi seguridad que mi curiosidad. Por las noches cenábamos juntos, como siempre, y al acabar me acompañaba hasta mi habitación.

Me besaba en la puerta hasta que le decía que estaba cansada y luego, ya en la cama, rezaba para que nunca insistiera en entrar conmigo.

La ansiedad que me producía aquella situación me tenía en un estado de alerta constante, por eso cuando me dijo aquella mañana que quería verme en su despacho, sentí una presión extraña en el pecho, una presión que me produjo un sudor frío en la espalda y que hizo que se me acelerara la respiración. No tenía sentido sentirme así, me dije a mí misma, solo quería verme, pero era tan extraño que me llamase a su despacho, se salía tanto de nuestra rutina habitual que necesité unos minutos para prepararme y afrontar lo que fuese que pudiese llegar a pedirme que hiciera.

Besarlo era una tortura, sentir sus manos en mi piel me confundía. No cesaba de decirme a mí misma que era lo mínimo que podía hacer, soportar, a cambio de que me mantuviese con vida, porque a fin de cuentas era lo que estaba haciendo. Por muy retorcido que fuese, Marcus era la razón de que no estuviese criando malvas. Era el único que aún no me había dado la espalda.

Cuando llamé a su despacho me indicó que pasara y, al abrir la puerta, sentí que mi corazón se aceleraba al instante como respuesta a la persona que me devolvió la mirada.

No, no era Sebastian... Era Wilson y verlo me produjo una felicidad que no puedo ni siquiera describir.

Este me devolvió la sonrisa en cuanto me vio.

—¿Qué haces aquí? —pregunté tan ilusionada que, detrás de él, Marcus frunció el ceño sin disimulo.

—Ha venido a formar parte de tu custodia —dijo Marcus interrumpiendo lo que Wilson había empezado a decir—. Tristan ha tenido que marcharse.

Mis ojos se desviaron a él y la palabra «marcharse» me sonó a todo menos a eso.

—¿Te quedarás aquí? —le pregunté a Wilson directamente.

—Mientras el señor Kozel lo requiera, señorita Cortés.

Su manera de hablar me indicaba que delante de Marcus tenía

que mantener las formalidades. Wilson había sido mi guardaespaldas durante unos días cuando fui a pasar las vacaciones de primavera a casa de mi padre. En teoría, era el guardaespaldas de Gabriella, pero Sebastian lo había puesto a hacerme de niñera para tener un respiro de mí. Pensar en él, en nosotros, durante aquellos días de vacaciones me produjo tal sensación de añoranza que tuve que controlarme para no echarme a llorar allí mismo.

«No pienses en él.»

—Me ha dicho Wilson que ya formó parte de tu custodia antes; lo ha recomendado tu padre —siguió explicando Marcus—. Si no recuerdo mal, te vi en casa de Alejandro cuando empecé a salir con Marfil...

«Empecé a salir con Marfil...» Qué mal sonó aquello, como si fuéramos algo.

Me quedé mirando a Wilson mientras ellos se ponían de acuerdo en las horas y en cómo cuadrar los cambios de turno con el resto de los guardaespaldas y no pude evitar preguntarme si de verdad había sido mi padre quien lo había recomendado o si, por el contrario, había sido Sebastian.

Sebastian... Sentí un tirón en el estómago, un tirón que me empujaba a preguntarle de todo a Wilson, de interrogarlo hasta que me dijese cuánto faltaba para que pudiese recuperar mi vida, para que pudiese recuperarlo... ¿a él?

Pero debía tener cuidado, Wilson había trabajado bajo las órdenes de Sebastian, pero a fin de cuentas trabajaba para mi padre... Cualquier cosa que pudiese hacerlo sospechar pondría a mi padre, y luego a Marcus, sobre aviso de lo que había ocurrido entre los dos...

Entonces, ¿no podía preguntarle por Sebastian?

Me vine abajo y desconecté de la conversación que estaba teniendo lugar frente a mí.

—Marfil —dijo entonces Marcus sacándome de mis pensamientos.

Levanté la mirada para fijarla en ambos.

—¿Has oído lo que te he dicho?

Negué con la cabeza y Marcus resopló.

—Por el momento se acabaron las salidas. No quiero que salgas con tu perro ni al parque ni al centro. Si vas a la playa, deberás llevarte a Mani, Gorka y Nuñez aparte de Wilson. ¿Lo has entendido?

Fruncí el ceño.

—Vamos..., que me tengo que quedar aquí encerrada, ¿no?

Marcus se puso de pie y se sirvió una copa de whisky color ambarino.

—Las cosas en la calle se están poniendo feas... Las bandas se están dividiendo y no puedo garantizar tu seguridad fuera de estas cuatro paredes, no hasta que consiga acabar con la amenaza que te persigue.

Wilson mantuvo la boca cerrada en todo momento.

—¿Y cuándo va a ser eso?

Marcus se giró hacia mí y dio un largo trago a su bebida.

—¿Por qué? ¿Tienes prisa por irte?

«Cuidado, Marfil», me dijo una voz en mi interior.

Las cosas ya no eran como antes, no desde que él y yo habíamos empezado a tener esa clase de relación retorcida. Si decía que sí, que quería largarme, estaría admitiendo que no veía la hora de perderlo de vista y, por ende, que todo lo que hacía con él era una farsa.

Sopesé mi respuesta con cuidado.

—Tengo prisa por volver a sentirme segura.

Marcus asintió, miró la bebida y luego volvió a levantar la cabeza.

—Mientras hagas lo que te diga, no te pasará nada. —Volvió a sentarse—. Ahora, si me disculpáis, tengo muchas cosas que hacer.

Salí del despacho de Marcus acompañada por Wilson, que mantenía la boca cerrada y caminaba detrás de mí en un silencio incómodo.

Me acompañó hasta el patio trasero, donde había planeado darme un chapuzón en la piscina y me giré hacia él.

—¿Vas a decirme por qué estás aquí?

Wilson miró a ambos lados antes de hablar.

—Estoy aquí para protegerte, nada más.

Le devolví la mirada cruzándome de brazos.

—¿Quién te envía? ¿Mi padre?

Dudó y eso fue lo único que me hizo falta para comprender.

—¿Por qué no vino él?

Estaba segura de que lo que me había contado sobre que lo habían destituido de su cargo era una mentira tan grande como una casa. Cuando nos atacaron en aquella discoteca, Sebastian se cargó a todos los atacantes en menos de tres minutos; me salvó la vida, esa era la realidad… Nadie le había ordenado que dejara de protegerme, el problema era que la situación lo había superado. Lo que tenía conmigo nos ponía en riesgo a los dos y había preferido dar un paso atrás, algo que no pensaba perdonarle jamás.

Levanté le barbilla y miré a Wilson con rabia.

—Si lo ves, o hablas con él, dile que es un cobarde de mierda.

Le di la espalda, me quité el vestido que llevaba encima del bañador y salté al agua buscando calma, una calma que nunca llegó.

La incorporación de Wilson a mi custodia y a mi vida produjo un efecto extraño en las pesadillas que frecuentaban mis sueños. Si desde que estaba allí apenas había podido pegar ojo, desde que Wilson llegó, avivando recuerdos que había dejado enterrados en lo más profundo de mi mente y corazón, mis pesadillas se habían convertido en sueños donde Sebastian y yo… volvíamos a encontrarnos.

Era como si mi mente me estuviese tomando el pelo. Durante el día ni siquiera le dedicaba un segundo de tiempo a recordarlo, pero cuando mis ojos se cerraban… allí estaba él, con sus ojos marrones, su cuerpo escultural y sus manos en mi cuerpo.

Todo lo que no habíamos hecho en la realidad lo hacíamos en mis sueños, pero nunca conseguía acabar. Era un castigo físico que se me sumaba a todos los castigos con los que me encontraba durante el día. Me despertaba sudando, frustrada, y con el deseo invadiendo todos mis pensamientos.

Me cabreaba despertarme así. Me molestaba saber que en lo más profundo de mi ser lo añoraba más que a nadie, más a que cualquier miembro de mi familia o amigos. Añoraba su forma de mirarme, su manera de echarme la bronca, pero sobre todo su capacidad de regalarme orgasmos maravillosos, intensos y placenteros. En los sueños me hacía de todo y yo le correspondía como siempre había querido hacer. Y entonces, cuando me tenía donde él quería, mis ojos se abrían, y el pánico a ser descubierta, el miedo intenso que me producía pensar que Marcus podía saber lo que ocurría en mi cabeza, me dejaba totalmente fuera de juego. Placer, terror, añoranza, miedo, placer, terror, añoranza... Era la canción que se repetía cada una de mis noches y mis días.

Hice lo que Marcus me pidió y no salí de la casa. Solo daba algunos paseos por la playa para que Rico no se aburriera. Uno de aquellos días, mientras volvía por el camino de piedra que conducía hasta el jardín, Marcus salió a recibirme. Iba vestido con pantalones cortos y una camiseta de marca. Descalzo, se acercó hasta donde yo estaba, arrodillada quitándole la correa a Rico.

Se agachó y le pasó la mano por la cabeza y detrás de las orejas. Sabía que Wilson y los demás guardaespaldas estaban detrás a una distancia prudente, pero lo suficientemente cerca como para oírnos y vernos con perfecta claridad.

—Nunca te he preguntado por él... ¿Qué raza es?

Me incorporé y él hizo lo mismo. Rico salió corriendo ladrando y saltando como un conejo.

—No lo sé... Lo recogí de la calle —dije. Me puse tensa cuando sus dedos se adentraron por mi nuca hasta agarrarme despacio de mi cabellera.

—Te preocupas por la beneficencia, recoges perros de la calle... ¿Me obligarás a adoptar a un niño muerto de hambre cuando estemos casados?

Mi corazón se detuvo y no pude controlar mi expresión de horror.

—Marcus...

—¿No te gustaría ser mi mujer, la mujer de Marcus Kozel?

Tragué saliva e intenté pensar algo que no lo hiciera enfadar y a la vez me librara de contestar a esa pregunta...

—Soy muy joven para pensar en el matrimonio.

Marcus lanzó una mirada sobre mis hombros y luego volvió a fijarse en mí.

—Algún día estarás preparada y, entonces, serás mía para siempre, princesa. Haremos los niños más guapos del mundo y te daré todo lo que me pidas.

No me dio tiempo a hacer nada, ya lo tenía encima de mí, besándome y agarrándome con fuerza del trasero.

Notaba la mirada de Wilson en mi espalda, notaba la mirada de todos ellos, y solo pensar que él... que él podía contarle...

Aparté la cara conteniendo las ganas de ponerme a llorar.

—No me gusta que nos estén mirando, Marcus.

Echó la cabeza hacia atrás y me sonrió con los ojos oscuros de deseo.

—Algún día dejarás de poner tantas excusas, preciosa —dijo soltándome y tendiéndome la mano—. ¿Damos un paseo?

No pude decirle que no y lo acompañé durante una hora en la que lo único que pude pensar fue: «¿Wilson le dirá a Sebastian lo que acaba de verme hacer?».

Por suerte el tema del «matrimonio» no volvió a salir a colación y yo, al no poder alejarme de casa, me centré en seguir indagando en el pasado de mi madre y en las razones que la habían hecho decidir venir a Estados Unidos a trabajar, sobre todo teniendo el mejor trabajo del mundo en Moscú, o al menos eso fue lo que intenté.

La madre de Nika no quiso hablar conmigo cuando me colé en la cocina. De hecho, el terror con el que me miró me dejó claro que lo que había ocurrido aquel día cuando decidí entablar una conversación con ella solo se había producido porque Marcus estaba fuera de la ciudad, que mientras él estuviese bajo nuestro mismo techo, Naty no volvería a soltar prenda.

—Deja de hacer preguntas, niña. Conseguirás que nos maten a todos —me dijo antes de cerrarme la puerta en las narices.

Con Nika, al menos, no fue tan decepcionante. La abordé una vez que vino a mi habitación a traerme el almuerzo. Al principio pareció que quería salir corriendo, dejar la comida y largarse sin más, pero yo sabía que ella confiaba en mí, que se preocupaba. Después de mirar a todos lados, bajó la voz hasta casi susurrar y supe que lo que se gestaba en aquella casa era tan horrible como me lo pintaba mi imaginación.

—Tienes que irte, Marfil —dijo sujetándome los hombros con

fuerza—. Te usará y, cuando ya no valgas nada, te llevará por un camino tan oscuro que preferirás morir a seguir con vida.

—¿Qué les hicieron a nuestras madres, Nika? —pregunté con el corazón en un puño.

—Les prometieron el cielo y las trajeron al infierno.

Se largó después de decir aquello y solo pude mirar frustrada la puerta cerrada del dormitorio.

El miedo consiguió que cualquier pensamiento racional se nublara en mi mente y salí de mi habitación en busca de Wilson.

Lo encontré en el jardín, sentado a la mesa con Gorka y Nuñez, supuse que Mani estaría vigilando las cámaras de seguridad. Estaba tan obsesionada con que existiera la posibilidad de que tuviese que huir en mitad de la noche, que había empezado a dibujar los lugares donde estaban las cámaras y a planear una ruta de escape en caso de necesitarla.

Jugaban al póquer y fumaban cigarrillos; no tenían mucho que hacer ahora que apenas me dejaban salir de la casa, pero incluso así, me enfureció verlos allí sentados, como si no ocurriese nada, como si el enemigo no estuviese justamente encerrado entre esas malditas paredes blancas.

—Necesito hablar contigo —le dije a Wilson directamente, colocándome frente a él.

Levantó la mirada de las cartas y, tras echar un vistazo a los otros dos, se puso de pie y me siguió hasta la parte trasera del jardín. Desde allí las vistas al océano eran impresionantes. A lo lejos se podían ver varios barcos pesqueros y algún catamarán. Las vacaciones ya habían empezado para muchos y Miami se había llenado de turistas ricos que salían a navegar con barcos tan grandes como una casa.

—¿Ocurre algo? —me preguntó y, por el tono que utilizó, parecía un poco nervioso... Aunque tal vez eran imaginaciones mías.

Dios mío... Si le pedía su número podían pasar dos cosas y ambas conseguían que mi corazón se acelerase de miedo y las palmas de las manos empezasen a sudar. La primera: que Wilson le contara a Marcus que le había pedido hablar con Sebastian, lo que llevaría a Marcus a sospechar que algo había ocurrido entre los dos, o la segunda opción: que me diera su número y volviese a oír su maldita voz... Su voz a kilómetros de distancia, la misma voz que me había dicho que me quería y luego me había dejado en manos de la peor persona imaginable.

Wilson aguardó a que le contestara y yo busqué en sus ojos una señal que me dijese que estaba de mi parte, algo que me diese vía libre para pedirle lo que en ese momento necesitaba con desesperación.

—Necesito hablar con él —dije simplemente.

Wilson me miró unos instantes y supe que sabía perfectamente a quién me refería.

—No es buena idea —respondió muy serio y fue a rodearme para regresar a la mesa.

Lo retuve agarrándolo del brazo.

—No te lo estaba preguntando —dije muy seria y él volvió a fijarse en mi expresión, en mis ojos húmedos, en mis mejillas pálidas, en mi mirada que en silencio le suplicaba que hiciera lo que le pedía.

No dijo nada, pero metió la mano en el bolsillo y sacó su teléfono móvil.

—Dos minutos —dijo buscando el contacto en su teléfono—. Se va a cabrear.

Apenas oí su último comentario; mis manos temblorosas cogieron el teléfono a la vez que notaba que el corazón me subía a la garganta. Lo que sentí en aquel momento fue el inicio de algo muy fuerte y complicado de explicar.

Cada pitido avivó aquello que crecía a pasos agigantados.

Cada pitido me alejó aún más de él en vez de acercarme como había supuesto que pasaría.

Hasta que finalmente contestó.

—Te dije que no me llamaras a no ser que...

—Soy yo —dije con voz seca. Se me acababa de hacer un nudo en el estómago al oírlo por primera vez en casi un mes. Su voz... Su maldita voz grave me había traído recuerdos que hacía semanas había enterrado en lo más profundo de mi alma.

Pero lo último que esperaba oír como respuesta fue lo que soltó en un tono frío y distante.

—¿Le ha pasado algo a Wilson?

Un mes sin vernos. Un mes sin saber nada el uno del otro. Un mes sabiendo que estaba encerrada con un asesino, narcotraficante y maltratador, ¿y eso era lo primero que me preguntaba?

—Wilson está bien —respondí procurando no echarme a llorar

de la impotencia—. Me ha dejado su teléfono para que pudiera llamarte, yo...

—Marfil, cualquier cosa que necesites pídesela a Wilson, estoy seguro de que él te podrá ayudar con lo que sea —me interrumpió.

Miré la pantalla del teléfono preguntándome si había llamado al número correcto.

Mi voz cambió de manera automática cuando volví a abrir la boca.

—¿Eso es lo único que tienes que decirme? —contesté con incredulidad y procurando que no notara el dolor desgarrador en mi tono de voz.

—Creía que habías comprendido que ya no iba a trabajar como tu guardaespaldas —dijo con calma—. Si hay algo de tu apartamento que necesites que te envíe, puedes decírselo a Wilson y él me pasará el recado...

—Sebastian, sácame de aquí —lo corté desesperada. Me daba igual que pareciese un puto robot hablándome de aquella forma, y tampoco quería saber por qué maldita razón se mostraba así de distante. Solo necesitaba una cosa de él y lo necesitaba ya.

—Escúchame... —dijo y por su tono parecía que estar hablando conmigo fuese la tarea más tediosa que le habían encomendado—. El otro día estuve con tu padre... Me ha dicho que te verá dentro de poco...

—Dijiste que vendrías a buscarme. Me prometiste que me sacarías de aquí, que encontrarías la manera de comunicarte conmigo y ni siquiera... —lo interrumpí acusándolo con mi voz, borrándome las lágrimas que ya habían empezado a caer por mis mejillas, pero no me dejó continuar. Me interrumpió, y lo que soltó por la boca me dolió más que aquellos minutos de angustiosa charla.

—Te lo dije porque era la única manera de que te subieses al avión —me contestó frío como el hielo, sin pelos en la lengua—. No reaccionaste muy bien, ¿recuerdas? —agregó, y la última vez que lo había visto me vino a la cabeza: mis lágrimas, yo robándole la pistola y apuntándole para que me llevase de vuelta a mi apartamento...—. Esa casa es el lugar más seguro para ti. Ya no sé cómo decírtelo.

—¿Me estás diciendo que me engañaste? —le contesté levantando el tono de voz.

Wilson había empezado a acercarse con la intención de recuperar su teléfono y yo me puse a caminar alejándome de él.

—Hice lo necesario para ponerte a salvo. En eso consiste mi trabajo.

Me quedé callada durante varios segundos en los que él no dijo ni añadió absolutamente nada. Sentí que la rabia me invadía por completo, la desesperación de descubrir que no solo me había engañado, sino que además no vendría a ayudarme... Estaba sola... Lo estaba de verdad.

Cuando volví a hablar lo hice en serio, desde lo más profundo de mi corazón.

—Procura que tú y yo no volvamos a encontrarnos. Porque si lo hacemos..., juro por Dios que te mato.

Colgué antes de que me oyera derrumbarme.

Miré el teléfono y me obligué a controlar mis impulsos para no terminar partiéndolo en dos de la fuerza con la que lo sujetaba.

Wilson llegó hasta donde yo estaba y, al girarme hacia él, supe que mi aspecto era tan horrible como me sentía por dentro.

Le di el teléfono y entré en casa.

Ya estaba todo dicho.

7

MARFIL

No dormir bien ni ingerir los alimentos que mi cuerpo necesitaba me estaban pasando factura. No me preguntéis por qué, pero no me entraba la comida; tenía un nudo en el estómago que me impedía comer nada más que un par de bocados de lo que todos los días me traían a mi habitación, excepto cuando cenaba con Marcus en el salón.

Algunas noches podía ser el hombre más amable, educado y simpático del mundo, pero otras podía tratarme como si yo fuese un muñeco de trapo.

Aquel día, por ejemplo, se había mostrado frío y seco conmigo. Apenas había intercambiado más de dos frases y una de ellas había sido para informarme de que aquella noche debía acompañarlo a una fiesta en el centro de la ciudad. Tuve que peinarme y vestirme como él había dicho: el vestido rojo ajustado que no dejaba mucho a la imaginación, mis curvas se marcaban a la prenda como si fuese mi segunda piel, y el pelo negro caía en cascada sobre la espalda, tal y como él había deseado que me lo peinara.

Me devolvió la mirada con aprobación cuando bajé por las escaleras y me lo encontré esperándome.

—Muy guapa —dijo recorriéndome el cuerpo con lascivia.

—Gracias —contesté incómoda.

Tuvimos que subir a su lancha para cruzar hasta la isla principal, pero allí nos esperaba un coche magnífico, descapotable y, por supuesto, otros tres coches que conducían los guardaespaldas.

—Hoy necesito que hagas todo lo que yo te pida —dijo mientras aceleraba y se metía en una autopista a toda velocidad. Lo miré sin decir nada y él siguió conduciendo—. Si te digo que te sientes, lo harás; si te pido que no hables, lo harás, si te pido que...

—No soy un perro —solté con incredulidad.

Marcus me lanzó una mirada glaciar.

—No, no lo eres. Eres mucho más importante y valiosa que un perro, pero si no haces lo que te pido, de nada servirá todo lo que estoy haciendo para protegerte.

El tono en el que me habló me recordó al Marcus antiguo, al Marcus capaz de lastimarme, al Marcus que me trataba como un objeto y no como a una mujer. Las últimas semanas me había tratado siempre tan bien, me había dado cualquier capricho, agasajado como si de verdad le importara, como si de verdad sintiera algo por mí. Sus cambios de humor me desconcertaban y más cuando cada vez que cambiaba la que podía salir mal parada era yo, siempre yo.

No volví a abrir la boca porque sabía que solo conseguiría empeorar su humor. No iba a darle vueltas a lo que acababa de pedirme que hiciera, lidiaría con ello cuando llegase el momento.

Marcus detuvo el coche frente a una mansión de paredes de ladrillo y grandes ventanales. Nada más llegar, dos hombres enchaquetados se acercaron a abrirnos las puertas. La música que procedía de dentro llegó hasta mis oídos y pude ver que se trataba de una fiesta privada.

—No lo esperábamos hoy, señor —dijo el que se encargaba de dejar pasar a los invitados que iban llegando.

Marcus sonrió y me estremecí ante la mirada que le lanzó.

—Claro que no —coincidió Marcus—, por eso estoy aquí —añadió mientras se bajaba del coche y me tendía la mano.

Los guardias me miraron fijamente y luego indicaron al portero que nos dejase entrar. Mani, Nuñez y Wilson nos siguieron a una distancia prudente, pero sin perdernos de vista en ningún momento.

Al entrar, lo primero que llegó a mis sentidos fue el denso olor a marihuana. Era tan fuerte que sentí que me mareaba. Marcus me sujetó por el codo y empezó a atravesar el salón lleno de gente.

Había muchos hombres enchaquetados bailando con mujeres hermosas, todas ellas vestidas con vestidos elegantes y sexis. Predominaba el color rojo por todas partes y entendí que mi vestido había sido elegido con la intención de cumplir con la etiqueta de la fiesta.

Marcus dejó a la gente atrás y subimos una escalera hasta llegar a una puerta doble custodiada por dos guardaespaldas.

Nos dejaron pasar sin dudar y, cuando las puertas se cerraron, el ruido de la música quedó completamente aislado. La habitación estaba insonorizada y allí, sentados frente a una mesa redonda, cuatro hombres jugaban al póquer.

—Buenas noches, caballeros —dijo Marcus acercándose a la vez que los cuatro levantaban la mirada sorprendidos. Su mano en mi cintura me obligó a seguirlo.

Todos los allí presentes se pusieron tensos.

—¿Hay un hueco para uno más en vuestra mesa?

Uno de ellos, de pelo crespo y canoso, apoyó el puro que estaba fumando y se inclinó hacia atrás. Con un ademán de su mano le indicó a uno de los jugadores que se levantara, con lo que quedó una silla libre. Luego, sus ojos se fijaron en mí y recorrieron todo mi cuerpo hasta detenerse en mis pechos unos segundos de más.

—¿A quién traes contigo, Kozel? —preguntó y con ello consiguió que los demás clavasen sus ojos en mí.

Marcus sonrió de lado.

—Os presento a Marfil Cortés —dijo sentándose a la mesa y obligándome a sentarme sobre su regazo.

—¿La hija de Alejandro?

Asintió mientras una camarera se acercaba a servirle una copa de whisky.

—La misma —confirmó al tiempo que se llevaba la copa a los labios.

—¡Qué cabrón! —dijo soltando una carcajada—. Media ciudad buscándola y tú la traes aquí, a mi casa —añadió poniéndose más serio—. ¿A qué cojones estás jugando?

Me tensé al sentir que Marcus lo hacía.

—Tranquila, princesa —dijo solo para que yo pudiese oírlo—. ¿Tienes miedo, Dima? —agregó dirigiéndose a aquel tío.

El tal Dima se inclinó sobre la mesa.

—¿Esa pregunta se supone que es una gracia? —repuso muy serio.

Marcus sonrió.

—¿Sabes una cosa, amigo mío? —le dijo—. No te pago para que me cuestiones.

Marcus metió la mano en su chaqueta y sacó una pistola que apoyó con fuerza sobre la mesa de juego.

Me eché hacia atrás, dispuesta a salir corriendo, pero su brazo me obligó a quedarme quieta donde estaba. Me apretó tan fuerte que me hizo daño.

El tal Dima se tensó.

—No te cuestiono, Kozel, solo te digo que estás jugando con fuego...

—Oh, pero yo no tengo ningún problema en quemarme —lo interrumpió a la vez que hacía girar la pistola sobre la mesa oscura de madera—, así que vamos a dejar una cosa clara —añadió—: si algo le pasa a esta belleza, cada uno de vosotros morirá con una bala en la cabeza.

Los cuatro hombres lo miraron serios, con temor.

—Sabes perfectamente que te somos fieles, Kozel, no hay nadie aquí que no esté preparándose para mañana...

—Cierra la boca —ordenó y su mano me apretó con fuerza la cintura—. Si os estáis preparando para mañana ¿a qué cojones viene esta puta fiesta a la que nadie me ha invitado?

Dima apenas pestañeó.

—Sabes que siempre eres bienvenido...

Marcus asintió y me señaló la pared que estaba a nuestra derecha.

—Ponte allí, princesa, donde todos podamos verte bien.

La visión de una pistola entre sus dedos me obligó a hacer lo que me pedía.

—¿Tenéis la menor idea de lo que vale una mujer como ella?

Me extrañó que hablase así de mí... Por muy bien que hubiese intentado tratarme siempre supe que para él no era más que un objeto, pero...

—Conozco a alguien que pagaría al menos un palo —dijo Dima echándome un vistazo—. Si te interesa...

Marcus no había apartado los ojos de mí, pero lo hizo en cuanto lo escuchó decir aquello.

Creí que le partiría la cara al oír cómo acababa de insultarme al hablar de mí como si fuese un trozo de carne, pero entonces lo que soltó por la boca me dejó petrificada.

—¿Un palo? —dijo este exhalando una carcajada—. ¿Una mujer de veinte años, con esa cara, ese cuerpo y... virgen? —Al decirlo volvió a lanzarme una mirada y yo se la devolví con sorpresa primero y con incredulidad después. Todos me miraron con nuevos ojos al oírle decir aquello—. Un millón ni se le acerca. ¿Por qué te crees que arriesgo tanto por esto?

Me giré hacia él sin dar crédito a lo que estaba oyendo.

—¿De qué demonios estás hablando...?

—Solo me cubro las espaldas, princesa —dijo como única respuesta.

Dima soltó una carcajada y mis ojos volaron hacia él.

—Empezaba a sospechar que estabas enamorado, Kozel.

—Oh, lo estoy —dijo Marcus poniéndose de pie y caminando hacia mí. Su mirada... No sé cómo explicaros lo que me transmitió con su mirada. Solo puedo decir que todo mi cuerpo reaccionó poniéndose alerta, como un ciervo que sabe que el león está cerca—. Nada me haría más feliz que hacerla mía en todos los sentidos, pero soy un hombre de negocios...

Lo empujé con todas mis fuerzas cuando fue a ponerme las manos encima. Me tambaleé hacia atrás y él me siguió como un animal acechando a su presa.

—Dime una cosa, Marfil —dijo mientras me colocaba una mano en el cuello y obligaba a mi espalda a chocar contra la pared.

Apretó con fuerza y me empezó a faltar el aire. Mis manos intentaron apartarlo, pero siguió hablando ajeno al daño que me hacía.

—¿Cuánto tiempo pensabas que podías esconder la relación que tenías con el hijo de puta de Sebastian?

La sorpresa debió de reflejarse en mi mirada y también el temor, porque aumentó la presión de su agarre ante la confirmación de sus sospechas.

Con terror, mis ojos volaron hacia la puerta de la habitación, donde Wilson y el resto de los guardaespaldas miraban hacia delante, como si lo que estaba ocurriendo frente a sus narices no fuese con ellos.

¡Se suponía que estaban ahí para protegerme!

—¿Pensabas que no iba a enterarme? —preguntó apretando la mandíbula con fuerza.

—Po-por fa-fa... —Intenté pedirle que me soltara, pero parecía desquiciado.

—¿Pensabas que podías llamarlo y que yo no me enterase de la conversación? «Dijiste que me sacarías de aquí, Sebastian», «dijiste que conseguirías la forma de comunicarte conmigo...» —Imitaba mi voz de forma pésima.

Wilson me miró justo en ese momento y supe que me la habían jugado... él también.

—Señor Kozel... —dijo entonces Wilson. Había empezado a ver manchas negras a los costados de mi visión y apenas oía lo que me decía. El oxígeno se me estaba agotando, por mucho que le estuviese clavando las uñas para que me soltara, él parecía implacable—, va a matarla si no la suelta.

Su modo de decirlo fue igual a cuando alguien le aconseja a un amigo que se lleve paraguas porque puede que llueva.

Igual.

Marcus siguió con sus ojos clavados en los míos... y entonces me soltó.

Caí de bruces al suelo y llené mis pulmones de aire con desesperación.

—Como veis, amigos míos, tenemos un pequeño problema.

Me arrastré hasta una esquina, muerta de miedo. Temblaba. Temblaba por lo que ese hombre era capaz de hacerme.

—Varios problemas en realidad —dijo mientras cogía el arma de la mesa—. No solo me entero de que la mujer por la que siento algo se tiraba a su guardaespaldas, sino que ahora me doy cuenta de que, encima, su valor ha caído en picado puesto que no es una puñetera niña virgen, algo que su padre me juró y perjuró antes de vendérmela.

Me apuntó con la pistola y solté un grito al tiempo que me apoyaba contra el rincón de la habitación.

—Admito que el truco de los caballos como excusa si llegabas a follarte a alguien antes de que tu padre pudiese hacer negocios contigo era muy bueno. De hecho, creo que fue mi padre quien se lo recomendó, pero a mí nadie me engaña, princesa. Si he pagado por una mercancía de lujo, quiero una mercancía de lujo.

—¡No sé de qué estás hablando...! —grité levantándome del suelo y obligándome a hacerle frente. El cuello me dolía horrores, el aire que entraba en mis pulmones aún me escocía en la garganta, pero no pensaba quedarme allí tirada como un trapo. Demasiadas cosas estaban saliendo de su boca como para dejar que siguiera humillándome.

—¿Te follabas o no a tu puto guardaespaldas?

Estuve tentada de decirle que sí, que me lo había follado todas las veces que me había dado la real gana, que para eso era una mujer adulta y libre de hacer lo que quisiera, pero sabía que no debía mentir en ese momento. Ni mi orgullo ni mis impulsos de revelarme contra él me sacarían de allí con vida, así que tenía que seguir jugando.

—No —contesté mirándolo fijamente, levantando la barbilla y desafiándole a llevarme la contraria.

Marcus guardó silencio sin apartar los ojos de mí en ningún momento.

—Cuando tu padre me dijo que eras virgen me reí de él en su puta cara. ¿Qué mujer de veinte años es virgen hoy en día? ¿Qué mujer como tú es virgen hoy en día? Pero me enseñó un certificado médico que afirmaba que lo eras. Quise conocerte y me bastó con mirarte para saber que era cierto. Fue entonces cuando te quise para mí y, si no salía según lo planeado, siempre podía revenderte por una fortuna tres veces mayor que la que le había dado a tu desesperado padre por ti.

»Y no solo me despierto esta mañana con todas estas sorpresas desagradables, sino que también me informan de que un capullo ha estado diciendo gilipolleces sobre mí y que encima ha intentado joder todo el operativo de mañana...

Marcus se giró hacia la mesa de juego.

—Oye... No sé qué estás insinuando, pero yo...

Se me escapó un grito desde lo más profundo de mi ser cuando Marcus apretó el gatillo y la bala atravesó la frente de Dima. Este calló y la sangre empezó a manchar el suelo a su alrededor.

Los otros tres hombres se pusieron de pie y miraron atemorizados a Marcus.

—¿Alguien más de esta puñetera habitación tiene algo que confesarme?

Todos nos quedamos callados.

Estaba tan asustada que ni siquiera fui capaz de echarme a llorar. Mis ojos estaban clavados en aquel hombre, en cómo sus ojos se habían quedado abiertos, en cómo en un segundo la bala lo había silenciado para siempre.

—Muy bien —dijo guardándose la pistola bajo la chaqueta—. El plan sigue en pie. Quien la joda la palma, ¿entendido?

Todos asintieron.

Marcus se giró hacia mí.

—Ven aquí —ordenó con la mirada fiera pero excitada, como si haber matado a un compañero suyo le hubiese producido algún tipo de placer—. ¡Ahora!

Me acerqué a él despacio.

Me cogió la cara con una mano y me obligó a mirar a Dima.

—¿Ves lo que acabo de hacer? —preguntó con su boca en mi oído—. Así van a acabar todos los malditos miembros de tu familia si a partir de ahora no haces exactamente lo que yo te diga. ¿Lo has entendido, princesa?

Asentí despacio.

—Se acabó la tregua.

8

MARFIL

Salimos de aquella habitación como si no hubiese ocurrido nada. Cualquiera que me dedicase una mirada se daría cuenta de que estaba a punto desmayarme. La sangre de Dima había seguido saliendo de su cabeza, manchando la alfombra y trayendo recuerdos a mi mente que revolvieron cosas en mi interior que no quería ni podía tolerar. No allí. No con él.

La gente a nuestro alrededor se movía dejándonos pasar. Todos sabían quién era Marcus. Todos lo miraban con temor. ¿Había sido tan idiota como para creer que lo que sentía por mí iba a mantenerme a salvo hasta que finalmente pudiese escapar?

¿De verdad sentía algo por mí?

—Sube al coche —ordenó abriendo su puerta y mirándome por encima del capó.

Por un instante dudé. Mi mirada se dirigió hacia el final de la calle, hacia donde los árboles se erigían altos, animándome a resguardarme entre ellos. La posibilidad de salir corriendo, de perderlo de vista, de ir a la policía y contar lo que acababa de ver, lo que acababa de presenciar, me pareció la mejor de las ideas... por un instante.

—Te traería de vuelta aquí antes de contar hasta tres. Viva o muerta, me da igual.

Lo miré y supe que decía la verdad.

—Sube al coche.

Hice lo que me pedía y entré.

—Si hay algo en esta vida que detesto, Marfil, es que jueguen conmigo... que me mientan, y tú has hecho las dos cosas —dijo mirando hacia delante. La ventanilla estaba bajada y tenía el codo apoyado en el alféizar de la ventana, mientras con la otra mano sujetaba el volante.

No dije nada. No podía hablar. No me salían las palabras.

—Creía que habías empezado a sentir algo por mí... Creía que todo lo que había hecho por ti había conseguido que me mirases de una forma diferente.

Seguí mirando hacia delante.

—¿No dices nada?

Pasaron los segundos y entonces abrí la boca.

—Voy a vomitar.

Me miró y en medio segundo se había desviado para detener el coche en la calzada.

Abrí la puerta y vomité. Vomité hasta que no me quedó nada en el estómago, hasta que solo pude echar bilis por la boca.

Su mano me sujetó el pelo y las náuseas regresaron.

Cuando me incorporé lo miré con odio.

—Quítame las manos de encima.

Mi tono lo sorprendió o eso me pareció.

—¿Que te quite las manos de encima? —dijo transformándose en Marcus, en el verdadero Marcus. Tiró de una palanca que hizo que rápidamente mi asiento se echara hacia atrás y en medio segundo lo tenía encima de mí—. ¿Que te quite las manos de encima? —repitió apretándome con fuerza con su cuerpo. Me entró el pánico y empecé a revolverme.

Su mano se levantó y me dio tal bofetada que me quedé quieta, impactada por la sorpresa y el dolor.

—Niña estúpida —dijo presionando sus caderas contra las mías—. Podría tenerte ahora mismo, como me diera la gana. ¿Me oyes? Podría follarte hasta que me suplicaras que me detuviera y entonces, ¿qué? ¿Sabes lo que pasaría entonces?

Lo miré con los ojos llenos de lágrimas.

—Que ya no valdrías una mierda.

«Te usará y, cuando ya no valgas nada, te llevará por un camino tan oscuro que preferirás morir a seguir con vida.»

Las palabras de Nika regresaron a mi cabeza y adquirieron un significado completamente nuevo. ¿Era a eso a lo que se refería? ¿Era eso lo que le había pasado a mi madre?

—Por suerte para ti, me importa más el dinero que un polvo rápido en un coche. Por mucho que te desee, por mucho que me calientes como nadie lo ha hecho jamás... Los negocios son los negocios... y yo en los negocios soy el puto amo. —Se apartó y regresó a su asiento—. Aunque antes que nada tengo que asegurarme de que no te vuelen la cabeza de un tiro.

Puso el coche en marcha y regresó a la carretera. Recoloqué el asiento y me puse el cinturón. La mejilla me dolía una barbaridad, pero más me dolía todo lo que acababa de descubrir.

Cuando me creí con el valor suficiente para volver a hablar, lo hice a sabiendas de que, si me metía por ese camino, ya no habría vuelta atrás.

—¿Cuánto tiempo llevas haciendo esto? —pregunté con la voz ronca debido al daño que me había hecho con las manos.

Me lanzó una mirada y luego volvió a fijarla en la carretera.

—¿Hacer qué? —contestó sonriendo como un auténtico capullo.

—Traficar con mujeres...

—Desde que descubrí que es un negocio bastante lucrativo —dijo, como si estuviese hablando de vender bocadillos en un partido de baloncesto.

«Hijo de puta...»

—¿Desde que tú lo descubriste?

Me miró interrogándome con la mirada.

—Sé que tu padre fue quien trajo a mi madre de Rusia. Sé que fue él quien seguramente le llenó la cabeza con ideas absurdas sobre una vida mejor, sobre un trabajo mejor... ¿Me equivoco?

Marcus pareció sorprendido por mis preguntas.

—Eres bastante astuta, ¿verdad?

Le mantuve la mirada hasta que la devolvió a la carretera. Aun así, seguí mirándolo fijamente, esperando una respuesta.

—Tu madre no era virgen cuando llegó a Estados Unidos. Todo un chasco... Trabajó de criada en casa de mis padres. Ni te imaginas la decepción de mi padre al descubrir que no iba a poder cobrar los tres millones de dólares que un jeque árabe había ofrecido por ella...

Dios mío.

—Tu padre la compró —añadió con simpleza.

Negué con la cabeza, las lágrimas por fin acudieron a mis mejillas.

—¡Oh, por favor! —exclamó asqueado—. Deja de lloriquear. Ella nunca supo que Alejando pagó por tenerla, se enamoró. Le dio todo lo que tenía.

—Me das asco —dije con repugnancia. Su forma de hablar, de contarme cómo habían comprado a mi madre, cómo habían planeado vendérsela a algún degenerado... Como si fuese simplemente un pedazo de carne, un objeto con el que traficar...

—¿Asco? —repitió furioso—. Me he gastado fortunas en ti, ¡maldita sea! Muestra un poco de respeto, o al menos finge que agradeces lo que hago por ti. ¡¿Me oyes?!

Me apoyé contra el respaldo. El corazón me latía a mil por hora.

—Te tendré respeto el día que tú me mires como a una igual y no como a un objeto sexual.

No sé de dónde salió el valor para soltarle aquello.

Marcus sonrió y los ojos se le transformaron.

—Te voy a mostrar yo lo que es ser un objeto sexual...

Pisó a fondo el acelerador y cogió el móvil para marcar un número.

Lo miré asustada al ver que aceleraba hasta alcanzar los ciento cincuenta kilómetros por hora.

—Solo Nuñez —dijo a quien fuera que estuviese al otro lado de la línea y luego cortó.

—¿Adónde me llevas?

—Voy a darte una pequeña lección.

No dijo nada más y, de repente, la opción de abrir la puerta del coche y dejarme caer no me pareció tan horrible.

Me quedé callada lo que duró el trayecto. No fuimos a su casa, lo que pensé que haría, sino que detuvo el coche en un aparcamiento privado en el centro de la ciudad. El mar se veía a lo lejos y los rascacielos me recordaron por un instante a Nueva York, sobre todo uno de los edificios en el que había un cartel de bienvenida con la imagen de la Estatua de la Libertad bebiendo cerveza. Era viernes, por lo que se podía oír el ruido de la noche, la fiesta, el alcohol. Las discotecas estaban en su momento álgido y yo... Yo quería desaparecer.

Me preocupó aún más ver que solo nos había seguido uno de los coches de custodia. Marcus me llevó hacia el ascensor, tuvo que poner su huella y solo entonces pudimos entrar.

Detrás de nosotros, el guardaespaldas de Marcus que más miedo me daba nos siguió sin emitir sonido alguno.

—Quiero irme de aquí —dije mientras el ascensor subía hasta la planta diecisiete, el ático del edificio.

¿Dónde demonios estábamos? ¿Qué significaba que iba a darme una lección?

Sin ni siquiera pensarlo, todas las clases de Sebastian acudieron a mi mente, pero estaba como petrificada, no podía moverme. Temía lo que me encontraría cuando las puertas de aquel ascensor se abrieran.

—Nos iremos cuando lo crea oportuno —dijo, y me cogió la mano para salir del ascensor.

En una esquina había un guardarropa que atendían dos chicas muy guapas vestidas con falda y un pequeño top de lentejuelas. Justo antes de la puerta de cristal que daba acceso al ático, había dos tipos enchaquetados que nada más ver a Marcus me pareció que palidecían.

—Señor Kozel... No lo esperábamos hoy —dijo uno de ellos acercándose para coger la chaqueta de Marcus. Parecía ser la frase de la noche.

—Ha sido una decisión inesperada —dijo sacándose el Rolex y mirándome de arriba abajo—. Ella será mi acompañante.

¿Qué pasaba si le decía a aquel tipo que no era nada suyo? ¿Que me había llevado allí en contra de mi voluntad? ¿Que acababa de matar a un hombre delante de mí?

—Tenemos que ingresarla en el sistema —dijo uno de ellos en un tono un poco incómodo.

Marcus resopló, pero con un ademán de su mano dejó que me llevaran hacia una pequeña habitación donde registraron mis huellas dactilares y me hicieron una fotografía frontal.

Estuve dudando todo el tiempo en si convenía decirle que me había traído obligada, que era un asesino, pero me bastó ver la cara de respeto y temor con la que miraban todos a Marcus para descartar esa idea del todo.

—Vamos —me alentó, cuando regresé con él, colocando una mano en mi espalda y empujándome para que pudiésemos cruzar las puertas juntos. Para ello tuvimos que poner cada uno nuestra huella dactilar.

Dentro, el ambiente era algo que nunca había visto con mis propios ojos. Había oído hablar de lugares así, clubs exclusivos donde era mejor no preguntar qué pasaba dentro. Existían en ciudades como Nueva York y, aunque yo nunca había puesto el pie en ninguno de ellos, sí había oído hablar a alguna amiga que había podido ir con los contactos pertinentes. Incluso Liam me había insinuado varias veces lo oscura que podía volverse la noche en lugares como aquellos...

Había una gran sala con sillones de color negro y una barra en una esquina con tres chicas que se encargaban de servir copas mientras la música sonaba como en una discoteca. No estaba llena de gente, pero sí había muchas parejas, hombres trajeados y chicas ligeras de ropa. La sala se dividía en dos pasillos que giraban en ambas direcciones.

Marcus me cogió la mano y yo tiré con fuerza, dando dos pasos hacia atrás.

—No vas a tocarme ni un pelo de la cabeza... —dije mirándolo con odio, un odio muy profundo, pero que poco disimulaba el terror que sentía.

Marcus sonrió y se me acercó hasta que nuestras narices casi se rozaron. Su mano en mi espalada impidió que me echara hacia atrás con asco.

—Ya te lo he dicho... Tú vales mucho más que un polvo rápido —dijo mientras me cogía del brazo y me obligaba a seguirlo.

Antes de que pudiéramos meternos en uno de los pasillos, un hombre trajeado se acercó a Marcus.

—Me alegra verlo esta noche, señor —dijo estrechándole la mano.

—A ti venía a verte, Carrington. Ya sabes que los teléfonos no son seguros —afirmó, preguntándole a continuación en voz muy baja—: ¿Todo va según lo planeado?

Tuve que agudizar mucho el oído para oír la respuesta.

—La mercancía llegó en perfectas condiciones... Solo hemos tenido problemas con... —El señor enchaquetado me miró y dudó, pero volvió a fijar sus ojos en Marcus.

—¿Lo habéis solucionado? —preguntó Marcus impaciente.

—Todo limpio, señor.

Marcus asintió y se despidió con un «buen trabajo».

¿Hablaban de droga?

Entonces entramos en el pasillo, un pasillo en donde los sonidos que salían de las habitaciones cerradas me pusieron todos los pelos de punta.

—¿Lo oyes? —me preguntó, sonriendo—. Esos podríamos ser tú y yo.

—Eres repugnante.

—No, princesa... —dijo acariciándome la mejilla—. Soy un puto santo... Eso es lo que soy.

Quise salir corriendo, pero me tenía muy bien sujeta por la

mano, eso sin contar con la presencia de Nuñez a mis espaldas. Marcus se detuvo frente a una puerta, que abrió y me obligó a entrar en una sala. Era una sala como las de las comisarías. Dos habitaciones divididas por un cristal unilateral. Nosotros accedimos por la que en un caso real estaría la policía viendo cómo se interroga a un preso. Al otro extremo había una mesa de madera y dos sillas enfrentadas. A mi lado, una puerta que supuse que comunicaba ambas salas.

—Ahora vas a ver lo que yo considero que es un objeto sexual —dijo pasándome la mano por la mejilla y lanzándole una mirada al guardaespaldas que había detrás de mí—. Que no se mueva de aquí.

Sentí un escalofrío cuando abrió la puerta, la cerró y entró a continuación en la sala contigua. Se apoyó contra la mesa y miró hacia mí. Juro que sentí como si estuviese mirándome directamente a los ojos, pese a saber que esos cristales no funcionaban así.

¿Qué iba a pasar? ¿Qué iba a hacerme?

Miré hacia atrás, hacia donde Nuñez se encargaba de mantener la puerta inalcanzable para mí.

Entonces oí un ruido, el ruido de otra puerta que se abría.

Mis ojos se desviaron hacia el sonido y vi que desde el otro lado de la habitación entraba una chica morena, de pelo largo, como yo, y vestida solo con un conjunto de encaje rojo de sujetador y tanga.

Marcus ni siquiera se inmutó. Sus ojos seguían en el cristal.

Mis ojos se abrieron con sorpresa, con horror, con... No sé qué fue lo que sentí...

—Bájame los pantalones y chúpame la polla hasta que te diga que pares.

La chica, obediente y sin ni siquiera dudarlo, se arrodilló frente a él y le desabrochó el cinturón de cuero negro.

Me giré con intención de marcharme, pero el guardaespaldas de Marcus me cogió por los brazos y me obligó a colocarme de cara al cristal.

—¡Suéltame!

Dio igual que le gritase, no me soltó y tampoco me permitió mirar hacia otro lado.

Los sonidos lascivos llegaron hasta donde estábamos nosotros a través de lo que supuse que era un micrófono que conectaba ambas partes, o solo una, no estaba segura.

Cerré los ojos, asqueada. Quería taparme los oídos. Quería desaparecer.

—Mírame, Marfil —dijo entonces Marcus y mis ojos se abrieron.

Podía verme... Ese hijo de puta podía verme y estaba imaginándose que la que se la estaba chupando era yo.

No me preguntéis por qué, pero no pude cerrar los ojos. No miré a la chica, no miré lo que hacía, bloqueé mis sentidos y le mantuve la mirada todo el rato que duró aquello. Seguía sin estar completamente segura de si me veía o no, pero le clavé la mirada con un asco infinito.

Solo cerré los ojos cuando supe que iba a correrse por los sonidos que emitía. No iba a mirarme mientras se corría... Eso... eso era privado. Sentí como si le estuviese dando algo simplemente por estar ahí, observándolo en algo tan íntimo como tener un orgasmo.

Cerré los ojos con fuerza y me tapé los oídos maldiciéndome por ser tan débil.

—Lárgate —le dijo cuando el silencio se hizo eco del lugar.

¿Lárgate?

Miré a la chica, que se levantó sin decir palabra y salió por la puerta por la que había entrado.

¿Por qué estaba allí? ¿Por qué hacía ese trabajo tan denigrante? ¿Lo hacía porque quería? ¿Era una clienta como lo podía ser Marcus? ¿Estaba allí obligada?

«Lárgate...»

Esa chica acababa de arrodillarse ante él, le había dado placer a su maldito antojo y él la trataba como una esclava, como a un... Como a un objeto, un objeto sexual.

Cuando Marcus abrió la puerta y entró en la sala donde yo estaba, le indicó a Nuñez que saliera fuera con un gesto de la cabeza.

—Eres repugnante.

Se me acercó y pude ver por el bulto de sus pantalones que seguía empalmado.

—No, princesa... —dijo acariciándome la mejilla—. Soy un puto santo... porque lo que ha pasado hoy debería haber ocurrido contigo...

—Nunca me tendrás de esa forma. De ninguna forma, en realidad.

Frunció el ceño de un modo falso y luego una sonrisa divertida deformó sus facciones.

—Entonces tendremos que buscar a alguien que te reemplace. Yo no pago simplemente por hacer de niñera...

Lo dijo de una manera que me provocó un escalofrío.

Después de eso nos marchamos... y yo comprendí que no faltaría mucho para que ese cabrón se dejase de juegos y se decidiera a mover la ficha de una vez.

Era horrible pensar que yo era el premio.

9

MARFIL

Salimos del club y gracias a Dios no se paró en ningún otro lugar ni me dio ninguna otra «lección». Al llegar a su casa, Wilson estaba haciendo guardia en la entrada con los otros hombres que normalmente patrullaban los perímetros de la mansión.

Al verme, sus ojos se abrieron un poco, aunque consiguió disimular su expresión con tanta rapidez que incluso pude haberlo imaginado. Me sentía tan destrozada por dentro, en todos los sentidos, que mi aspecto seguramente lo reflejaba como si de un espejo se tratase.

Para mi horror, cuando me dirigí hacia las escaleras con intención de meterme en mi habitación, Marcus me siguió. Me cogió del brazo y me pegó la espalda contra la pared que había junto a la jamba de mi puerta.

—Mañana por la mañana comprobaremos si decías la verdad con respecto a tu virginidad —dijo mientras recorría mi rostro con los ojos cargados de rabia y deseo—. Si es así, puede que hasta decida quedarme contigo al fin y al cabo... —Sus dedos fueron a acariciarme y le giré el rostro, de modo que él me cogió la barbilla con fuerza y me obligó a mirarlo—. No quiero ver marcas en tu piel cuando te vea mañana por la mañana. Maquíllate bien.

Dicho eso, me dio la espalda y se marchó.

No me derrumbé hasta que no me vi reflejada en el espejo del cuarto de baño. Si ese era el aspecto que tenía una persona cuando la destrozaban..., yo ya estaba muerta y enterrada. La mejilla izquierda había empezado a ponerse de un color morado y estaba segura de que empeoraría durante la noche. Tenía los ojos hinchados de tanto llorar, asustados y sin vida.

No había escapatoria, todo era peor de lo que había imaginado.

«Ojalá no fueses tan hermosa.»

Sebastian me había dicho eso la noche anterior a que me mandara con Marcus.

Nunca entendí ese comentario... ¿Se refería a que mi aspecto era la causa de que me encontrara allí? Dima había dicho que se podía sacar hasta un millón de dólares por mí, cifra de la cual Marcus se había jactado...

Mi cara, mi aspecto... ¿Era lo que me separaba de la libertad?

Me levanté y me miré otra vez en el espejo.

¿Qué pasaría si dejase de tener ese aspecto? ¿Qué pasaría si aquel moratón fuera simplemente una caricia comparada con lo que estaría dispuesta a hacerle a mi cara con tal de que me dejasen en paz, con tal de que cualquier hombre capaz de comprarme me rechazase sin dudarlo?

Mis ojos me devolvieron la mirada. Los mismos ojos de mi madre. Los mismos que también la habían llevado por un camino tormentoso, oscuro y peligroso... Siempre me había enorgullecido de parecerme tanto a ella, pero nunca había disfrutado de que simplemente se me tuviese por una cara bonita. De ahí mi ahínco por tener una buena carrera, ser independiente, manejar a los hombres a mi antojo...

¿Qué había sido de todo aquello?

Miré fijamente la cuchilla de afeitar que reposaba sobre la repisa de la ducha...

¿Sería capaz?

No sé cuánto tiempo estuve en el baño... Con la cuchilla en la mano y los ojos fijos en el espejo.

Me metí en la cama sintiéndome una cobarde, pero jurándome que no dejaría que me vendiesen como a un animal.

Antes de que eso ocurriese acabaría con mi vida.

Lo tenía tan claro como el agua.

Nika me despertó la mañana siguiente. Sus ojos me miraron horrorizados al ver la marca que seguramente había empeorado por la noche.

—¿Qué ha pasado? —preguntó con miedo, en voz baja y con cara de miedo.

Me incorporé en la cama dolorida. Tenía todos los músculos agarrotados, apenas había podido descansar. Ya no me sentía segura allí, ya no podía soportar estar bajo el mismo techo que ese miserable.

—¿Tú qué crees? —dije devolviéndole la mirada con un odio que me creció de lo más profundo de mi ser—. Tú lo sabías, ¿verdad? ¡Sabías que la familia de Marcus trafica con mujeres! ¡Sabías que yo era una de ellas y no me advertiste!

Nika agarró con fuerza el colgante que llevaba al cuello.

—Te advertí, Marfil... Claro que lo hice.

—Nunca me dijiste nada de esto. Nunca fuiste clara y ¡sabías lo que me haría!

Nika se apartó de la cama y me observó con el semblante serio.

—No eres la única que ha pasado por esto. La única diferencia entre tú y el resto es que a ti se te ha tratado como una reina... A mí me obligaron a trabajar aquí si no quería que deportaran a mi madre, ¿sabes lo que es eso? ¿Que te roben tu vida de esa manera? ¿Que te roben tu futuro? ¿Crees que a lo que yo aspiro en la vida es a fregar suelos...? —dijo comenzando a alzar la voz.

La puerta de la habitación se abrió de un fuerte golpe y tanto Nika como yo pegamos un salto del susto.

Allí, en la puerta, estaba Marcus.

—¿Quién coño te has creído que eres para gritar así en mi casa? —le dijo cruzando la habitación en dos zancadas. Me interpuse entre ellos cuando vi que Nika le devolvía la mirada petrificada de terror.

—¡Déjala en paz! —le grité, levantando el tono e imaginándome mil maneras de hacerle un daño irreparable.

Marcus me miró con repulsión y soltó una carcajada.

—¿Te crees que voy a hacer algo de lo que tú me pidas? —Me

apartó de un empujón y se acercó a Nika hasta que sus narices casi se rozaron. Su mano le apretó con fuerza el brazo derecho y Nika se encogió de miedo a la vez que bajaba la cabeza incapaz de mirarlo a los ojos.

—Como vuelva a oír algo parecido salir de tu boca, será lo último que digas. ¿Me has entendido?

Nika asintió mirándose los pies.

—Lo siento mucho, señor. No volverá a repetirse.

—Y tanto que no va a repetirse...

Me levanté de la cama donde me había caído tras el empujón que me dio y me lancé contra él para apartarlo de ella.

—¡No la toques!

Su mano volvió a golpearme la cara y caí al suelo de la fuerza con la que su puño golpeó mi ojo izquierdo.

Por un momento lo vi todo negro.

—¡Marfil! —oí que decía Nika agazapada a mi lado, en el suelo.

—¡Sal de aquí, joder!

Abrí los ojos y vi que Nika se levantaba corriendo y salía de la habitación, dejándome a solas con ese demonio.

Noté que las lágrimas me subían a los ojos, pero me contuve con todas mis fuerzas. No pensaba dejar que ese desgraciado me viera llorando, no iba a dejar que me humillara así.

Me levanté del suelo como pude y me encaré con él.

—¿Te sientes más hombre pegándole a una mujer?

Marcus me miró apretando la mandíbula con fuerza.

—En cinco minutos subirá una médica para comprobar si lo

que me dijiste ayer es cierto. Haz todo lo que te pida y ni se te ocurra volver a hacerme frente. La próxima vez no la pagaré contigo, sino con ella. ¿Te ha quedado claro?

Se refería a Nika...

—No vas a tocarla —dije entre dientes, apretando los labios con fuerza y procurando mantener mis instintos homicidas al margen.

Marcus se acercó despacio hasta quedar muy cerca de mí.

—Oh, claro que lo haré, princesa... Porque tu cara vale millones, y la de ella, una mierda.

Se me escapó una lágrima, no por mí, sino al oír el modo en que hablaba de Nika, cómo la despreciaba, como si no valiese nada, como si no fuese una persona maravillosa, como si solo fuese un objeto completamente a su disposición.

Dicho eso se marchó y cerró la puerta de un portazo.

Fui al cuarto de baño e hice una mueca al verme la cara. La bofetada de ayer se había puesto verdosa y la mejilla contraria ya mostraba un terrible color púrpura. Levanté los dedos y al rozarme sentí un dolor terrible.

«Tu cara vale millones, y la de ella, una mierda.»

Cabrón...

No tuve tiempo ni a darme una ducha, que ya estaban llamando a la puerta.

Una mujer joven, de unos treinta años, con el pelo castaño recogido en un moño, me esperaba a que yo la invitase a entrar. Miró horrorizada las señales de mi rostro, pero no salió corriendo, sino que me preguntó si podía pasar.

Wilson estaba tras ella y me sorprendió que entrase en mi habitación en vez de quedarse fuera.

—Soy la doctora Brown —dijo tendiéndome la mano—. ¿Sabes por qué estoy aquí?

La miré en silencio. Me daba igual lo simpática que se mostrase conmigo, si estaba en esa casa era porque Marcus quería y eso era motivo suficiente para odiarla con todas mis fuerzas.

—¿Para violar mis derechos como mujer?

La doctora Brown miró a Wilson con cara de circunstancias y este dio un paso hacia mí.

—Marfil, será mejor que te tomes esto como una simple revisión, nada más.

—¿Una simple revisión? —exclamé indignada—. Que te metan a ti algo por el culo a ver cómo te lo tomas.

Wilson apretó los labios con fuerza.

—Por favor... —dijo en un tono de voz bajo.

La médica dio un paso hacia mí.

—No haré nada que tú no quieras. De hecho, debes firmar un papel dando tu consentimiento para que te haga la prueba.

Eso era algo de lo que no estaba enterada...

—Si no quiero que me hagas ninguna prueba, ¿no me la harás?

—Aun si fueses menor de edad, el consentimiento lo tienes que dar tú.

Eso era alentador... Un poco, al menos.

Miré a Wilson, que me miraba como rogándome que hiciera lo que Marcus quería.

¿Qué pasaría si me negaba?

Que me daría una paliza... No, a mí no, a Nika... y no podía permitir algo así.

—¿En qué consiste la prueba...?

La doctora me miró, abrió la boca para empezar a hablar, aunque antes de hacerlo miró a Wilson.

—¿Podría esperar fuera? Esto es algo privado.

—Lo siento, su vida corre peligro. No puedo dejarla sola en ningún momento.

—¡Oh, por Dios! —solté indignada.

La doctora me miró a mí y luego a Wilson.

—No hay discusión al respecto —dijo muy serio.

Negué con la cabeza.

—Da igual... Déjelo.

La doctora Brown me indicó que la siguiera hasta la cama.

—Este es el consentimiento que debes firmar... —Sacó un papel en el que se especificaba que yo aceptaba que se llevase a cabo esa prueba médica para verificar si continuaba siendo virgen. Detallaba cómo se realizaría la prueba, pero empecé a marearme y tuve que dejar de leer.

—¿Me dolerá?

—No mucho... Introduciré dos dedos en tu vagina para determinar la elasticidad de las paredes vaginales y comprobar que el himen sigue intacto.

Joder.

—Te repito: no tienes por qué hacerlo...

—Doctora Brown... ¿Hace falta que le recuerde...? —empezó a decir Wilson.

—No hace falta que me recuerde nada, señor. Estoy haciendo mi trabajo.

Miré a Wilson con mala cara.

—¿Esto es legal?

—Si firmas el consentimiento, sí.

Miré el papel y el boli que me tendía. No podía hacer otra cosa... Tenía que hacerlo, aun a sabiendas de que los resultados de esa prueba me pondrían en manos de la peor persona que había conocido.

Si salía que era virgen, cosa que debería, porque lo era, sería como entregarme a Marcus en bandeja y ese cabrón haría negocios conmigo... Y si salía que no lo era, ya fuera porque había nacido sin himen, cosa que era probable, o simplemente se me había roto por haber montado a caballo o por un golpe fuerte, entonces no sabía qué pasaría conmigo.

Si descubría o llegaba a creer que no lo era... ¿Qué sería capaz de hacerme?

Tampoco era la primera vez que me veía envuelta en una situación parecida. Tras el secuestro, mi padre había ordenado que me revisaran y se verificara que seguía siendo virgen...

Respiré hondo.

—Acabemos con esto de una vez.

La médica asintió y guardó el consentimiento en su maletín. Después me entregó un camisón blanco y me metí en el baño para cambiarme.

Al salir, Wilson me devolvió la mirada y juro que creí ver que aquella situación le avergonzaba e incluso le horrorizaba.

—Quiero que te des la vuelta —dije desafiándolo a desobedecerme.

Wilson dudó, pero finalmente se giró dándonos la espalda.

Me recosté en la cama y la médica se colocó entre mis piernas.

—Será solo un momento... Tú relájate. —Eso intenté hacer, pero no lo conseguí y, cuando introdujo dos de sus dedos en mi interior, me dolió. La humillación que sentí en aquel instante no se podía comparar con nada, ni con la idea de que mi padre me había vendido a cambio de dinero, ni que me hubiesen pegado ni que me hubiesen puesto precio... Nada se puede comparar con eso, con la sensación de estar siendo violada en todos los sentidos de la palabra.

Apreté los labios con fuerza y cerré los ojos.

«No llores, Marfil, no vayas a llorar...»

Y entonces sentí que la presión cedía.

—Listo —dijo la médica quitándose los guantes y arrojándolos a la basura.

La miré expectante.

—Eres virgen. —Hasta yo noté lo aliviada que se sintió al decirlo en voz alta. ¿Ella también había temido que no lo fuera, físicamente hablando?

Sacó un papel y lo firmó.

Cuando vi que el papel ponía: CERTIFICADO DE VIRGINIDAD en letras mayúsculas con fecha y firmado por ella, casi vomito.

—¿Estás bien? —me preguntó la doctora mirándome preocupada.

Le devolví la mirada con frialdad.

—Acaba usted de ponerle un precio muy elevado a mi cabeza.

La doctora giró la cara hacia Wilson y este se adelantó para cogerla del brazo y sacarla de allí.

—Gracias por sus servicios, doctora.

—Quíteme las manos de encima —exclamó ella, indignada—. Antes de irme voy a curarle las heridas que tiene en la cara.

Fui a decirle que no, pero antes de poder abrir la boca ya estaba en ello. Me pasó un algodón para desinfectarme las heridas y me colocó un apósito con una crema calmante.

—Cualquier cosa, puedes llamarme a este número —dijo y me dio una tarjeta con su nombre.

Asentí en silencio y finalmente se marchó. Wilson la siguió con el certificado; aquel horrible documento no seguía frente a mis ojos para torturarme.

Me limpié las lágrimas que empezaron a caer por mis mejillas, silenciosas pero húmedas, y me metí bajo las sábanas.

Si me hubiesen dado la opción de quedarme durmiendo durante un año entero, habría firmado sin dudar.

Todas las noches tenía que bajar a cenar con él. La diferencia es que, en vez de comer, lo único que se me pasaba por la cabeza era coger el cuchillo y clavárselo en la mano que reposaba junto a su plato, apoyada sobre el mantel blanco. Imaginarme su sangre manchando la superficie impoluta de aquella tela me provocó una descarga de adrenalina que casi me da la valentía para llevar a cabo mi fantasía.

—Estoy muy feliz de saber que no me habías mentido, Marfil —dijo con la mirada fija en su filete, mientras lo cortaba—. Con esta información puede que hasta decida quedarme contigo.

Me miró al decir aquello y se percató de cómo apretaba el puño con fuerza, conteniendo la rabia, conteniéndome como nunca había hecho en mi vida.

Sonrió al ver el gesto y cogió la copa de vino para llevársela a los labios.

—Ese carácter que tienes... va a traerte muchos problemas si no aprendes a controlarlo.

—Si esto te parece tener carácter, no me conoces en absoluto.

Dejó la copa sobre la mesa.

—En mi mundo las mujeres aprenden que su lugar está donde el hombre quiera que esté. Conmigo aprenderás a controlarte, porque si no, te pasarás media vida aprendiendo a cubrir golpes.

—Ten cuidado... No vaya a ser que te devuelvan los golpes.

Supe que no debí decir aquello. Lo supe en cuanto se quedó callado y dejó la copa con excesiva lentitud sobre la mesa.

—¿Eso ha sido una amenaza?

—Una advertencia, nada más.

Fui a levantarme de la mesa. No tenía apetito, pero me cogió del brazo para detenerme.

—¿Tienes idea de lo que va a pasar hoy? —me preguntó entonces—. ¿Sabes que hoy podría acabar con aquellos que quieren verte muerta o crear la alianza más poderosa que jamás he podido llegar a tener?

Me quedé callada, escuchándolo.

—Demasiada gente importante sabe tu nombre, princesa —dijo sin soltarme—. No amenaces a quien te mantiene con vida...

Respiré hondo y noté que aflojaba el agarre.

Me puse de pie.

—¿Puedo retirarme?

Asintió con un gesto de la cabeza y me dejó marchar.

¿Hoy era el día en que se enfrentarían a la mafia?

¿Qué pasaría entonces...? Si ganaban ellos, yo moriría aquella noche o en las siguientes. Si ganaba Marcus..., yo ya estaría a salvo y mi vida ya no dependería de él.

¿Era consciente de que acababa de darme la única razón que me permitiría escaparme de aquel maldito infierno?

10

MARFIL

No pegué ojo en toda la noche. No pude dejar de imaginar que entraban por la puerta de mi habitación y me mataban a sangre fría, como si no valiese nada, como si mereciera morir por un error que yo no cometí.

«Ojo por ojo...», esa había sido la amenaza que me había llegado acompañada de un animal muerto. Mi padre había matado por error al hijo de aquella mafia y ahora me querían muerta a mí, de ahí todo este maldito infierno... De ahí el secuestro, de ahí...

Seguía sin entender por qué me habían secuestrado para después soltarme. ¿Qué lógica tenía aquello? ¿Por qué no me habían matado entonces?

Me habrían ahorrado todo este maldito sufrimiento.

«No habrías conocido a Sebastian», me dijo una vocecita en mi interior.

Era cierto... Si no me hubiesen secuestrado, mi padre nunca me hubiese puesto un guardaespaldas y lo que había sentido por Sebastian nunca habría llegado a tener lugar... porque habría estado muerta.

Miré el reloj de mi mesita de noche. Eran las seis de la mañana...
y entonces oí un revuelo proveniente del primer piso.

Me puse la bata, me la anudé con prisas sobre el camisón y me
asomé al pasillo.

—¡Esto no va contigo, Kozel! —gritó un hombre que, después
de un ruido seco, tosió de forma desgarradora.

Dudé si debía asomarme o quedarme donde estaba.

No pude evitar acercarme a la balaustrada. Quería ver la cara del
hombre que había arruinado mi vida con sus injustas amenazas.

—¡Es mía! —le gritó.

Volví a oír otro golpe justo antes de asomarme y ver lo que ocurría con mis propios ojos.

Un hombre con el pelo entre rubio y blanco, de unos cincuenta
años, estaba postrado de rodillas sobre la alfombra circular que presidía la entrada de la casa de Marcus.

—¿Morirías por ella? —le preguntó entonces.

Marcus lo miró sorprendido por la pregunta.

—Ninguna mujer, por hermosa que sea, vale más que mi vida.

El hombre sonrió de lado.

—Ni siquiera sabes a quién te enfrentas, Kozel —dijo. Tosió y
escupió sangre sobre la alfombra. Los dos guardias que lo sujetaban
para que pudiese estar incorporado miraron a Marcus esperando
instrucciones.

Me fijé en Wilson, apoyado contra la puerta, mirando la escena
con ojos calculadores, atento a las palabras del cautivo.

—Nadie, en esta maldita ciudad, en este puto país, se atrevería a enfrentarse a mí —dijo Kozel encendiéndose un cigarrillo y acercándose a él con la pistola en la mano—. Tú lo hiciste y mira dónde estás ahora.

—Te espera algo peor que la muerte, Kozel —dijo el otro sonriendo—. Me divertirá verlo desde el infierno.

Marcus levantó la pistola y se la pegó a la frente.

—¿Tus últimas palabras?

El mafioso levantó la barbilla y lo miró con brillo en los ojos, no sabría decir si de miedo o de cansancio.

—Sebastian Moore.

Abrí los ojos sorprendida y me llevé la mano a la boca; se me escapó un grito cuando Marcus apretó el gatillo y el cerebro de aquel hombre quedó esparcido por la alfombra que había bajo sus pies.

Al parecer me oyó porque su cabeza giró con violencia hacia donde yo había estado agazapada, espiándolo.

—¡Ven aquí! —me gritó y no tuve más remedio que hacerle caso.

Bajé despacio. Me temblaban las piernas, no solo por lo que acababa de presenciar, sino porque el nombre de Sebastian en boca de aquel tipo me había asustado más que cualquier cosa que me hubiese ocurrido en aquella casa las últimas semanas.

—¿Has vuelto a hablar con ese huérfano de mierda? —me soltó entonces, mientras se acercaba con la pistola en la mano derecha.

Negué con la cabeza.

Cuando llegó a donde yo estaba, noté el frío acero de la pistola contra mi garganta.

—Si me mientes, lo sabré —dijo, completamente desquiciado—. ¡¿Has vuelto a hablar con él?!

—¡Te he dicho que no! —grité mirándolo directamente a los ojos, unos ojos llenos de odio, rabia e infinito veneno.

Marcus se me quedó mirando unos segundos que se me hicieron eternos, pero me obligué a no apartar los ojos, intimidada. Le sostuve la mirada con determinación.

—Nuñez —dijo entonces—, ya sabes lo que tienes que hacer... Aquí hay algo que no me cuadra en absoluto —añadió volviendo a fijar sus ojos en mí.

Se apartó y señaló con la pistola al que me había convertido en su blanco desde hacía meses. Me sorprendió descubrir que al verlo... no era mi verdadero enemigo.

El verdadero enemigo era quien lo había matado.

No sentí alivio.

No sentí tranquilidad.

Ahora que la amenaza no estaba, tocaba lo más difícil. Ahora que sabía que no me matarían en la calle... Quería mi libertad. Quería recuperar mi vida... Pero ¿cómo se recupera eso cuando estás encerrada con el mismo que ha jurado arrebatártela?

—Wilson, Gorka. Limpiad este desastre —dijo señalando a la persona que acababa de matar—. Hay mucho trabajo por hacer.

Se marchó sin decir nada más.

Busqué a Wilson con la mirada y me sorprendió comprobar que me estaba mirando. Apartó los ojos deprisa y se marchó por el pasillo del servicio.

Subí a mi habitación y me encerré dentro, intentando que lo que llevaba presenciando durante los últimos días no me afectara a la hora de pensar.

«Sebastian Moore» había dicho ese hombre. La única persona capaz de hacerle frente a Marcus Kozel... ¿Qué demonios significaba aquello?

¿Sebastian también estaba metido en temas de mafias? ¿Sería él quien ocuparía el puesto de aquel tipo ahora que estaba muerto? ¿Había más cosas de Sebastian que aún desconocía?

Estaba claro que sí.

La pregunta era: ¿qué demonios podía hacer para descubrirlo? El muy desgraciado me había abandonado aquí a merced de Marcus. La conversación que había tenido con él demostraba que yo no le importaba en absoluto...

A no ser que supiese que lo estaban escuchando...

Pensar eso aplacó un poco la desazón que aún sentía en el pecho tras esa conversación, pero, de todas formas, había pasado más de un mes y medio. ¿Por qué no había intentado ponerse en contacto conmigo de algún otro modo? ¿Por qué mostrarse tan frío, tan distante?

Era verdad que Sebastian ya de por sí era frío y distante, pero... ¿no se había dado cuenta de lo destrozada que estaba? ¿No le importaba?

No tardaría en descubrir que lo que Sebastian ocultaba era incluso peor de lo que yo había podido imaginar. Pero hasta el momento, mi preocupación número uno era Marcus Kozel. Desde que había empezado a sospechar que Sebastian y yo habíamos tenido algo, se había transformado en un demonio; el mismo demonio que había conocido hacía meses y que se había empecinado en ocultar durante las primeras semanas que estuve viviendo aquí.

Mi mayor miedo no tardó en llegar. Una noche bajé a cenar y su mirada lujuriosa me recorrió como si ya no pudiese contenerse más.

—Deja de mirarme con esa cara altiva que llevas a todas partes —me dijo como respuesta a mi mirada asqueada al sentarme a su lado en la mesa—. Eres una maldita desagradecida, ¿lo sabías?

Apreté los labios conteniendo mi respuesta.

—¿No dices nada? —Dejó los cubiertos sobre la mesa y se echó hacia atrás, arrastrando la silla—. Ven aquí.

Lo miré sorprendida.

—Marcus...

—Que vengas, he dicho.

Tragué saliva y me puse de pie. Me cogió la mano y tiró de mí hasta tenerme frente a él, entre sus piernas, él sentado y yo mirándolo desde arriba.

—¿Sabes lo bien que lo pasaríamos, Marfil?

Sus manos fueron hacia mis piernas y me acariciaron la parte baja del vestido de satén dorado que me había puesto para aquella ocasión.

—Si me dejases..., te daría el mayor placer que un hombre podría darte jamás.

—Lo dudo —dije con los dientes apretados.

Sus manos se aferraron entonces a mis glúteos. Fui a apartarme, pero me sujetó con fuerza por las caderas.

—Te trato como a una reina. Nika tenía razón, eres una desagradecida. ¿Sabes cuál es el destino de las demás? Ni siquiera podrías imaginarlo... Te estoy dando la oportunidad de tener una relación conmigo. Te llevaría a fiestas, a banquetes... Serías la reina de esta casa y la reina de la ciudad. Pero ¿qué recibo a cambio?

Subió la mano para tocarme un pecho y se la aparté de un golpe.

—No me toques, joder.

Se puso de pie y me agarró del pelo con fuerza.

—Te tocaré todo lo que me dé la gana —dijo furioso—. Eres mía. Esto es mío —dijo apretándome el culo con sus asquerosas manos—. Esto es mío —dijo rompiéndome el vestido de un fuerte tirón. Grité por el susto y porque las tiras me habían hecho daño en la piel. Subí las manos para cubrirme, pero me sujetó por las muñecas y me empujó con las caderas hasta que quedé sentada sobre la mesa—. Podría follarte aquí y ahora y entonces serías mía de verdad —dijo bajando la cabeza para meterse uno de mis pechos en su boca. Grité pidiéndole que me soltara, pero con su otra mano me tapó la boca con fuerza.

—Yo ya he cumplido con mi parte, ahora te toca cumplir a ti —dijo mordiéndome el hombro desnudo.

Ya está... Aquí y ahora iba a suceder, me iba a violar.

No sé cómo, pero terminé recostada sobre la mesa con él encima.

Y Sebastian volvió a hablarme en la cabeza.

«Te voy a enseñar lo que debes hacer en caso de que alguien intente violarte.»

Nunca creí que ese momento llegaría, al menos no cuando él me lo enseñó. Mi cerebro se exprimió al máximo para mantener la calma y conseguir reaccionar como debía para evitar que ese cabrón me hiciera un daño irreparable.

«Tus piernas son tu mayor apoyo, cuando alguien te tiene debajo, cree que la batalla está ganada...»

Noté que su mano se colaba por debajo de mi ropa interior y cerré los ojos con fuerza.

«Concéntrate. No pienses en lo que te hace, piensa en lo que debes hacer tú...»

Y no fue mi voz quien me dijo aquello, sino la de Sebastian.

«Esto es lo primero que debes hacer: cruza los tobillos en su espalda con fuerza para fijar su agarre...»

Dejó de ser un recuerdo de los dos practicando en el gimnasio de mi casa cómo defenderme en el hipotético caso de que quisieran violarme o agredirme; fue su voz en mi oído susurrándome exactamente qué debía hacer, como si estuviese metido en mi cabeza, como si estuviese allí mismo conmigo.

«Lo siguiente que debes hacer es cogerle de la nuca y llevarlo hasta tu cuello.»

Me repugnaba solo pensar en tocarlo, pero lo hice. Lo abracé por la nuca y lo llevé hasta mi cuello; el muy imbécil se creyó que le estaba correspondiendo. No sé qué fue lo que dijo, pero empezó a besarme el hombro. Sentí sus dientes en mi piel...

Y entonces lo recordé todo. No me hizo falta Sebastian, ni su voz ni su recuerdo. Supe lo que debía hacer.

Mientras lo apretaba con mis piernas, le subí la camiseta hasta pasársela por la cabeza. Entonces crucé los brazos hasta conseguir que estos quedaran a modo tijera con su cuello en medio.

Lo hice tan rápido que ni siquiera supo lo que pasaba hasta que ya fue demasiado tarde.

Apreté con todas mis fuerzas y vi con innegable satisfacción cómo se iba poniendo más y más rojo. Intentó resistirse, sus manos me arañaron la piel y me hizo daño hasta que finalmente cayó sobre mí, inconsciente.

Me lo quité de encima y cayó al lado de la mesa.

Empecé a hiperventilar al verlo en el suelo.

Lo primero que hice fue coger el cuchillo que había en la mesa y apretarlo con fuerza.

¿Podría hacerlo? ¿Podría matarlo?

Pero entonces alguien apareció por detrás, me dio un golpe seco en el brazo y el cuchillo se deslizó por mis dedos sin que yo pudiese evitarlo.

—No puedes hacerlo —exclamó la voz de Wilson contra mi oreja.

—¡Suéltame! —grité desesperada—. ¡Suéltame, maldito cabrón! ¡Iba a violarme! ¡Iba a violarme y no has hecho nada!

—¡Te matará! —me gritó dándome la vuelta y zarandeándome por los hombros—. Te matará a ti y a toda tu familia, ¿no lo entiendes?

Dejé caer la cabeza y me puse a llorar desconsoladamente.

—¿Y qué quieres que haga entonces? —dije entre sollozos, apoyando mi frente en su pecho.

Wilson dudó un segundo, pero después me abrazó, tenso.

—Debes ser paciente, Marfil... Lo estás haciendo muy bien... No falta...

Entonces oímos que Marcus comenzaba a moverse. Empezaba a despertar.

Lo miré horrorizada y Wilson me apartó.

—Enciérrate en tu habitación.

No me moví hasta que volvió a hablarme, esta vez en un tono más elevado.

—¡Ahora!

Salí corriendo, mientras intentaba cubrirme con los pedazos de vestido que habían quedado hechos jirones a ambos costados. Subí las escaleras y me metí en mi habitación.

Ojalá hubiese podido encerrarme, pero las puertas de aquella casa no tenían pestillos.

Con lo asustada que estaba, terminé metiéndome debajo de la cama.

Esperé y esperé.

Pero Marcus no subió.

No me hizo nada aquella noche...

Pero la sorpresa del día siguiente fue peor.

Bajé a desayunar con el corazón galopándome a la altura de la garganta. Lo había agredido. Lo había dejado inconsciente... ¿Cómo se tomaría eso alguien con el orgullo de Marcus?

Di gracias al cielo por haber tenido aquella clase práctica con Sebastian. Si no hubiese sido así, ahora mismo estaría... No quería ni pensarlo. Simplemente imaginar que ese asesino me ponía las manos encima...

No pasó mucho tiempo hasta que vinieron a avisarme de que me esperaba en su despacho. No iba a poder evitarlo para siempre, por lo que me terminé el desayuno, respiré profundamente y subí las escaleras.

Me había vestido con la ropa más fea que había podido encontrar, la ropa que más me tapara, la que dejase menos piel al descubierto. No quería sus ojos sobre mí, no quería que me deseara. Nunca en mi vida había odiado tanto mi aspecto como en aquel momento.

Dudé antes de llamar a la puerta. El moratón aún seguía siendo de un espantoso color morado, a pesar de que ya habían pasado dos días desde que me había golpeado. Las heridas que me había hecho al romperme el vestido me dolían con el roce de la ropa, y sabía que aquellos golpes no se les podría siquiera comparar con lo que ese hombre iba a hacerme en ese despacho, nada más entrar.

Llamé despacio, deseando que no me oyera, pero lo hizo. Me indicó que pasara y abrí la puerta con lentitud.

Al asomar la cabeza, vi que estaba sentado en su silla, frente a la mesa de caoba, y tenía los pies apoyados en esta. Parecía relajado.

Me indicó que pasara con una sonrisa amigable a la vez que señalaba el teléfono con un deje de su mano.

Cerré la puerta tras de mí y me apoyé. Quería estar cerca de ella para al menos tener la oportunidad de salir corriendo si le daba por sacar su pistola y ponerse a disparar.

—¡Claro que no hay problema! —dijo Marcus sonriente—. Será un placer para mí que puedas asistir a la fiesta, por supuesto.

Marcus me indicó que me acercara a la mesa, que me sentara.

Lo hice andando con pies de plomo. Cuando me senté, me aferré a los reposabrazos con fuerza.

—Será algo épico, ¿qué esperas de alguien como yo? —siguió diciendo Marcus—. Te mandaré mi avión a recogerte, princesa, no te preocupes por eso.

¿Princesa?

¿Quién era la pobre chica que tenía ahora en el punto de mira? ¿Significaba que ya se había aburrido de mí? ¿Que lo que había pasado la noche anterior le había hecho comprender que nunca iba a poder tenerme...? ¿Me mataría ahora que ya no le servía para nada?

No, de eso nada. Antes me vendería al mejor postor, ya me lo había dejado claro.

—Claro que no, Gabriella. Tu hermana no sabe nada, es una fiesta sorpresa, ¿recuerdas?

Mi cuerpo se tensó al oírle pronunciar ese nombre.

Mi corazón se detuvo y mis ojos se abrieron con horror.

—Está deseando volver a verte. Lo ha pasado mal, pobre —dijo mirándome con una sonrisa diabólica en el rostro—. Saber que su hermana estará con ella el día de su cumpleaños le hará olvidar todo lo que ha tenido que pasar los últimos meses...

Empecé a hiperventilar.

Pude visualizar a mi hermana pequeña a la perfección, con su inocencia. Estaría dando saltos de alegría ante la idea de venir a una fiesta, de verme, de viajar a Miami por primera vez...

—Tengo que dejarte, preciosa. Tengo un asunto que solucionar en mi despacho.

No oí lo que dijo a continuación.

Mi mano voló hacia el sujetalibros de plata que había en su mesa delante de mí, pero antes de que pudiera lanzárselo a la cabeza volvió a hablar.

—Hazlo y tu hermana pasará por el mayor infierno que jamás puedas imaginar.

—Hijo de puta.

Marcus se puso de pie y se acercó al minibar que había junto a la ventana.

—No insultes a mi madre... Es de mala educación meterte con tu futura suegra.

—¡Estás loco! —grité. Quería hacerle daño. Quería borrarle de un golpe esa estúpida sonrisa que no se le iba de la cara.

—Ten cuidado, Marfil —dijo llevándose una copa a los labios—. Una palabra mía y la foto de tu hermana estará en todas las redes de trata de blancas del país.

Solté con rabia el sujetalibros y este cayó con estruendo a medio metro de Marcus.

—¡Deja a mi hermana en paz!

Levantó las cejas con sorpresa.

—Tu hermana es adorable, Marfil. Me cae bien. Es muy risueña, muy joven... Tiene quince años, ¿verdad? Es una edad muy importante para las niñas... Empiezan a hacerse mayores.

—Como le pongas un solo dedo encima...

—¿Qué vas a hacerme? —Se puso serio, dejó la copa sobre la mesa y se acercó a mí—. Yo lo controlo todo.

—Mi padre nunca dejará...

Marcus soltó una carcajada.

—A tu padre le interesa más el dinero que cualquier hija que pueda tener. ¿Todavía no lo has entendido?

—Deja a mi hermana fuera de esto.

Marcus me miró serio.

—Oh... Lo haré —dijo, acercándose a mí despacio—. Lo haré si de una puta vez dejas de resistirte y aceptas que eres mía y que siempre vas a serlo.

Me miré los pies conteniendo las lágrimas.

—¿Si lo hago...? —empecé a decir. No pude evitar cerrar los ojos intentando con todas mis fuerzas no derrumbarme—. Si lo hago, ¿me prometes que no la tocarás?

Marcus me cogió la barbilla y me obligó a mirarlo a los ojos.

—Yo solo te quiero a ti, princesa.

Me limpió la lágrima que se me escapó por la mejilla.

—Prométemelo —le exigí levantando la barbilla y mirándolo con fiereza.

Marcus evaluó mi expresión y abrió la boca para contestarme.

—No la tocaré. Nadie lo hará... Siempre y cuando cumplas con tu deber.

Mi respiración se aceleró ante lo que claramente estaba insinuando. Pero la imagen de mi hermana, de mi hermanita... No quería que jamás supiera lo terrible que podía ser el mundo. La protegería como fuese. La protegería a pesar de que, al hacerlo, terminaría muriendo.

—Haré lo que me pidas, pero déjala en paz.

Dirigió la mano hasta mi nuca y me agarró del pelo con suavidad, obligándome a inclinar la cabeza hacia atrás.

—Bésame —me exigió con los ojos excitados y la mirada fija en mis labios.

Tragué saliva intentando contener mi repugnancia.

«Gabriella...», me dijo mi voz interior.

No había otra opción.

Acerqué mi boca a la suya y el gesto de aceptación lo desató. Me sujetó con fuerza por las caderas e introdujo su lengua en mi boca.

Sentí con repugnancia que su mano subía por mi cuerpo hasta llegar a mi garganta. Noté mi espalda chocar contra la pared hasta que su mano se aferró a mi cuello con fuerza.

Apretó, cortándome la respiración.

—Si vuelves a tocarme, te mataré —dijo con la mirada fija en mis ojos claros—. Y luego mataré a tu hermanita y luego a tu padre y hasta mataré a ese perrito que tanto quieres... Los mataré a todos, ¿lo entiendes?

Asentí en silencio, desesperada por respirar.

Me soltó y se apartó.

—Ahora sube a tu habitación y cámbiate de ropa. Que sea la última vez que te presentas ante mí con esas pintas.

No tuvo que decírmelo dos veces.

Salí corriendo de allí.

11

MARFIL

—Sigue —demandó por cuarta vez.

No podía más, estaba reventada.

—¡Te he dicho que sigas!

Seguí girando, seguí moviéndome por la habitación. Las piernas me temblaban. Los pies me sangraban dentro de las zapatillas de ballet.

Me obligué a mí misma a seguir bailando, aunque llevaba ya una hora en que lo hacía de forma pésima. Procuraba no caerme al suelo, procuraba no derrumbarme porque ya lo había hecho en otra ocasión y la patada que me dio en el estómago aún me dolía cada vez que me movía.

Todos los días desde que le había prometido mi sumisión, me había exigido que bailara para él. Se sentaba a la mesa de su despacho mientras yo bailaba delante de él, sobre un suelo que no era para nada el adecuado para bailar y que me destrozaría si seguía haciéndolo.

Ni siquiera me miraba. Estaba trabajando y de vez en cuando

levantaba los ojos simplemente para comprobar que estaba allí. ¿Por qué lo hacía? ¿Para demostrarme el poder que ejercía sobre mí?

Me detuve cuando, después de tres horas metida allí dentro, la necesidad de ir al cuarto de baño pudo con todo lo demás.

—¿Quién te ha dicho que pares? —preguntó con el bolígrafo suspendido sobre el papel.

—Necesito excusarme un momento.

Me observó en silencio unos segundos.

—Lo harás cuando yo te diga que puedes hacerlo.

—Necesito ir al lavabo.

Dejó el boli sobre la mesa.

—¿Cuánto tiempo eres capaz de seguir bailando hasta que tus necesidades básicas tomen el control de tu voluntad?

—¿Estás de broma?

Se levantó de la silla y rodeó la mesa hasta apoyarse en ella.

—Quiero ver cuál es tu capacidad de resistencia... Aún me parece que no has entendido lo que pasará si te planteas abandonarme.

Apreté los labios con fuerza.

—No lo haré, ya te lo he dicho. No tienes por qué tratarme así.

Marcus sonrió.

—Me gusta saber el control que ejerzo en las personas, Marfil, siempre me ha gustado. Contigo he descubierto que, si me descuido, me vuelvo un idiota dominado por la atracción que siento por ti y no volverá a suceder. Mientras tanto..., me divierte ver que por fin entiendes quién manda aquí.

Necesitaba urgentemente ir al baño, ¿no lo entendía?

—Baila.

No lo hice.

—Baila.

El rostro de mis seres queridos apareció ante mis ojos y me obligué a mí misma a seguir bailando. La misma canción de hacía tres horas seguía sonando una y otra vez; había conseguido que una de mis piezas preferidas se convirtiera en la más odiada.

No aguantaba. Me dolía la vejiga de la necesidad de ir al baño... Hasta que ya no pude controlarlo más.

Noté que se me mojaba la ropa, al igual que el suelo bajo mis pies.

Mis ojos se llenaron de lágrimas sin que pudiese hacer nada por evitarlo.

—Creía que no lo harías nunca —dijo entonces y, al levantar mis ojos hacia él, me devolvió la mirada con satisfacción.

—¿Esto te divierte? ¿Humillarme?

Negó lentamente con la cabeza.

—Me gusta saber que las decisiones, incluso las más básicas, las tomo yo.

Eso era lo que quería, demostrarme que ya no era dueña ni siquiera de mis necesidades íntimas. Comía cuando él quería, me duchaba cuando él lo pedía, iba al baño cuando me dejaba...

Me convertí en su mascota.

Me convertí en su maldita esclava.

—Acércate —me ordenó sin moverse de donde estaba apoyado contra su mesa.

Miré hacia el suelo con rabia, pero me controlé e hice lo que me pedía.

—Voy a limpiarte y quedarás como nueva.

Lo miré intentando descifrar qué demonios quería decir con eso.

Y lo que quiso decir era, literalmente, lo que había dicho.

Me llevó a su dormitorio, llenó su bañera con agua caliente, le puso sales de gardenia y luego un jabón que la cubrió de espuma blanca.

Cuando se me acercó y me rozó el hombro con sus labios, di un respingo involuntario.

—Yo cuidaré de ti mejor que nadie, princesa.

Empezó por los tirantes del maillot, me los bajó despacio hasta dejar mis pechos al descubierto. Era la primera vez que me quedaba desnuda delante de él y me sorprendió lo poco que me afectó. Mi cabeza estaba en otra parte, ya no me importaba. Mirara donde mirara tenía moratones por sus golpes, pero eso era lo de menos. Era mi mente lo que ahora se había empecinado en destruir. Y lo estaba consiguiendo.

Se arrodilló delante de mí y me quitó las zapatillas de baile. Cuando fue a quitarme las medias, comprobó que la sangre de mis pies se había pegado a estas. Me dolió al tirar hasta conseguir quitármelas para después echarlas a la basura.

—Dame la mano —me dijo.

Me ayudó a meterme en el agua con un cariño que rozaba la locura. Ese era su juego, su mejor juego. Me lastimaba y luego me trataba como si fuese de porcelana. Me humillaba y después me colmaba de regalos y atenciones. Era un psicópata, eso es lo que era.

Se encargó él personalmente de lavarme el pelo. Me pasó la esponja por la espalda, por los pechos, por las piernas, incluso por mis partes más íntimas. Y dejé que lo hiciera.

—En mi habitación te espera la mejor masajista de Miami —dijo cubriéndome con una bata blanca que me quedaba enorme.

—No hace falta...

—Shhh —dijo colocando un dedo sobre mis labios—. Lo mejor para mi princesa.

En efecto, una mujer vestida con un quimono de flores me esperaba en su habitación junto a una camilla de masajes. Me quedé dormida mientras me calmaba el dolor de espalda y de piernas, mientras me ponía aceites por todas mis heridas y me tocaba con cuidado de no hacerme daño.

Esa fue la primera noche que dormí en su habitación.

Y no iba a ser la última.

—Tengo un regalo para ti —dijo acercándose por la espalda. Lo vi venir reflejado en el espejo de mi tocador—. Toma —dijo tendiéndome un sobre blanco.

Lo miré por el espejo con duda.

—Vamos, ábrelo —me alentó.

Abrí el sobre intentando controlar el temblor de mis dedos.

Nada que viniese de aquel hombre podría hacerme feliz. Nada podía ser bueno.

Tardé en darme cuenta de que eran dos billetes de avión.

Dos billetes de avión a Nueva York.

—¿Me dejas volver a casa? —dije esperanzada, demasiado esperanzada de hecho.

«Hay dos billetes, Marfil», me dijo una voz en mi cabeza.

—Más o menos... —dijo agarrándome el pelo y apartándolo para poder besarme el cuello desde atrás—. Será un viaje exprés... por tu cumpleaños.

Mi cumpleaños.

Se me habría olvidado de no ser porque hacía una semana que lo había oído hablar con mi hermana de una fiesta sorpresa.

Lo último que me apetecía en aquel momento era celebrar nada y menos con él.

—No hace falta...

—¡Claro que hace falta! —dijo emocionado, sus ojos tenían un brillo que me provocaba escalofríos—. Haremos la mejor fiesta que se pueda hacer, invitaremos a quien tú quieras. Podrás ver a tu padre, a tu hermana, a tus amigos...

Dios mío... ¡No se daba cuenta de que para mí eso sería una tortura!

¿Ver a mis amigos? ¿Ver a mi familia? ¿Para qué? ¿Para que vieran en quién me había convertido? ¿Para ponerlos a todos en peligro?

No. No quería eso.

—Me prometiste... —empecé diciendo con cautela.

—Te prometí que no les haría daño, no que no fuese a seguir con la idea de una fiesta en tu honor. Te mereces lo mejor, princesa, lo hago por ti.

Forcé una sonrisa y me giré mientras me ponía de pie.

—¿No podemos quedarnos aquí? —Era lo último que deseaba, pero solo imaginar la posibilidad de meter bajo el mismo techo a todos mis seres queridos y a ese asesino me provocaba náuseas.

Marcus se acercó y sus ojos claros, azules como el hielo, parecieron enfriarse con espeluznante rapidez.

—Haremos la fiesta, Marfil —dijo acariciándome la mejilla—. Y ese día aprovecharemos para anunciar que serás mi mujer.

A pesar de que ya lo había insinuado varias veces, oírselo decir con tanta seguridad empezó a dejarme claro que hablaba en serio. Pretendía casarse conmigo... sin ni siquiera habérmelo pedido.

—Creo que estás yendo demasiado deprisa, Marcus. Yo...

—Cumples veintiuno, ya no eres una niña... De hecho, ya eres toda una mujer...

Sus manos bajaron hasta el cinturón de mi bata y empezaron a quitarme el nudo con cuidado.

Me abrió la prenda y fijó sus ojos en mi cuerpo, cubierto solo por un conjunto blanco de sujetador y braguitas de encaje.

—Eres tan hermosa... —dijo introduciendo sus manos en la prenda y llevándolas hasta mi espalda—. Quiero oírte gritar mi nombre, con todas tus fuerzas. —Y apretó mi trasero contra su entrepierna.

Noté lo excitado que estaba y cerré los ojos con mi barbilla apoyada en su hombro.

—Te gustará... —dijo en mi oído.

—¿Qué va a gustarme?

—Ser mía de verdad... Sentirme dentro. Te gustará tanto que vas a rogarme que no me detenga.

Mi corazón se aceleró por el miedo, por la necesidad de salir corriendo y saber que no había ningún lugar donde esconderme. Me había estado preparando mentalmente para eso, sabía que terminaría sucediendo... Pero por mucho que intentase bloquear mis pensamientos, bloquear mis sentimientos...

La mente no funciona así.

Fui suya esa noche... Hizo conmigo lo que quiso... y yo... Yo me hundí en las profundidades de lo que, desde aquel instante, se convirtió en un oscuro corazón.

—Marfil...

«Solo quiero seguir durmiendo», pensé en mi fuero interno. «¡Dejadme en paz!», quise gritar.

—¡Marfil, despierta! —me susurró al oído la voz de Nika.

Abrí los ojos y me la encontré arrodillada en el suelo, junto a mi cama. Bueno, la cama de Marcus.

Miré a su lado y vi que él no estaba.

—Mar... —empezó a decir ella, pero se detuvo cuando hundí la cara en la almohada y me puse a llorar—. Tranquila... —dijo pasándome las manos por el pelo—. Tranquila, no pasa nada...

Nika se quedó conmigo mientras yo abrazaba la almohada y

lloraba todo lo que mi cuerpo me permitió hasta quedarme seca. Seca por completo.

—¿Dónde está? —pregunté después de lo que pudieron ser horas.

—Se ha marchado hace unos veinte minutos, me ha pedido que te ayude a preparar tu maleta...

La maleta...

Claro, nos íbamos. Nos íbamos a Nueva York. Volvía a casa... ¿Seguía teniendo casa?

Tampoco es que importara.

Era prisionera del mismo hombre que me había salvado para después encarcelarme en cuerpo y alma. Sería su mujer... No tenía opción, ya no. No cuando el precio por mi vida había sido justamente eso: mi vida.

La ironía de la situación casi me da risa, casi.

—¿Quieres que te traiga algo? —me preguntó Nika apartándose cuando vio que mi intención era levantarme de la cama.

Imágenes de lo ocurrido la noche anterior acudieron para atormentarme y sentí que me mareaba.

—¡Marfil! —dijo sujetándome cuando perdí el equilibrio—. Tienes que comer, ¡no puedes seguir así!

Recuperé el equilibrio y me solté de su agarre.

—Necesito una ducha.

Me metí en el cuarto de baño y abrí el agua lo más caliente posible.

Nika aguardó fuera, asegurándome que no se movería de ahí hasta que no comiese algo.

Estuve bajo el agua todo lo que mi piel enrojecida fue capaz de soportar. Me quemé, pero no dije nada. Me dolió, pero no dije nada.

El agua caliente no limpió todo lo que yo quería que limpiara. Por mucho tiempo que pasé bajo aquella agua, por muchas veces que me lavé con ese jabón de gardenias, me seguía sintiendo igual de sucia.

Cuando salí, envuelta en una bata, Nika me acompañó hasta mi habitación y allí se encargó de que me comiera al menos tres bocados del filete que me había subido para almorzar.

—No puede verte así —me dijo trayéndome un vestido de color rosado, con la espalda cruzada—. No lo hagas enfadar, te dejará tranquila esta noche, ya lo verás.

¿Dejarme tranquila significaba que no me violaría?

No me había resistido ni un poco. Había dejado que me hiciera lo que quisiera, sin oponer resistencia... En el fondo de mi cabeza me odié por ello, pero no tuve alternativa. Había bloqueado a la Marfil guerrera y había dejado entrar a la única Marfil que soportaría algo así...

Fue como una experiencia extracorpórea. Estuve ahí, sí, físicamente sí, pero mentalmente había estado muy muy lejos...

En el avión a Nueva York, nos acompañó, para mi sorpresa, la madre de Nika. Marcus me explicó que quería que tuviese a alguien conmigo todo el tiempo, que ella se encargaría de cumplir con todos mis deseos, que me ayudaría a vestirme, a arreglarme, a estar guapa para él.

Naty apenas hablaba, se quedó sentada al final del avión. Solo apartó los ojos de la ventanilla cuando nuestras miradas se cruzaron; lo que vi en sus ojos me dejó claro que estaba al tanto de lo que había ocurrido, que lo sabía y que por alguna extraña razón... se sentía culpable por ello.

¿Era por eso que no era capaz de mantenerme la mirada?

Había conseguido convencer a Marcus de traer a Rico con nosotros. Mi miedo a volar me había servido como excusa para decirle que tenerlo conmigo me tranquilizaría, y accedió. Rico iba sentado en el asiento de al lado, con la cabeza apoyada en mi regazo. Era como si él pudiera percibir que estaba destrozada, como si su instinto le dijera que debía estar a mi lado. No se movió en las tres horas que tardamos en llegar a Nueva York.

Aterrizamos en el aeropuerto LaGuardia, en Queens, y al bajar del avión nos esperaba una limusina negra, imponente, pero innecesaria a mi parecer.

—Digamos que tu cumpleaños empieza desde ya —me dijo Marcus al oído, abrazándome por detrás antes de ayudarme a bajar los escalones del avión.

Naty y Rico no vinieron con nosotros en la limusina ni tampoco los guardaespaldas, ni siquiera Wilson. A ellos los esperaban dos Range Rover negros.

Cuando entramos en la limusina, me fijé en que había globos de color rosa con el número veintiuno dibujado, algunos regalos muy bien envueltos en color plateado y también una botella de champán.

Mi cumpleaños no era hasta el día siguiente, pero estaba claro que Marcus quería colmarme de regalos y atenciones innecesarias, como si esas cosas fuesen a cambiar lo que me había hecho, como si dentro de mí pudiese llegar a perdonarlo alguna vez.

—Recuerdo cuando cumplí veintiuno... Todos los que los cumplen festejan que ya pueden beber alcohol de forma legal... En Rusia está permitido desde los dieciocho y mi padre me llevaba dando whisky desde los dieciséis... No era el alcohol lo que deseaba por mi veintiún cumpleaños, ¿sabes lo que quería de verdad? ¿Lo que ansiaba con todas mis ganas?

Negué con la cabeza mientras él cogía dos copas de champán y servía una para cada uno.

—Deseaba una mujer hermosa, que me quisiera, que me adorara sobre todas las cosas... —me dijo mirándome fijamente a los ojos—. Mi padre me llevó con él a un club y me dijo: «Elije». Yo lo miré sin entender nada, hasta que una fila de chicas preciosas se pusieron una al lado de la otra para que yo pudiera elegir...

Alejé la copa de mis labios y lo miré conteniendo mi asco.

—Todas me miraban sonrientes. Todas tenían un cuerpo increíble. Las había rubias, morenas, pelirrojas... Me las follé a todas.

Me removí incómoda en el asiento y él colocó una mano sobre mi rodilla.

—Ninguna, a pesar de la experiencia que tenían, consiguió provocar lo que tú provocaste en mí anoche...

¿Se suponía que eso era un halago?

—Diez años después..., he conseguido mi regalo.

Sonreí sin saber si el resultado era una mueca o una sonrisa creíble.

—Y ahora yo te pregunto... —dijo sacando una cajita pequeña del bolsillo—. ¿Quieres casarte conmigo, Marfil Cortés?

Contuve el aliento al ver el anillo de diamantes que puso delante de mis narices.

Mi corazón se aceleró del pánico.

No me salían las palabras. Solo quería abrir la puerta de aquel lujoso coche y salir corriendo.

—¿No dices nada?

Negué con la cabeza intentando buscar las palabras. Intentando averiguar qué podía decirle para que no se enfadase cuando le dijese que no, cuando le gritase que era un hijo de puta al que odiaba más que a nada en el mundo... Pero eso no fue lo que salió de mis labios.

—Sí —dije en un susurro—, me casaré contigo.

Marcus sonrió como un niño pequeño al que acaban de comprarle un juguete nuevo. Me cogió por la cintura y me besó con fuerza.

Me sentó en su regazo y sus manos volvieron a manosearme por todas partes.

Quise gritar, quise vomitar...

Quise matarlo.

Su erección se clavó contra mi piel y cuando fue a bajarme la ropa interior le sujeté la mano con fuerza.

Al principio una mirada de odio se me escapó de mi autocontrol. Lo fulminé de una manera que supe que me traería consecuencias, pero automáticamente me obligué a relajar el rostro, a cambiar rápido, a ponerme la careta.

—Ahora no... —dije forzando una sonrisa—. Estoy un poco dolorida...

Marcus se detuvo y una sonrisa de comprensión y también de orgullo surcó sus facciones.

—Me pone mucho saber que estás dolorida por mí.

No dije nada y él pasó a acariciarme la espalda.

—No pasa nada, princesa. El dolor termina yéndose y luego estarás deseando que te toque.

Marcus me besó la boca y sus ojos azules me devolvieron la mirada con deseo.

Regresé a mi asiento y, gracias al cielo, recibió una llamada telefónica que lo mantuvo ocupado casi todo el trayecto hasta Manhattan.

Volver a ver los altos rascacielos, mi ciudad, me causó una nostalgia increíble. Sentí como si ya no perteneciese a ella, como si la Marfil de hacía unos meses hubiese desaparecido dejando un cascarón vacío en su lugar. La sensación era la misma que cuando te quedas a dormir en una casa ajena, por muy cómoda que sea la cama, por muy amiga que seas de los dueños..., no es tu hogar.

Y eso pasaba con mi ciudad, ya no era mi hogar, porque Marfil Cortés estaba muerta.

12

MARFIL

El apartamento de Marcus en Nueva York estaba situado a unas pocas manzanas del mío, junto a Central Park. Imaginaba que costaba una fortuna, pero lo confirmé cuando al entrar en el ascensor pude ver que subíamos directamente a la última planta. El ático tenía unas vistas increíbles, pero no fueron estas las que me dejaron de piedra cuando las puertas se abrieron, sino la persona que me esperaba dentro.

—¡Mar! —gritó mi hermana corriendo a mi encuentro.

No me dio tiempo de procesar nada, ya la tenía colgada de mi cuello.

—Gabi... ¿Qué haces aquí? —le pregunté intentando disimular mi ansiedad, intentando disimular mi miedo.

—¡¿Cómo que qué hago aquí?! —gritó soltándome y cogiéndome las manos—. ¡Cumples veintiuno!

Forcé una sonrisa y me horroricé al ver lo hermosa que estaba, lo mucho que había crecido y las palabras que Marcus había dicho sobre ella se repitieron en mi cabeza: «Tu hermana es adorable, Marfil...», «... tiene quince, ¿verdad? Esa edad es muy importante para las niñas... Empiezan a hacerse mayores».

Marcus se acercó a nosotras y mi hermana se giró con una sonrisa de oreja a oreja.

—¡Gracias por convencer a mi padre, Marcus! —le dijo abrazándolo también. Contuve el aliento y Marcus me miró sonriente.

—Fue pan comido, princesa.

Que la llamara por el mismo mote que a mí dejaba claro que para él todas éramos lo mismo... ¿Lo hacía para dejar claro que ella también podía ser su princesa? ¿Lo hacía para recordarme lo que pasaría si no hacía lo que él quería?

—Se suponía que iba a ser una sorpresa, Mar, pero le dije que eras demasiado lista para no sospechar nada cuando vinieseis a Nueva York justo para tu cumpleaños.

Sonreí forzadamente y asentí.

—¿Te pasa algo, hermanita? —preguntó apartándose de Marcus y viniendo hacia mí con cara preocupada—. Te noto muy seria...

Marcus apretó los labios y eso fue lo único que necesité para sacar a la actriz que había descubierto que llevaba dentro.

—¡Solo estoy cansada por el viaje! —dije cogiéndole la mano—. ¿Has conocido ya a Rico? —le pregunté llamando a mi perro, que vino corriendo a mi encuentro. Mi hermana abrió los ojos emocionada y se agachó para cogerlo en brazos y achucharlo con cariño.

—¡Por favor, este perro es lo más mono que he visto en mi vida! Es un chucho, ¿no?

No pude evitar reírme.

—¡Ni se te ocurra meterte con él! —la advertí tirando de su brazo y adentrándome en el apartamento—. ¿Dónde está nuestra habitación, Marcus?

Naty apareció entonces junto a la puerta.

—Yo le enseñaré el camino, señorita —dijo haciéndome una señal para que la siguiera.

Fui tras ella sin demora. Quería perder de vista a Marcus. Quería decirle a mi hermana que se largara... Pero ¿cómo se lo decía sin levantar sospechas? ¿Cómo le confesaba lo que ocurría sin ponerla en peligro también a ella?

No pude hacer nada y simplemente le seguí la corriente. Gabriella siguió hablando de la fiesta, de su vestido, de Rico, de lo contenta que estaba con mi relación con Marcus, de lo difícil que había sido convencer a nuestro padre para que la dejase venir... Eso me suscitó muchas preguntas. ¿Mi padre tenía miedo por mi hermana pequeña? ¿Marcus había obligado a nuestro progenitor a dejarla venir a pesar de que él era consciente del peligro que eso suponía? Su última pregunta me afectó casi de igual manera...

—¿Qué ha sido de Sebastian?

Mis manos se detuvieron sobre su cabeza. Estaba trenzándole el pelo antes de salir a dar una vuelta. Mi hermana pocas veces había estado en Nueva York y quería pasear por la Quinta Avenida y visitar a nuestros diseñadores preferidos.

—Ya no trabaja como mi guardaespaldas —dije volviendo a mi tarea y quitándome la imagen de alguien de quien creí estar enamorada.

—Yo creo que estaba loco por ti —me respondió sonriendo ante el espejo.

—Cualquiera estaría loco por tu hermana, Gabriella. Eso no es ninguna sorpresa —dijo la voz de Marcus a nuestra espalda.

Me tensé de inmediato y mi hermana lo notó por la mirada que me lanzó.

—Yo siempre le dije que debería ser modelo —dijo ella siguiendo con la conversación—. ¿Sabías que las mejores marcas ofrecieron fortunas por tenerla y ella las rechazó todas?

Marcus se apoyó contra la pared opuesta y sonrió sin que la alegría le llegase a los ojos.

—¿Y eso por qué, Marfil?

Había muchas razones por las que había rechazado todas esas propuestas, mi padre una de ellas.

—No me interesaba, prefería estudiar.

Marcus asintió pensativo.

—Tampoco es que estudiar te vaya a servir de mucho ahora que estás conmigo... No te va a hacer falta nada.

Mi hermana se giró en su silla y lo miró con mala cara.

—Mar no estudia simplemente por el dinero que pueda llegar a ganar, lo hace porque le gusta. ¿A qué sí?

Miré a Marcus y asentí.

—Y aunque esté contigo, conociéndola, seguro que va a querer tener su propio trabajo y su independencia...

Marcus la miró y no supe decir si lo que decía le hacía gracia o si lo cabreaba.

—Bueno... Eso lo decidiremos juntos.

Cerré los ojos un segundo cuando vi que mi hermana volvía a la carga. ¿Qué esperaba? Ella repetía lo que me había oído decir a mí desde que tuve capacidad de hilar pensamientos coherentes.

—No es algo que tengas que decidir tú...

—Gabriella... —empecé a decir, pero Marcus levantó la mano y me interrumpió.

—Todo lo que tenga que ver con tu hermana lo decido yo.

Gabriella lo miró con incredulidad y luego me miró a mí.

—¿Desde cuándo dejas que un tío decida por ti?

«Mierda... Gabriella, joder, léeme la mente y cállate.»

—Marcus no ha querido decir eso, Gab...

—He querido decir exactamente eso.

El ambiente pareció congelarse e instintivamente di un paso hacia delante y me coloqué frente a mi hermana, entre Marcus y ella y le lancé una mirada de advertencia.

—Está claro que tengo que tenerte a ti en cuenta a la hora de pensar en mi futuro. Gabriella, ya lo entenderás cuando estés con alguien. Las cosas...

—Pues yo no pienso anteponer a nadie a mis decisiones. Si quiero trabajar trabajaré; si quiero estudiar, estudiaré; y si, por ejemplo, quiero posar desnuda para diseñadores profesionales, posaré desnuda...

—A tu padre seguro que le encanta esa idea...

Gabriella se encogió de hombros y sonrió.

—No tiene por qué enterarse.

Sentí alivio cuando se giró hacia el espejo y la discusión que habíamos empezado los tres se disipó en el aire.

Marcus se la quedó mirando unos segundos de más, pero luego se dio la vuelta y se dirigió hacia la puerta.

—Marcus... ¿te importa que lleve a mi hermana a pasear por la Quinta Avenida?

Marcus se detuvo y volvió a mirarme.

Sonrió.

—Claro que no... Llévate a Wilson y a Nuñez.

Asentí sin comprender por qué demonios teníamos que seguir llevando guardaespaldas si la amenaza que había existido contra mí ya había desaparecido. Pero tampoco era plan de ponerme quisquillosa, ya era un milagro que me dejase salir de aquel apartamento.

Era verano, por lo que el clima en Nueva York era asfixiante, pero mi hermana parecía como si la hubiese llevado a Disneyland. Almorzamos juntas en un restaurante muy chic, en Hell's Kitchen, y luego caminamos por la Quinta Avenida hasta llegar a Central Park. Ambas, desde que teníamos trece años, habíamos tenido una tarjeta de crédito a nuestra disposición para comprar lo que quisiéramos. Yo siempre había sido muy cuidadosa con lo que gastaba, a pesar de que me encantaba ir de tiendas, pero Gabriella siempre había sido el ojo derecho de mi padre y, por consiguiente, era una compradora compulsiva.

Le regañé cuando ya iba por el quinto par de zapatos y eso que no eran baratos.

—Oh, no seas aguafiestas —refunfuñó—. En Londres apenas

nos dejan salir los fines de semana y sabes que cuando estoy con mi madre, me prohíbe usar la tarjeta de papá...

No insistí mucho, pero agradecí el cambio de rumbo de nuestro paseo cuando nos adentramos por los espesos árboles del parque.

—¡¿Eso es una rata? —gritó Gabriella al ver una ardilla bastante regordeta corretear delante de nosotras.

—Una rata con un abrigo de pieles, como dice Liam —dije sonriendo. Noté un pinchazo en el corazón cuando comprendí que Liam estaba en la ciudad y que me moría por verlo, por encerrarme en su apartamento y esconderme del mundo.

—¿Vas a quedar con él?

Seguro que a Marcus le encantaba esa idea.

Negué con la cabeza.

—Igualmente lo verás mañana, ¿no?

—Pues no lo sé, Gabriella. No tengo ni idea de quién va a ir a la fiesta. Nadie me ha preguntado nada...

Mi hermana se detuvo cogiéndome del brazo y me miró poniéndose muy seria.

—Sé que te pasa algo —dijo mirándome a los ojos—. ¿Te has peleado con Marcus? ¿Es eso?

Conté hasta tres mentalmente para conseguir mantener la compostura. Me hacía feliz que mi hermana fuese lo suficientemente inocente como para seguir creyendo que lo peor que puede ocurrirte en una relación sea tener una pelea... Yo también había creído lo mismo hasta hacía muy poco y no pensaba confesarle lo que ese hombre me hacía. Gabriella no podía perder esa luz que la llenaba, la misma que siempre creí que me llenaba a mí también. Antes mataría que darle a conocer esa parte del mundo. Antes me sometería a la peor tortura que contarle lo que había hecho y hacía nuestro padre.

Forcé una sonrisa.

—Sí... Es eso —dije apartando la mirada y reanudando la marcha.

Wilson y Nuñez iban detrás, cargando con las bolsas de mi hermana sin rechistar.

—A veces puede ser un poco...

—¿Mandón?

Me reí ante la ironía de la palabra. Pero terminé asintiendo.

—No me gusta cómo piensa... —dijo Gabriella mirando hacia delante—. Tiene toda la pinta de ser un machista de estos que se creen dueños de sus novias...

No iba nada mal encaminada.

—Es muy autoritario, nada más, pero a mí me trata muy bien —dije y sentí el veneno de la mentira en los labios.

—Está claro que mal no te trata —dijo mirando otra vez el colgante de diamantes que me había dado en el coche como regalo de precumpleaños—. Aunque siempre dijiste que odiabas las joyas de ese tipo...

Y lo hacía.

Y él lo sabía.

—Bueno... No tiene nada de malo cambiar de opinión, ¿no?

Gabriella me miró con el ceño fruncido.

—Sí, si cambias por él y no porque tú quieras hacerlo.

Me reí desviando la mirada.

—Está claro que mi influencia ha hecho mella en ti.

—Siempre he admirado tu forma de pensar. Si no hubiese sido por ti, ahora mismo pensaría como Marcus... Ya sabemos cómo es papá...

Apreté los labios con fuerza.

—No cambies tus ideales por él, Marfil... No cambies por nadie.

—Oye... Tranquila, ¿vale? —dije pasándole un brazo por los hombros y atrayéndola hacia mí—. Nadie conseguirá cambiarme, te lo aseguro.

Pero... ¿era cierto?

Pasamos el resto de la tarde paseando por la ciudad y en más de una ocasión tuve la sensación de que alguien nos estaba observando.

La sensación se repitió tanto en la última hora que tuve la necesidad de regresar al apartamento.

Por suerte Gabriella también estaba cansada, por lo que no rechistó cuando le dije que quería volver. Cuando las puertas del ático se abrieron, Marcus estaba esperándonos.

Se me acercó cogiéndome por la cintura y me besó, allí, delante de mi hermana pequeña.

Con lengua.

Me aparté incómoda y vi que Gabriella se reía, pero se marchaba por el pasillo hasta la habitación que habían preparado para ella.

—Oye, córtate un poco —dije quitando sus manos de mi cintura y entrando en el salón.

Sentí un tirón fuerte de mi brazo y mis pechos chocaron contra su torso musculado.

—¿Que me corte has dicho? —preguntó metiéndome la lengua hasta la campanilla y bajando las manos hasta apretarme el culo contra su cuerpo endurecido.

Cuando conseguí apartarme para respirar, le retuve la mano que subía para apretarme un pecho.

—Por favor —dije mirando hacia el pasillo—, es una niña, no quiero que nos vea así, joder.

Me soltó a regañadientes y se acercó al minibar.

—Si no cuidas esa lengua al final conseguirás que me cabree... —amenazó sirviéndose un whisky en un vaso de cristal—, y los dos sabemos lo que pasa cuando eso ocurre —añadió girándose hacia mí con dos vasos en las manos—. Toma... Te noto estresada. ¿Qué ocurre?

Acepté la copa que me tendía y me la bebí casi entera de un trago.

—Nada... —recordé la sensación de haber sido espiada durante todo el día y, al pensar en Central Park, una pregunta me vino a la cabeza—: ¿Te explicó aquel tipo..., el que quería matarme..., por qué me secuestraron y me dejaron libre sin hacerme nada?

La mirada de Marcus se endureció y apoyó la copa sobre la mesita del minibar.

—Ese tipo que quiso matarte se llamaba Kolia Nóvikov —dijo muy serio—, un imbécil que se creía mejor que yo... Y en cuanto a tu pregunta, no, no me explicó por qué te secuestraron y te dejaron libre porque... él no fue quien lo hizo.

176

Me quedé quieta con el vaso vacío en la mano.

—¿Cómo que él no lo hizo...?

—No fue él, no tenía ni idea de lo que le estaba hablando.

—Pero entonces...

Marcus se acercó a mí y me quitó el vaso de cristal de mis manos.

—Seguimos sin saber quién fue y por qué razón.

—Pero si no fue él, entonces ¿quién pudo haberlo hecho? No tiene ningún sentido...

—No, no lo tendría si los enemigos de tu padre no hubiesen aumentado significativamente en los últimos años.

—¿Me estás diciendo que podría ser cualquiera? ¿Cualquier persona que tenga problemas con él podría...?

—¿Por qué te crees que yo llevo custodia a donde quiera que vaya? Nuestra profesión no es segura. Muchos quieren lo que nosotros tenemos. Muchos quieren venganza; otros, dinero; otros, una muerte segura —afirmó muy serio.

—¿Significa eso que siempre voy a tener que llevar...?

—¿Guardaespaldas? Por supuesto que sí. Tu padre fue un imbécil al no habértelos puesto desde que naciste... Un error que aún sigue pagando, créeme.

Negué con la cabeza sin podérmelo creer... Esa pesadilla parecía no tener fin. Respiré hondo recordando las últimas horas... Debía decírselo...

—Hoy he sentido...

Marcus me obligó a mirarlo a los ojos.

—¿Qué has sentido?

—No sé cómo explicarlo... He sentido como si alguien me estuviese observando, siguiendo...

Marcus escuchó atentamente lo que le decía y asintió en silencio.

—Con Wilson y Nuñez estarás a salvo... Nada puede ser peor que la amenaza de Nóvikov, pero por el momento dejemos tus paseos por Central Park para otro momento.

Asentí apesadumbrada y dejé el vaso sobre la mesa, junto al suyo.

—Mi hermana me ha pedido que duerma hoy con ella...

Marcus apretó los labios con fuerza.

—Solo será esta noche, hace mucho que no la veo...

Su mano me rodeó la cintura y me atrajo hacia él.

—Pero mañana serás toda mía —me dijo reclamando mi boca—. Se acabaron las excusas. Quiero volver a tenerte. Quiero volver a sentir lo que es estar bien dentro de ti... ¿Me has oído?

Asentí intentado controlar el temblor que se apoderó de mis manos al pensar que volvería a tomarme de aquella forma.

No iba a poder soportarlo mucho más tiempo...

—Y también aprovecharemos la fiesta para anunciar nuestro compromiso —dijo levantando mi mano cuyos dedos estaban vacíos—. Quiero poner el anillo en este dedo y que nunca más vuelvas a quitártelo.

Asentí en silencio y dejé que volviera a besarme.

Cuando me soltó me fui directa a la habitación de mi hermana.

Mi vigésimo primer cumpleaños iba a ser una pesadilla.

13

MARFIL

No elegí el vestido de aquella noche, ni tampoco los zapatos ni los complementos. Naty me ayudó a peinarme mientras me lanzaba miradas preocupadas por el espejo del tocador.

Me mostré alegre y forcé un estado de ánimo que no tenía nada que ver con la realidad solo para hacer feliz a mi hermana. No quería celebrar mi cumpleaños, no quería ir a una fiesta, pero, sobre todo, no quería que llegase el momento de fingir estar enamorada de una persona que odiaba con toda mi alma.

Estaba enfadada, con él, obviamente, pero también conmigo misma por mostrarme tan débil, por haber permitido que los hombres que me rodeaban hubiesen tomado el control de absolutamente todo lo que me importaba.

—Estás guapísima —dijo Gabriella entrando en mi habitación y mirándome con admiración. Iba muy guapa, con un vestido de corte princesa de color té con leche y el largo pelo castaño recogido en una cola con bucles.

Mi vestido era en realidad un conjunto negro de dos piezas. Una falda de tiro alto con una abertura que me dejaba la pierna al descubierto y con un top del mismo color, sujetado a la espalda con tiras que se mezclaban unas con otras de forma muy bonita. Los zapatos eran unas sandalias negras con tiras finas y un tacón de aguja de infarto.

Estaba claro que Marcus disfrutaba vistiéndome. Al menos la mayoría de las veces podía decir que tenía buen gusto, aunque, claro, cuando te obligan a hacer algo, aunque sea algo que hubieses elegido por ti misma, el acto en sí pierde toda su gracia y encanto. Por muy bonita que fuera la ropa, la odiaba simplemente porque no había tenido opción de elegirla por mí misma.

Marcus apareció en el umbral de la puerta de mi habitación y me recorrió el cuerpo con la mirada.

—Dejadme un momento a solas con ella —dijo sin quitarme los ojos de encima.

Mi hermana me miró un segundo antes de asentir y salir seguida por Naty.

Marcus cerró la puerta y se apoyó en ella.

—Estás espectacular —dijo fijando la vista en mi pierna desnuda y luego subiendo hasta llegar a mis pechos—. ¿Estás nerviosa?

—¿Por qué iba a estarlo?

Se apartó de la puerta y vino hasta a mí.

—¿Anunciar nuestro compromiso no supone nada para ti?

Me cogió la barbilla con los dedos y me obligó a mirarlo a los ojos.

—No soy una chica que se ponga nerviosa fácilmente —contesté de forma evasiva.

—Pórtate bien hoy —me dijo entonces muy serio—. No hagas que me arrepienta de haber invitado a todos tus amigos y conocidos...

¿Por qué me decía eso? ¿Temía que le fuera con el cuento a alguno de ellos? ¿Cuando había amenazado con matar a mi familia?

—No entiendo a qué viene ese comentario —confesé en un tono seco.

—Soy un hombre celoso... Lo que es mío es mío.

¿De eso se trataba?

Me molestó tanto ese comentario que fui a darle la espalda para alejarme, pero me sujetó con fuerza por el brazo.

—Responde: ¿eres mía?

Tomé aire y la imagen de mi hermana se dibujó en mi cabeza.

«Debes protegerla.»

Tomé aire de nuevo y asentí.

—Lo soy.

Se le formó una sonrisa, pero aparté la cara cuando iba a besarme.

—Arruinarás el maquillaje —dije hablando de forma amable y despreocupada.

Asintió y me soltó por fin.

—En cuanto estés lista podremos marcharnos.

Asentí y agradecí verlo desaparecer por la puerta.

Me miré en el espejo y me dije a mí misma que hacía lo correcto, que estaba ayudando a mi familia, que casándome con ese hombre me aseguraba de que mi hermana pequeña estuviese a salvo, e incluso mi padre, a pesar de que lo odiase, y merecía la pena.

Fuera del edificio nos esperaba un coche con las ventanas tintadas. En él íbamos mi hermana, Marcus y yo en el asiento trasero, y delante Wilson y Nuñez al volante.

No tenía ni idea de adónde íbamos, pero me alegró saber que no fuimos muy lejos.

El Plaza... ¿Cómo no?

De todos los lugares que hubiese escogido para celebrar mi cumpleaños ese hubiese sido el último en mi lista.

En ese mismo hotel fue donde mi padre me vendió a Marcus. En ese mismo hotel descubrí lo despiadado que podía llegar a ser.

Dos botones nos abrieron las puertas del coche. Marcus bajó primero y, a continuación, nos ayudó a las dos a bajar. Sin ni siquiera dudarlo, se colocó en medio y nos cogió del brazo. Mi hermana estaba encantada, miraba todo como si fuese Navidad y yo dudaba de si sería capaz de mantener la fachada todo el tiempo que durase la celebración.

Juntos subimos hasta la azotea del hotel, hacía calor y la luna llena se erigía sobre nuestras cabezas.

Cuando salimos del ascensor un sonoro «¡Feliz cumpleaños!» a coro sonó a mi alrededor.

Me sorprendió ver tantas caras conocidas; toda mi clase de la facultad estaba allí reunida, junto con otras muchas personas que no identifiqué. La terraza estaba llena de globos plateados por todas partes, había hasta un *photocall* con un gran veintiuno dibujado en purpurina y una hilera de camareros enchaquetados esperando para empezar a repartir los canapés. Supe, sin dudarlo ni un instante, que mi hermana había organizado todo aquello. Marcus seguramente le había dado vía libre en cuanto al dinero y ella había puesto todo su empeño para que fuera la fiesta de mis sueños. Habían colocado hasta imágenes en miniatura de mis películas preferidas en las mesas y los *souvenirs* eran tarjetas de socio por un año para los cines AMC. Solté una carcajada cuando Gabriella me los enseñó emocionada.

—Así conseguiremos que todos sean cinéfilos como nosotras —dijo con una sonrisa divertida.

La abracé con fuerza dándole las gracias.

—Y como yo, ¿no?

Se me paró el corazón cuando oí la voz de Liam. Al levantar la mirada lo vi a un lado de la barra, sonriéndome.

Sin pensarlo siquiera, salí corriendo hacia él y me abrió los brazos para recibirme con el mismo entusiasmo con el que me recibiría si hubiesen pasado tres horas sin vernos: me levantó del suelo y me hizo girar.

—No sabes cuánto te he echado de menos —dije intentando con todas mis fuerzas no echarme a llorar.

Noté que se me acercaba la gente para felicitarme y odié tener que dejar los brazos de una de las pocas personas que me había hecho sentir segura en aquella ciudad... Sin contar con quien ya sabemos...

Saludé a Lisa y luego a Stella, que me abrazaron con fuerza a la vez que me decían de forma atropellada al oído lo chic que era todo aquello y que flipaban con lo guapo que era mi nuevo novio.

Al oírlas decir eso mis ojos volaron hacia donde estaba el susodicho, bebiendo una copa y charlando con dos hombres, aunque no me quitaba los ojos de encima.

Sentí un escalofrío.

—¿A mí no me saludas o qué? —oí que decía Tami a mis espaldas.

Me giré sin podérmelo creer.

Acababa de llegar de Londres y estaba guapísima. Llevaba el pelo rubio recogido en una kilométrica cola de caballo, su cuerpecito embutido en un vestido color azul cielo y sus ojos celestes eran tan amables como el día que la conocí.

La abracé con todas mis fuerzas y noté que las lágrimas acudían a mis ojos sin poder detenerlas.

—Tranquila... —dijo riéndose.

—¿Estás...? ¿Cómo estás, Tami...?

—Estoy bien, de verdad —dijo apartándome y mirándome a los ojos—. Todo ha quedado en una interesante anécdota que le contaré a mis nietos algún día...

—Lo siento tanto... —se me escapó sin remedio

—¿Por qué ibas a sentirlo? Tú no me disparaste.

No, no lo había hecho. Pero la habían dañado por mi culpa, por mi padre, por sus líos, por haberme metido a mí en los suyos y haberme arruinado la vida.

—Cariño...

Oír su voz me dejó helada en el sitio. No solo porque no lo esperaba, podía contar con los dedos de una mano las veces que había venido a mis cumpleaños, pero que apareciera por allí... después de lo que me había hecho...

Me giré, soltando a Tami y me encaré con mi progenitor.

—¡Feliz cumpleaños! —me felicitó acercándose a mí y abrazándome con fuerza contra su pecho.

Me quedé quieta como un palo. La rabia ocupaba todos mis pensamientos. Me hubiese gustado empujarlo, gritarle, decirle lo que pensaba de él, pero una simple mirada a mi hermana, que sonreía feliz, fue suficiente para no hacer nada de lo que mi cuerpo me pedía.

Cuando me soltó creí ver cierto remordimiento en sus ojos marrones, pero lo ocultó tan pronto que no podría decir si no fueron imaginaciones mías.

—¿Bailas conmigo? —dijo Liam a mi espalda.

Me giré agradecida por la interrupción y cogí la mano que Liam me tendía. La música que sonaba no era para bailar lento, pero me dio igual, simplemente quería alejarme de él. Liam me llevó hasta la pista y empezamos a movernos al ritmo de una canción que desconocía.

A mi alrededor la gente comía, bebía y bailaba mientras charlaban y se reían.

¿Alguna de las personas que estaban allí era consciente de lo desdichada que era yo?

—Cuéntame qué pasa —me dijo al oído y vi a Marcus mirándome fijamente, sus ojos clavados en el punto donde Liam me tocaba—. ¿Qué es lo que va mal?

Me aparté y di dos pasos hacia atrás.

—No me pasa nada, ¿vale?

Liam me devolvió la mirada extrañado y dolido a la vez.

Le di la espalda y caminé hacia donde Marcus bebía de una copa. Lo abracé y apoyé mi cabeza en su pecho.

—Gracias por la fiesta —mentí—. Es perfecta, Marcus.

Tardó unos segundos de más en devolverme el abrazo y cuando lo hizo mi inquietud disminuyó.

«Por favor, no pongas a Liam en tu lista negra, por favor.»

—Lo mejor para mi princesa —dijo besándome en lo alto de la cabeza.

—¡Mar, ven a bailar! —me gritó mi hermana cogiéndome la mano y tirando de mí hacia la pista.

Tami se unió a nosotras y bailamos mientras el resto de mis compañeros se acercaban a felicitarme y a charlar conmigo, sobre todo a preguntarme por qué no había vuelto a la facultad.

—Por temas personales —contesté a cualquiera que me preguntara aquello. No quería ni podía ahondar en ese tema y tampoco me apetecía hablar sobre el hecho de que todos ellos habían acabado el segundo año de carrera y yo no había podido hacerlo.

Liam se mostró muy distante conmigo después de cómo lo traté en la pista y prefirió quedarse bebiendo en la barra mientras nos observaba a Tami y a mí.

—Oye... ¿Qué ha pasado al final entre vosotros?

Tami siguió mi mirada y Liam desvió los ojos a su copa.

Su mirada se entristeció al instante.

—Cometí un error liándome con él...

Me dio rabia ver cómo dejaba pasar la oportunidad de estar con alguien tan increíble como Liam y la cogí del brazo para zarandearla y que me prestase atención.

—Déjate de chorradas, Tami. Lo que te pasa es que tienes miedo —dije cruzándome de brazos—. No puedes evitar sentir algo por él, lo sé, no hay más que veros. ¡Dale una oportunidad, joder!

Negó con la cabeza y se excusó con que tenía que ir al servicio.

Yo aproveché para acercarme a mi amigo.

—Oye, siento lo de antes...

—Tranquila —dijo llevándose la copa a los labios—. Sé que cuando estés preparada terminarás contándomelo...

—¿Contarte el qué?

—Lo que te está matando y por lo que no has vuelto a Nueva York hasta ahora.

Empecé a negar con la cabeza, pero me interrumpió.

—¿Cuántos kilos has perdido? —me preguntó de sopetón—. Pareces una puñetera modelo de pasarela de esas que tanto odias. Estás en los huesos y veo en tus ojos que si fuera por ti ni siquiera estarías aquí... ¿Es por ese imbécil? ¿Es por las amenazas? ¿Por el disparo?

—Por favor, para, Liam —lo corté mirando hacia ambos lados asustada—. No digas esas cosas, ¿vale? Estoy bien...

—Mentirosa.

Respiré hondo y supe que no podía mentir a mi mejor amigo.

—Es más complicado de lo que parece...

—Por suerte para ti, soy un tipo muy inteligente.

Negué con la cabeza y entonces sentí que una mano me rodeaba la cintura. Los ojos de Liam se trasladaron hacia la derecha, hacia él.

—¿Te está molestando, princesa?

Liam le devolvió la mirada con incredulidad.

—¡¿Qué?! ¡No! —me apresuré a aclarar.

—Soy su mejor amigo, capullo —le soltó Liam con fiereza.

—Amigo o no, no vuelvas a tocar a mi novia.

«Mierda, mierda, mierda.»

Eso era justamente lo último que quería que ocurriese.

—¿En serio, Mar? ¿Este imbécil?

Intenté advertirle con la mirada y tuve miedo cuando noté el cuerpo de Marcus tensarse a mi lado. Justo en ese momento apareció Tami, que de forma instintiva se colocó junto a Liam.

—¿Qué ocurre?

—Nada —contesté rápidamente, pero el nada quedó verdaderamente en nada cuando Marcus dio un paso hacia delante y Liam hizo lo mismo.

—¿Tienes idea de con quién estás hablando?

—De lo que tengo idea es de que te voy a partir la cara la próxima vez que insinúes que molesto a mi mejor amiga.

Me coloqué entre ellos en cuanto vi que llegarían a las manos, pero Marcus me cogió con fuerza del brazo y me apartó de un empujón, haciéndome trastabillar.

Liam y Tami abrieron los ojos con sorpresa y lo siguiente que sé es que a Marcus le sangraba el labio inferior.

No le hizo falta ni defenderse. En menos de un segundo dos guardias se acercaron para coger primero a Liam y después a Tami cuando esta se puso a pedirle que lo dejaran en paz.

—Sácalos de aquí.

—¡Marcus! —le grité incrédula cuando los guardias pasaron de mis quejas y se llevaron por la fuerza a mis dos mejores amigos.

—¡Quítale las manos de encima, gorila de mierda! —oí que Liam gritaba a quien tenía a Tami sujeta por el brazo.

Hice el amago de correr tras ellos, pero Marcus me retuvo clavándome los dedos con fuerza en la piel.

Todo había pasado tan rápido que la gente a nuestro alrededor ni siquiera se había dado cuenta hasta que no empezaron a fijarse en que Liam y Tami salían por la puerta en manos de los guardias.

—Deberías buscarte amigos nuevos —me dijo. Después se me acercó al oído y añadió en voz muy baja—: No me cabrees más de lo que ya estoy.

Me soltó y tuve que contener las lágrimas.

Entonces, de repente, las luces se apagaron y a lo lejos apareció una tarta impresionante llevada en un carrito por uno de los camareros. Las sonrisas se reprodujeron una tras otra en los rostros de los invitados y empezaron a cantar «Cumpleaños feliz» a coro a mi alrededor.

Me giré hacia la tarta y vi que era rosa con dos velas que soltaban chispas. El veintiuno con purpurina brillaba bajo la luz del fuego y todos se acercaron para cantarme y esperar que pidiera tres deseos.

Marcus me pasó el brazo por los hombros y sonrió como si no hubiese ocurrido nada.

Mi hermana aplaudía emocionada al lado de mi padre y él le rodeaba los hombros con el brazo.

Todos parecían tan felices... Mientras yo contenía las ganas de salir corriendo y obligaba a mis piernas a quedarse quietas.

Pedí tres deseos y soplé las velas tal y como se esperaba que hiciese. Entonces, aprovechando que todos me estaban prestando atención, Marcus decidió hacer el maldito anuncio, el que llevaba temiendo desde que empezó la noche.

—No hay nada que me haga más feliz que la persona que tengo ahora mismo a mi lado y que se ha hecho toda una mujer hoy, que cumple veintiún años.

Me tensé al comprender lo que iba a decir y saber que iba a tener que llevar a cabo el papel más difícil de mi vida.

Se giró hacia mí y clavó sus ojos azules en los míos.

—Hace unos meses que nos conocimos, no tengo que aclarar qué fue lo primero que me hizo caer a tus pies, Marfil. Después de haber estado viviendo juntos, he descubierto la maravillosa mujer que eres... Queridos amigos, hoy queremos contaros una noticia que nos hace muy felices a los dos.

Todos miraban con expectación. Los ojos se iban a abriendo más y más y mi hermana nos miraba a uno y a otro alternativamente, con incredulidad.

—¡Marfil y yo vamos a casarnos! —anunció Marcus emocionado.

Se produjo un silencio de un segundo y después la gente chilló y aplaudió. Sin saber cómo, Marcus sacó el anillo que ya me había dado y me lo colocó en el dedo anular. Su mano en mi cuello me obligó a besarlo y las felicitaciones no tardaron en llegar. De pronto me vi separada de Marcus y envuelta en mil abrazos, pasando por mis amigos, por mis compañeros y, finalmente, por mi hermana y mi padre.

—¡Enhorabuena, Mar! —dijo, aunque no con el entusiasmo que hubiese esperado de ella ante una noticia como aquella.

Sonreí y mi padre se acercó a darme un abrazo.

No pude soportarlo más. El anillo me pesaba como si llevase una pesa de diez kilos colgando del dedo. La presencia de la gente, las sonrisas falsas, mi padre pletórico a pesar de que sabía que esto no era lo que quería, a pesar de que sabía que Marcus era un maltratador y un psicópata...

—Si me disculpáis un segundo —dije dando la espalda a la muchedumbre y casi corriendo hacia el cuarto de baño.

Nadie me detuvo. Todos estaban demasiado absortos en beber el champán que acababan de servir, en felicitar a Marcus, en seguir comiendo, bebiendo y pasándoselo en grande... Daba igual que yo estuviese presente o no.

Solo sentí la mirada preocupada de mi hermana a mi espalda, pero la ignoré y casi corrí hasta los lavabos.

Estaban vacíos y me tuve que sujetar al lavamanos para no caer redonda al suelo.

Cerré los ojos con fuerza y deseé que todo fuese una pesadilla, que todo terminara. Desee con fuerza lo que acababa de pedirle a mis velas de cumpleaños y entonces algo sucedió.

Sentí que alguien se movía a mi espalda y, antes de que pudiera hacer nada, una mano me tapó la boca para ahogar mi grito y tiró de mí hacia atrás, hasta meterme en uno de los cubículos.

«Otra vez no, por favor», fue lo que pensé con el pánico atenazando mi garganta.

El brazo que me rodeaba me giró y entonces todo se detuvo por un instante.

Pelo castaño.

Hombros anchos.

Ojos marrones.

Brazo tatuado.

—Hola, elefante.

14

SEBASTIAN

Me estaba volviendo loco. La ansiedad me corría por las venas desde el mismo momento en el que se subió a ese puto avión. No verla había sido peor de lo que había previsto, peor de lo que podía soportar.

Marfil estaba distinta, lo había podido apreciar durante toda la tarde de ayer mientras paseaba con su hermana. Por un momento creí que ella sería capaz de sentir mi presencia, dos meses sin verla y había tenido que hacer uso de todo mi autocontrol para no ir a por ella y alejarla de las garras de ese cabrón.

Y ahora por fin la tenía conmigo... Aunque, bueno, más me valía actuar deprisa o todo el maldito operativo se iría a la mierda.

Sus ojos verdes se clavaron en los míos y por unos instantes creí ver esperanza... Había estado tan apagada, la había visto tan mal desde la distancia que, ahora que la tenía cerca, supe que las cosas habían ido peor de lo que había podido llegar a imaginar.

Sin poder contenerme, mi mano subió hasta su mejilla y la acaricié desesperado por tocarla de nuevo, por comprobar que su piel seguía siendo tan suave como recordaba.

—¿Qué haces aquí? —me preguntó, rompiendo la intensidad del momento que se había formado entre los dos.

Fui a contestarle, pero oí que la puerta se abría y mi instinto me llevó a taparle la boca de nuevo con la mano y atraerla hacia mi cuerpo.

—S, ahora o nunca —escuché la voz de Wilson al otro lado de la puerta.

Quité la mano de la boca de Marfil y pasé a cogerle la suya.

—Tenemos que irnos —dije abriendo la puerta del cubículo y tirando de ella hacia la salida.

Se soltó de un tirón y se detuvo obligándome a girarme hacia ella.

Estaba aterrorizada.

—No puedo irme... Me matará —dijo clavándose las uñas en los antebrazos.

Me acerqué a ella.

Le cogí la cabeza entre mis manos y me acerqué hasta que nuestras narices se chocaron.

—No volverá a tocarte un solo pelo de la cabeza.

Al decir esas palabras algo oscuro apareció en su mirada.

Dio dos pasos hacia atrás, soltándose de mí, alejándose.

—Matará a mi hermana, a mi padre, a mis amigos...

—No lo hará.

—¡¿Cómo lo sabes?!

Joder.

Wilson apareció por la puerta, nos lanzó una mirada y luego fijó sus ojos en mí.

—Se acaba el tiempo.

Me volví hacia Marfil.

—Por favor, ven conmigo. No le pasará nada a tu familia, te lo prometo.

Y aunque eso era algo que no podía asegurar al cien por cien no me importaba. Nadie me importaba.

Solo ella.

Dudó y me aproveché de la ventaja. Tiré de su mano y seguí a Wilson por el pasillo que nos llevaría directamente a los ascensores de servicio.

Haber infiltrado a Wilson en la custodia de Marfil había sido la única razón por la que pudimos hacer lo que estábamos haciendo.

Nos metimos en el ascensor y cuando las puertas se cerraron, llamé por teléfono a Suarez.

—Vamos de camino —dije.

—Te espero detrás. Daos prisa.

Corté y, en cuanto las puertas volvieron a abrirse en el sótano, tiré de la mano de Marfil para que me siguiera. Los zapatos que llevaba puestos no eran los idóneos para correr, lo que nos retrasó en nuestra huida hasta llegar al coche de Suarez. Casi lloro de alivio cuando, después de atravesar la lavandería y abrir la puerta de incendios, pude ver el Range Rover negro esperándonos con las puertas abiertas.

Wilson se metió en el asiento del copiloto y Marfil y yo en los asientos traseros.

En cuanto cerré la puerta, Suarez salió pitando de allí. Las ruedas chirriaron contra el asfalto y pude respirar tranquilo.

Noté que la mano que tenía apresada con fuerza se removía para que la soltara. Mis ojos volaron desde nuestras manos unidas hasta su cara.

Se llevó la mano al regazo y miró por la ventana, sin decir nada.

—¿Mar...?

—No —me contestó cortante. Volvió el rostro y me miró furiosa—. Ni se te ocurra hablarme. Ni se te ocurra mirarme. Y, por lo que más quieras, ni se te ocurra volver a tocarme.

Sentí que cada una de sus palabras se me clavaban en el corazón.

Los dedos me picaron de las ganas de hacer todo lo que ella me estaba prohibiendo.

Pero tenía razón.

¿Con qué derecho podía volver a ponerle las manos encima?

15

MARFIL

El coche atravesó toda la ciudad a velocidades que rallaban la locura, mientras que en mi cabeza solo podía visualizar a mi hermana pequeña y a mi padre. Una parte de mí quería salir de aquel vehículo y regresar a buscarlos, pero otra... Otra acababa de descubrir lo que un prisionero debía de sentir tras salir de la cárcel después de su cautiverio. Y sí, solo habían sido dos meses, pero me sentí como si hubiesen pasado años... Años desde que dejé de ser la chica que era, desde que me perdí a mí misma en aquella telaraña llena de insectos y de arañas que solo querían comerme poco a poco.

Y encima había tenido que ser Sebastian... Había tenido que ser él, precisamente él, quien me sacara de allí en el momento menos indicado...

¿Cómo demonios había podido burlar la seguridad de Marcus?

Esperad...

¿Wilson había trabajado todo este tiempo para Sebastian?

Un momento...

—¿Mi padre está al tanto de esto? —le pregunté a Wilson sin ni siquiera mirar a Sebastian a los ojos...

No podía, no me preguntéis por qué.

Wilson miró a Sebastian por el espejo retrovisor y tuve que dirigirle la mirada, aunque fuese lo último que quería hacer.

—Tengo que contarte muchas cosas, Marfil... —empezó a decir en un tono evasivo, aunque muy serio—. Tu padre me mataría sin dudarlo si supiera que acabo de secuestrarte en tu propia fiesta de cumpleaños. Ni que decir de ese imbécil de Kozel...

—Entonces, ¿por qué lo has hecho? —lo encaré poniéndome igual de seria y fría que él—. ¿Por qué correr ese riesgo cuando has dejado clarísimo que te importo una mierda?

Por su mirada cruzó la sorpresa y después la rabia.

Fue a decir algo, pero entonces todo se quedó a oscuras cuando Suarez metió el coche en una especie de aparcamiento. Se detuvo en una plaza privada y nos anunció que acabábamos de llegar.

Me apresuré en abrir la puerta y bajar del coche. Lo último que quería hacer era pasar tiempo con él, enfrentarme a él, mirarlo..., lo que fuera. No quería estar cerca de él.

No tenía ni idea de dónde estábamos y me dio miedo comprobar que el edificio no estaba en las mejores condiciones.

Ya no me fiaba de nadie... y menos de Sebastian.

Sentí que se colocaba detrás de mí y odié la sensación de tenerlo cerca y saber que ya nada sería como lo había sido al conocernos.

Me acerqué a Wilson... Wilson, ¿también había estado mintiendo todo este tiempo?

Pero él sabía lo que Marcus me hacía, él lo había visto... y no había hecho nada.

Nos metimos en un ascensor y empecé a sentir claustrofobia. Nada de aquello me gustaba, no quería estar allí. De repente deseaba volver, regresar..., pero ¿adónde, Marfil?

Regresar significaba volver con Marcus. Volver a estar sometida a su dominio. Volver a ser su maldito juguete, en todos los sentidos. Pero al menos con él sabía a qué atenerme, sabía qué demonios ocurría...

—¿Adónde me lleváis? —pregunté nerviosa cuando recordé el momento previo a la muerte de Kolia Nóvikov, cuando dijo el nombre de Sebastian...

No podía olvidar que él también era un maldito delincuente... ¿Por qué, joder? ¿Por qué todos los que me rodeaban jugaban fuera de la ley, eran asesinos y me querían a mí con ellos?

—Pronto podré explicártelo todo —empezó a decir Sebastian cuando las puertas del ascensor se abrieron y un largo pasillo oscuro con suelo de cemento me dio la bienvenida.

Todos salieron del ascensor y los seguí; notaba que el pulso se me empezaba a acelerar.

—Esto no me gusta... —dije deteniéndome y mirando hacia atrás... Ya no me fiaba de nadie, ¿cómo iba a hacerlo cuando todos me habían mentido?

—Ven, por favor —me pidió Sebastian angustiado. No dejaba de mirarme como si fuese una bomba a punto de explotar... ¿Lo era?

Había una puerta abierta, la misma por la que habían entrado Suarez y Wilson.

Lo seguí dubitativa y dentro me encontré con un salón enorme. Había sofás en el centro de la sala que formaban un cilindro en torno a una chimenea eléctrica. Más allá, en una cocina de acero inoxidable, Wilson se sirvió un vaso de agua y se giró para mirarme con pena.

—Lo siento mucho, Mar —dijo con cautela.

Le sostuve la mirada. Quería decirle mil cosas, pero notaba que el odio que llevaba dentro me impedía formular palabras. Aparté la mirada de él y seguí observando el lugar.

Mis ojos recorrieron la sala hasta que dieron con una persona que no había visto en mi vida. Llevaba una pistola colgando de uno de esos cinturones de espalda y me lanzó una mirada fría, casi de cabreo.

—Así que esta es la tía por la que hemos puesto en riesgo una misión de diez años —dijo dándole un trago a la copa que tenía en las manos.

Miré a Sebastian y luego a él.

—¿De qué habla?

—Ven conmigo, te lo explicaré todo en privado —dijo Sebastian con un tono glaciar sin apartar la mirada de aquel hombre.

Sebastian se giró, esperando que lo siguiera. Aunque no quería hacerlo porque no quería estar a solas con él, la curiosidad pudo con todo lo demás. Quería saber quiénes eran esos hombres, la razón por la que me habían rescatado, pero sobre todo qué demonios tenía Sebastian que ver con ellos.

Lo seguí por otro pasillo hasta, tras bajar unas escaleras, alcanzar una puerta de color negro con restos de pósteres antiguos pegados en ella. ¿Este sitio era una especie de club venido a menos?

Me abrió la puerta y entré en una habitación bastante austera: paredes de hormigón, una cama de matrimonio sin hacer, un escritorio y una tele pequeña en una esquina.

No había ventanas.

Me detuve en mitad de la estancia y me giré hacia él a la vez que me abrazaba los brazos. Allí hacía un frío glaciar.

Se fijó en mi movimiento y caminó hacia la cómoda que había junto al escritorio. Cogió una sudadera y se acercó para dármela.

—Ponte esto.

Dudé unos segundos en cogerla, pero finalmente lo hice. Me la pasé por la cabeza y odié que su fragancia consiguiese ponerme el vello de punta.

—¿Dónde estamos? —le pregunté cuando el silencio se adueñó de la estancia.

Sebastian se pasó la mano por la cabeza y, tras respirar hondo, decidió hablar.

—Antes que nada, debes saber que dejarte en manos de ese hombre ha sido lo más duro que he tenido que hacer en mi vida. Yo nunca...

—Déjalo —lo corté sentándome en el borde de la cama y tirando de las tiras de mis zapatos para quitármelos.

Me observó en silencio hasta que volví a mirarlo para que continuara.

—No, no lo dejo, joder —dijo levantando el tono—. Te mereces saberlo todo.

—Pues empieza por el maldito principio.

Asintió y sus ojos se distrajeron al verme cruzarme de piernas bajo su sudadera después de quitarme la falda y dejarla caer en el suelo.

—¿Qué es este lugar?

—Estamos en una sede secreta del FBI.

De todo lo que podría haber dicho, eso era lo último que esperaba oír.

—¿Cómo?

Sebastian dudó, se pasó la mano por la cara y después de soltar el aire despacio, finalmente siguió hablando.

—Soy agente encubierto de la DEA. Siempre he trabajado para el gobierno, para desmantelar una de las rutas de tráfico de droga más importantes del país. Llevo en esto desde hace años, incluso antes de terminar el servicio militar.

Contuve la respiración durante unos segundos infinitos.

¿Estaba de coña?

—No podía decírtelo, no cuando te convertiste en una pieza clave en todo este maldito entresijo de delincuentes y asesinos profesionales.

—No te creo —dije con los labios apretados con fuerza.

Algo empezaba a gestarse en mi interior y no era nada bueno.

—Es la verdad, Marfil... Todo lo que te dije de tu padre era cierto, él me sacó de la calle, él me metió en el mundo de la droga, me mandó al ejército y costeó el mejor entrenamiento... Lo que no sabía es que desde el gobierno ya me tenían fichado. Era la persona idónea, el eslabón perfecto para infiltrarse en una de las familias más peligrosas de Estados Unidos. Jugaba a dos bandas y, mientras trabajaba para él, pasaba información clasificada al FBI. Estuvimos años tras la pista de Kolia Nóvikov y conseguimos juntar a los capos de las mafias en una misma reunión que lamentablemente se fue a la mierda. Ese día fue cuando el hijo de Nóvikov murió por un disparo a manos de mis hombres.

»Tu padre no tenía ni idea de lo que había ocurrido porque nosotros arreglamos el encuentro. Se suponía que ese día detendríamos a todos, que esta pesadilla iba a terminar por fin.

—Pero no fue así, ¿verdad?

Sebastian negó con la cabeza.

—Sabíamos que Kolia iría a por ti, pero no podíamos advertir a tu padre porque nos delataríamos nosotros.

Se calló un segundo y luego sus ojos se encontraron con los míos.

Y entonces lo supe.

Lo vi tan claro que no entendí cómo no lo había descubierto desde hacía semanas.

—Fuiste tú, ¿verdad? —dije. Noté que la voz me salía en un susurro tembloroso que delataba mi debilidad, mi estupidez, mi ignorancia y mi poca inteligencia al haber confiado alguna vez en aquel hombre.

No podía ser cierto...

Sebastian se acercó y se sentó a mi lado en la cama.

—¿Tú me secuestraste?

Se quedó callado unos segundos y luego asintió con la cabeza.

—Tuvimos que hacerlo... Era la única manera de que tu padre te pusiese custodia. La única manera...

Me levanté furiosa y lo encaré con rabia.

—¡La única manera de infiltrarte en mi casa! Por eso lo hicisteis, ¡no me vengas con gilipolleces!

Sebastian calló y supe que tenía razón.

—No te importaba yo, yo no era nadie. Lo único que queríais era tener una razón para trabajar desde dentro...

—Hacía un año y medio que tu padre me tenía alejado de casi todo... Me quería fuera de su círculo...

—¿Por qué?

—Por Samara...

Abrí los ojos con incredulidad.

—¿Tu mujer?

—Exmujer, y sí, por ella.

Todo esto tenía que ser una puta broma.

—Samara sabe quién es tu padre, sabe todo lo que hizo por mí, sabe dónde me metió, cuál era mi trabajo... Quería matarla y tuve que rogarle que no lo hiciera. Samara solo sabe la primera versión, no podía confiarle que era un agente infiltrado, era demasiado peligroso.

—¿Y mi padre hizo lo que le pediste?

—Tu padre me quiere, Marfil —dijo muy serio—. No te mentí cuando te dije que me trataba como a un hijo...

Solté una risa irónica...

—Te creo... Seguramente eres todo lo que siempre quiso, todo lo que ninguna de sus mujeres le dio...

Se levantó y vino hacia mí.

—Sabía que si tenía que confiarle la vida de su hija a alguien, sería a mí... Porque sabe que soy el mejor. Le importas... a su manera.

—No me vengas con que le importo, joder. ¡Me dejó en manos de un monstruo!

—Lo sé... y, si tú me lo pides, los mataré a los dos por ello, te lo juro.

Hizo ademán de tocarme la mejilla, pero lo aparté y me alejé.

—Te dije que no me tocaras.

Me aparté de él y fui hasta la otra punta de la habitación.

—Por muy mal que obrara tu padre..., Marcus era la única persona que podía mantenerte a salvo de Nóvikov. No mentía cuando te dije que él era el único capaz de hacerlo, el único capaz de enfrentarse a ellos...

—¡Trabajas para el FBI! —grité furiosa—. ¿Cómo es posible que no me mantuvieses a salvo?

Negó con la cabeza...

—Habrías tenido que cambiar de identidad. Habrías tenido que dejar tu vida, empezar de cero desde otro lugar y nunca jamás habrías llegado a estar a salvo del todo —dijo mirándome muy serio—. No tienes una cara común... Te habrían encontrado antes de lo que te imaginas

—¡No era una decisión tuya! —Joder, ¿no lo entendía?—. ¡Tú

no eres nadie para decidir por mí! ¡Para decidir qué camino debo escoger, a qué debo renunciar! ¡¿Me oyes?!

No dijo nada, simplemente me miró.

—Para ti todo era un estúpido trabajo...

—Marfil...

—Lárgate —dije muy seria.

—Marfil... —repitió angustiado dando un paso hacia mí.

—¡Quiero que te largues! —grité—. No tienes ni idea de lo que he tenido que pasar, de lo que me ha hecho...

Sebastian apretó las manos con fuerza y la preocupación en su mirada casi me ablanda.

—Dímelo —exigió acercándose—. Porque lo que le voy a hacer será tres veces peor de lo que haya podido hacerte a ti.

Sentí que mis ojos se humedecían y me enfadé aún más con él, con todo, hasta conmigo misma...

—Nada que le hagas a él va cambiar lo que me hizo.

Sebastian llegó hasta a mí y me acarició las mejillas.

No tuve fuerza para apartarlo.

—Lo siento —dijo con sinceridad—. Lo siento muchísimo, pero era la única forma de mantenerte a salvo, de acabar con la amenaza.

—No... no lo era...

—Si me dejaras...

—Necesito estar sola —lo interrumpí recuperando el control.

Sebastian asintió y me soltó.

—Estaré en el salón si quieres hablar.

No me moví y él salió por la puerta.

Sebastian no era el malo de la película al parecer... Entonces, ¿por qué a mis ojos seguía siendo el más villano de todos?

No tenía nada, ni pijama ni mis artículos de aseo ni siquiera mi teléfono móvil. Y a todo eso había que sumarle el miedo a que le hubiese podido pasar algo a mis amigos o familiares.

Vestida solo con la sudadera de Sebastian decidí, horas más tarde, salir de la habitación. No tenía idea de a dónde dirigirme, por lo que seguí el mismo camino que llevaba al enorme salón con chimenea.

Al abrir la puerta oí que Sebastian hablaba con alguien por teléfono.

—Ni se os ocurra —dijo cabreado—. Mantener el perímetro, pero por lo que más queráis no llaméis la atención, tienen que seguir creyendo que fueron ellos...

Entré en la estancia y automáticamente sus ojos se dirigieron hacia mí.

—Llámame cuando lo tengas controlado —dijo y cortó—. Hola...

Me dirigí al sofá, me senté y me acurruqué abrazándome las rodillas.

Él me observó desde la distancia y luego se giró para hacer algo en la cocina.

Mis pensamientos volaban entre todo lo que quería preguntarle, todo lo que quería saber y todo lo que deseaba echarle en cara, toda aquella rabia que me corroía, que me quemaba, que me ahogaba... Él era el culpable, él me dejó en manos de mi enemigo...

—Toma —dijo. Llevaba una taza humeante en las manos—. Es leche con miel...

Me lo quedé mirando hasta que suspiró y terminó dejando la taza en el apoyabrazos del sofá. Se sentó delante de mí en una de las muchas butacas que había esparcidas por el salón.

—Sé que estás enfadada. Sé que estás dolida... Sé que ahora mismo soy la última persona que quieres ver. Sé que...

—Te odio.

Mis palabras lo silenciaron.

—Es duro oír eso cuando yo te quiero.

Me tembló el labio inferior y me lo mordí con fuerza para controlar mis lágrimas.

Levantó la mano para tirar de él hacia abajo y el simple movimiento me sobresaltó.

—¿Qué te hizo?

—No quieres saberlo...

—Elefante, por favor... —empezó a decir a la vez que apoyaba la barbilla en sus manos entrecruzadas y me miraba con los ojos húmedos—. Tienes razón —dijo entonces, mirándome fijamente con intensidad—. No quiero saberlo. No quiero oír lo que te hizo porque temo la reacción que pueda generar en mí, en mi autocontrol, en la misión en la que llevo tantos años trabajando...

—Entonces no vuelvas a preguntármelo, porque, si te lo cuento, ya no habrá marcha atrás.

Sebastian apretó la mandíbula y después se puso de pie.

—Deberías irte a la cama.

—¿Mi hermana está bien?

—Sí. Todos están preocupados por ti y Marcus te está buscando por toda la ciudad, pero por ahora creerán que fueron los mismos que te secuestraron la última vez.

—No es tonto, Sebastian... Tu nombre ya ha salido a relucir...

Asintió en silencio.

Ya lo sabía, claro. Wilson estaba presente cuando Nóvikov lo había soltado en la entrada de su casa.

—¿Qué hay de Wilson? —pregunté—. ¿No es muy sospechoso que él haya desaparecido también?

—Hace horas que regresó —me confesó—. Tiene preparada una coartada, los despistará contándoles lo que vio y Marcus lo creerá, confía en él...

—¿Confía en él como mi padre confiaba en ti?

—Como te dije antes... son años de trabajo.

—Años de trabajo perdidos si no recuperamos la posición de ventaja que teníamos antes de sacarte de ese maldito hotel —dijo una voz a nuestra espalda.

Me giré y vi que aquel hombre, el de barba negra y aspecto de vikingo, entraba en el salón con una copa en la mano y se apoyaba contra la pared para mirarnos con detenimiento.

—¿Y tú quién eres? —le dije de malas maneras.

Estaba harta de cómo me miraba. No pensaba volver a dejar que ningún hombre ni nadie volviese a mirarme así jamás.

El tipo dejó la copa en una repisa y se acercó hasta los sofás. Se sentó delante de nosotros y entrecruzó las manos por encima de las rodillas.

—Alguien que lleva luchando contra hombres como Kozel desde antes de que tú nacieras, bonita.

Sebastian a mi lado lo miró con mala cara, tenso.

Pero para mí, lo que acababa de decir captó totalmente mi interés.

—¿Tú también trabajas para el FBI?

Negó con la cabeza.

—Esos lameculos solo saben dar el coñazo. Yo trabajo para el ICE. ¿Sabes qué es?

Obviamente no sabía qué era y él parecía disfrutar con mi ignorancia.

—Esa es la razón por la que niñas como tú no deberían estar aquí.

—No soy ninguna niña...

—Cállate ya, Ray —le dijo Sebastian con tono de cabreo.

—¿Que me calle? —le increpó irguiéndose en el asiento—. ¡Lo has puesto todo en peligro, joder!

—He dicho que te calles —le ordenó en ese tono controlado y frío que hasta a mí me daba escalofríos.

—¡Díselo a todas las mujeres y niños que están muriendo todos los días a manos de ese hijo de puta! ¡Diles a ellos que se callen!

Aquello captó mi atención

—¿A qué te refieres...? —pregunté con el corazón en vilo.

—A nada —se apresuró a contestar Sebastian, poniéndose de pie y mirando a Ray desde arriba—. Lárgate de aquí.

—Estábamos tan cerca... —dijo levantándose—. Es injusto que ellas paguen porque tú hayas querido salvarla...

—Cierra la boca —lo amenazó Sebastian.

Yo también me levanté.

—¿Me vais a decir de qué demonios estáis hablando?

Sebastian empezó a hablar, pero Ray lo interrumpió mirándome con fiereza.

—La ICE es una rama de investigación de Seguridad Nacional, trabajamos para detectar tráfico de personas. Llevo años intentando acabar con una de las redes de prostitución más grandes de este país y tú acabas de ponerlo todo en juego...

Sus palabras me afectaron. Me trajeron a la cabeza lo que había vivido en casa de Marcus, lo que me había hecho, no solo a mí, sino también a sus trabajadoras, a mi madre...

—Marfil no tiene por qué oír esto ahora mismo... —lo interrumpió Sebastian.

—Pero quiero hacerlo —intervine de malas maneras centrándome en Ray—. ¿Por qué rescatarme de él ha puesto en juego tu misión?

—Sebastian era el efectivo principal de esta rama de tráfico de personas, él lo descubrió trabajando para tu padre, rodeándose de narcos y viviendo como ellos. Ahora su nombre está en boca de todos y eso nos ha dejado con el culo al aire —continuó Ray.

—Lo que estás diciendo es información confidencial —dijo Sebastian perdiendo la paciencia—. O cierras la boca o esto termina aquí y ahora, no te olvides de quién está al mando.

—¡Sabes perfectamente que la has cagado! ¿Cuánto tiempo puede Wilson mantener la tapadera ahora que ella ya no está?

—¡Basta!

Fue a rebatirle, pero Sebastian lo interrumpió, estaba fuera de sus casillas y me dio hasta miedo.

—¡Lárgate! —le gritó apuntando con el dedo la puerta del salón—. ¡Lárgate antes de que te suspenda y la cagues del todo!

Ray le dirigió una mirada asesina, nos dio la espalda y se marchó dando un portazo que me sobresaltó.

Sebastian respiró hondo y luego se giró hacia mí.

—No le hagas caso... —empezó a decir, pero lo fulminé con la mirada.

—Basta ya, Sebastian —le dije cabreada—. Deja de intentar protegerme. No me protegiste de quien debiste hacerlo, así que evitar que escuche la verdad no va a hacerme ningún bien, sino todo lo contrario.

—Quedarte con Marcus hasta que Nóvikov muriera era la única forma de mantenerte a salvo, por eso te mandé con él. En cuanto supe que había muerto empecé la operativa para sacarte de ahí. Wilson está arriesgando ahora su vida para que tú puedas estar aquí ahora mismo hablando conmigo.

—¡¿Y de qué ha servido, Sebastian?! —le grité perdiendo los papeles—. ¿Por salvar mi vida pones a cientos de personas en riesgo? ¡Ese hombre está loco! Amenazó con matar a mi hermana, a mi padre, a todas las personas que quería si yo no...

Me callé justo ahí. Y Sebastian me miró muy serio.

—¿Si tú no qué?

Negué con la cabeza, mordiéndome el labio e intentando eliminar aquellos recuerdos de mi mente. Su boca, su piel, el dolor...

—Si yo no hacía todo lo que él me pedía.

—¿Qué te pidió? —exigió saber con la voz apretada—. Wilson me ha contado algunas cosas... Le dije que, si se propasaba contigo, te sacara de allí, no había negociación en eso...

¿Cómo?

¿Wilson tenía órdenes de sacarme de allí si se propasaba?

Me había violado.

¿Eso no era propasarse?

Claro que Wilson no había estado presente, obviamente, pero lo sabía, todos lo sabían... Entonces, ¿por qué no hizo nada?

Porque sabía que lo pondrían todo en riesgo, que Sebastian lo pondría todo en riesgo al sacarme de allí antes de tiempo...

—¡Marfil!

Volví en mí y coloqué una máscara en mi cara, una que no demostrara nada.

—Hay muchas formas de torturar a alguien sin llegar al contacto físico...

—Lo mataré, Marfil... No le queda mucho tiempo. No me importa saltarme todas las reglas, no me importa una mierda. Ese hijo de puta no va a vivir más de lo que yo le deje.

—No —le dije mirándolo a los ojos—, no lo matarás.

Me devolvió la mirada extrañado.

—No lo harás porque lo mataré yo.

16

MARFIL

Al igual que en la casa de Marcus, volvieron a pedirme que no saliera bajo ningún concepto. Sebastian, como principal sospechoso de mi desaparición, tampoco podía salir y lo controlaba todo desde dentro. Marcus tenía a sus hombres buscándome por toda la ciudad y, aunque ahora estaba bajo la protección del gobierno de Estados Unidos, podía llegar a mí si le dábamos las pistas necesarias.

Wilson nos mantenía informados sobre los pasos en falso que daban para localizarme y yo me quedaba todos los días allí metida, encerrada en el gimnasio que tenían para entrenar, planificando mi venganza, una venganza que llegaría más temprano que tarde, dijera lo que dijese Sebastian.

Él era el jefe de toda aquella operativa, algo que descubrí a medida que el lugar se llenaba de gente. Entraban y salían a distintas horas y se encerraban con él en una habitación que ni siquiera me dejaban pisar.

Sebastian insistía en que descansase, en que me recuperara, pero yo solo pensaba en una cosa: en él.

Mi hermana y mis amigos estaban a salvo, o eso me habían dicho, porque no me dejaban hablar con nadie. La versión oficial era que me habían vuelto a secuestrar.

Muchas veces nos quedábamos solos, pero yo lo rehuía más que a nadie. No quería estar con él porque no podía evitar culparle por lo que me había pasado. Me daba igual lo que hubiese sacrificado por salvarme, me mandó allí y lo que había ocurrido me había dejado marcada para siempre. Y saber lo que podría haberme llegado a ocurrir solo hizo que empeorar las cosas.

Él me buscaba al principio, se preocupaba hasta en exceso de que estuviese bien, pero terminó dándose cuenta de que su presencia me perjudicaba más que otra cosa y me dio el espacio que le pedí.

Paradojas de la vida, terminé haciendo buenas migas con Ray, quien gustosamente aceptó entrenarme cuando me tiré un día entero detrás de él.

—A mí me da igual hacerlo, joder —dijo con voz cansina—. Al que no le va a hacer ni puta gracia es a tu novio.

—Sebastian no es mi novio —dije muy seria.

—Pues lo tienes un poco confundido entonces...

—Me da igual Sebastian. Quiero fortalecerme, quiero ser fuerte, quiero...

—Matarlo, sí, me han llegado los rumores.

Me crucé de brazos cabreada por su insultante tono de voz.

—Marcus no es tan fuerte como crees —dije al recordar la vez que había conseguido bloquearlo y dejado inconsciente en el suelo.

Gracias al truco de Sebastian, todo sea dicho.

—¿No lo es? —me preguntó—. No será fuerte, pero es un asesino...

El tono en que lo dijo me dejó bien claro que él lo odiaba tanto como yo.

—Siento que la misión se jodiera por mi culpa... —dije con sinceridad.

—No se ha jodido del todo, aún tenemos a Wilson dentro.

Lo observé mientras se servía una taza de café.

—¿Qué está haciendo Wilson exactamente?

Ray me miró dubitativo y lanzó una mirada hacia el final del pasillo, donde Sebastian estaba reunido.

—Sabemos que los Kozel llevan la peor red de trata de personas del país. Es un negocio que controlan desde hace mucho tiempo: el padre de Marcus, su abuelo... Saben hacerlo muy bien. Se esconden tras empresas millonarias, no ponen sus nombres en ninguna parte. Es casi imposible llevarlos a juicio a no ser que los pillemos con las manos en la masa. Hemos investigado todo, pero no damos con ninguna infraestructura en la que él pueda llevar a cabo el negocio, pero sabemos por testigos protegidos que es su familia quien está detrás de todas esas mujeres desaparecidas.

—Mujeres como las criadas de Marcus... Mujeres como mi madre. ¿Vienen engañadas desde Rusia?

—De Rusia y de medio mundo —me interrumpió Ray—. Les prometen una vida mejor, el gran sueño americano. Así es como las captan, las engañan...

—Pero ¿cómo es posible? No entiendo cómo mi madre pudo caer en algo así...

—Es un trabajo de meses, Marfil —dijo bebiendo café y mirando hacia delante—. Sé casos en que los hombres llegan incluso a casarse con ellas. Son meses y meses engañándolas: las enamoran, se casan y después las traen aquí. Cuando llegan las ponen en la calle para que se prostituyan y ellas no pueden hacer nada porque amenazan con matar a sus familias.

—Eso mismo hizo Marcus conmigo —dije y noté que empezaban a temblarme las manos...

Recordé el momento en el que amenazó a Gabriella...

Por las noches, sus palabras me atormentaban: «Ten cuidado, Marfil, una palabra mía y la foto de tu hermana estará en todas las redes de trata de blancas del país».

—¿Qué puedo hacer para ayudar? —le pregunté entonces. No quería quedarme de brazos cruzados—. Yo podría seros útil, he estado con ese hombre más de dos meses. Sé cómo piensa, sé cómo es...

Ray fue a decir algo, pero entonces su mirada se desvió hacia la esquina de la habitación y se calló.

Me giré y vi que Sebastian estaba apoyado contra el umbral de la puerta y fulminaba a Ray con la mirada.

—¿Qué le has pedido? —dijo con cara de cabreo.

—Nada —contesté yo, molesta.

—Solo charlábamos, nada más.

—Te lo dejé claro, Ray —dijo Sebastian sin ni siquiera mirarme.

El aludido asintió, dejó la taza y se alejó por donde habíamos entrado.

Me enfrenté a Sebastian aun sabiendo que no iba a conseguir nada con ello.

—No puedes pretender que me quede aquí encerrada, sin preguntar qué está ocurriendo, sin querer formar parte...

—No vas a formar parte —dijo tajante—. Ya has sufrido suficiente, te quiero fuera de esto.

—¡Pero yo no quiero estar fuera! —exclamé—. Quiero ser la persona que acabe con él. Quiero formar parte de lo que estáis haciendo, ¡tú no lo conoces como yo!

—Conozco a los hombres como él. Sé cómo piensa, sé lo que quiere...

—¡No lo sabes! —dije notando que mi enfado iba subiendo de nivel a medida que todo lo que él me había hecho se sucedía en mi cabeza sin pausa y casi a cámara rápida—. Yo hablé con ellas, Sebastian, y viví en mi propia piel lo que ese hombre es capaz de hacer...

—No hay nada que tú puedas hacer, ya no sé cómo decírtelo —dijo pasándose la mano por la cara exasperado—. A no ser que sepas la hora y el lugar donde podamos pillarlo delinquiendo. A no ser que seas capaz de darme pruebas fehacientes de que él es el que lo maneja todo...

Sus palabras calaron en mí poco a poco y un recuerdo desagradable acudió ante mis ojos.

El club... No había dejado que nadie excepto Nuñez viniese con nosotros...

Recordé a la chica que entró en la sala... Apenas había dicho más de dos palabras, simplemente había hecho lo que él le había ordenado...

Recordé los sonidos, las ganas de salir corriendo...

—Puede que exista un lugar... —dije más para mí misma que para él.

—¿Qué? —preguntó acercándose.

Levanté la mirada y la centré en él. Mis ojos se distrajeron unos segundos de más al tenerlo tan cerca... Mi corazón se aceleró sin mi permiso y di un paso hacia atrás, obligándome a mantener las distancias.

—Me llevó a un lugar... Lo hizo para demostrarme de lo que era capaz, de lo que podía llegar a hacerme si no hacía lo que él quería. Preguntó por una mercancía y dijo que era peligroso hablarlo por teléfono. Pensé que hablaba de droga, pero... tal vez... —le expliqué.

—¿Qué lugar? ¿Recuerdas dónde estaba? ¿Cómo era? —Sus preguntas me demostraron que yo tenía razón. Me necesitaban.

Levanté la cabeza y lo miré muy seria.

—Te diré todo lo que necesitas saber si me dejas formar parte de esto.

Sebastian apretó la mandíbula con fuerza y negó con la cabeza.

—Esto no funciona así, elefante.

Me crucé de brazos exasperada.

—Pues entonces sigue dando palos de ciego... —Fui a rodearlo para alejarme de él, pero su mano me retuvo por el brazo.

Cuando elevé la mirada para decirle que me soltara, me quedé callada. Estaba prendada de sus bonitos ojos marrones, de su boca tan cerca de la mía y por sentirme tan pequeña ahí, delante de él, que medía casi dos metros.

—Entiendo que estés enfadada conmigo. Entiendo que me odies y que apenas soportes estar en la misma habitación que yo..., pero esto es serio.

—Tan serio que mantenerme apartada solo puede perjudicarte a ti y a todas las personas implicadas que sufren a la espera de que tu maldito trabajo sirva para algo.

Se quedó callado y luego me soltó.

—¿Vas a dejar que te ayude o no?

Sebastian apretó la mandíbula con fuerza y se marchó dándome la espalda.

—No.

Fueron sus últimas palabras antes de salir de la cocina y encerrarse en su maldita sala de reuniones.

Si a estas alturas ya me conocéis bien, sabréis que el tema, obviamente, no quedó ahí. No tenía pensado parar hasta que me diera el lugar que me pertenecía después de haber sufrido todo lo que sufrí a manos de ese cabrón.

Al día siguiente, cuando estábamos almorzando en la cocina, Wilson apareció por la puerta. No lo había vuelto a ver desde que me había traído aquí con Suarez y Sebastian y verlo, sabiendo lo que sabía, me produjo un nudo en el estómago.

Cuando entró en la cocina y nos vio, su mirada apenas estuvo unos segundos sobre mi persona. No era capaz de mirarme más tiempo y él sabía perfectamente por qué.

Al verle entrar, dejé mis cubiertos sobre el plato con pasta que había cocinado Sebastian y me eché hacia atrás en la silla.

—Se me ha quitado el apetito —dije mirándolo con rabia.

A Wilson no se le escapó mi mirada de desprecio y menos aún a los demás. Iba a levantarme para marcharme de allí, pero me detuvo con lo que soltó a continuación.

—Tienen una grabación, Sebastian —dijo mirándolo con seriedad—. Saben seguro que fuiste tú.

Sebastian miró a Suarez muy serio.

—¿Cómo es posible?

El aludido negó con la cabeza.

—Me aseguré de que todas las cámaras estuviesen apagadas, es imposible que...

—No tienen una imagen del hotel, sino de cuando nos la llevamos de Central Park.

Miré a Sebastian y supe que era serio cuando se le fue el color de la cara.

—Samara...

Se puso de pie para salir corriendo, pero Wilson lo detuvo cogiéndolo por el brazo.

—Es demasiado tarde...

—¡Claro que no! —le gritó apartándolo.

—Está muerta, Sebastian...

Todos nos quedamos en silencio.

Fue como si el tiempo se detuviera... Hasta que Sebastian cogió a Wilson por la ropa y lo estampó contra la pared.

—¡¿Qué cojones estás diciendo?!

—Me enteré por Marcus, se lo dijo Cortés. Fue él quien mandó matarla cuando se enteró de que estabas detrás del secuestro de Marfil.

¿Mi padre? ¿Mi padre había mandado matar a la exmujer de Sebastian?

—¿Cómo sabes que es cierto? ¿Cómo sabes que está muerta? —dijo Sebastian y sentí que el corazón se me encogía al oírlo tan destrozado. Tenía la voz ahogada por la pena...

Wilson simplemente se lo quedó mirando.

Por un momento Sebastian pareció perder el equilibrio y se apoyó en Wilson brevemente antes de apartarlo y salir del salón a grandes zancadas.

Quise ir detrás de él... Me sorprendió que, en un segundo, al verlo tan mal, el odio que decía sentir hacia él se desvaneció.

Me puse de pie, pero Suarez negó con la cabeza en silencio.

—Déjalo solo, es lo mejor.

—Pero...

—Lo conozco... Necesitará tiempo para procesarlo.

Me quedé mirando la puerta por donde había desaparecido y sentí asco de mí misma. Asco de pertenecer a una familia como la mía. Asco de tener la misma sangre que un asesino corriéndome por las venas.

Tras unos minutos de silencio durante los que nadie hizo el amago ni de hablar ni de seguir comiendo, levanté la mirada y la fijé en Ray.

—Yo sé dónde podemos pillar a Marcus... —dije y los tres, Ray, Wilson y Suarez, me prestaron atención—. Si trafica con mujeres, conozco un lugar donde probablemente lo haga, estoy segura.

—¿De qué lugar estás hablando?

—Es un club nocturno en la ciudad, me llevó una noche... Me llevó para que viera lo que era capaz de hacerme si quería. Para demostrarme que las mujeres, para él, solo servimos para una cosa... —recordé su manera de entrar en aquel lugar, como si fuera el rey del mundo... Recordé su forma de pedirle a la chica que le hiciera una mamada y cómo sus ojos buscaron los míos para torturarme.

—¿Dónde está ese lugar?

—No sé exactamente la calle, pero sé que está en el centro de Miami. Recuerdo la fachada del edificio y también sé que, si me presento allí me dejarán entrar. Tienen mi huella, él me registró para que pudiera acompañarlo...

—¿Estás loca? —dijo entonces Wilson—. ¿Quieres entrar? ¿Has perdido la cabeza?

Lo miré desafiándolo con la mirada.

—No hay nada peor que lo que ya me han hecho —dije fría como el hielo—. Ninguno de vosotros podría entrar, pero yo sí. Si eso sirve para daros las pruebas de que ese cabrón hijo de puta trafica con mujeres y niñas, quiero correr el riesgo.

Los tres me miraron callados, muy serios, y supe que estaban sopesando mi propuesta.

—No creo que sea tan mala idea... —dijo Ray mirándome con un respeto que no me había demostrado hasta entonces.

—Habrá que prepararla... —añadió Suarez.

—Estáis de coña, ¿no? —los interrumpió Wilson—. Sebastian nunca la dejará.

—Sebastian está perdiendo la cabeza con tanta mujer bajo su responsabilidad —dijo Ray retando a Wilson a que lo contradijera—. Lo siento mucho, pero Sebastian perdió el liderazgo en el mismísimo segundo que su imagen empezó a rular por toda la red de traficantes del país. No puede ni asomar la puta cabeza fuera de aquí...

—Eso no lo decides tú —sentenció Wilson con rabia, aunque por su forma de hablar supe que era más por saber que él tenía razón que por otra cosa.

—Hablaré con Carol yo mismo si hace falta.

—No te lo perdonará jamás, lo sabes, ¿no?

Ray se levantó de la mesa y todos lo miramos en silencio.

—No me importa el perdón de Sebastian, sino meter entre rejas a todos lo que estén implicados en violar, matar, prostituir o esclavizar a cualquier mujer, niña o niño que pongan un pie en este maldito país.

Nadie volvió a abrir la boca después de eso y Wilson se sentó frente a mí cuando Ray se marchó por la misma puerta que Sebastian hacía unos minutos.

—¿Tienes idea de dónde te estás metiendo? —me preguntó con verdadero interés.

—Tú lo sabes mejor que nadie —contesté desafiándolo con la mirada.

Wilson no fue capaz de mantenerme la mirada y, cuando fui a levantarme, me cogió la mano para evitar que me marchara.

—Cuando lo supe ya había pasado, Marfil —me dijo en voz baja—. Pero no voy a mentirte diciendo que yo hubiese podido evitarlo...

—Sebastian te dijo que, si se pasaba conmigo, debías sacarme de allí. Te dijo...

—Ray lleva razón con respecto a Sebastian —dijo muy serio—. Si te hubiese sacado de allí, todo habría quedado en nada. Entiendo que tú no deberías pagar por lo que ellos hacen, pero hay mujeres que están muriendo. Hay niñas a las que violan y venden a hombres tan poderosos que nada más comprarlas desaparecen para siempre, nadie las puede encontrar...

—Mi madre fue asesinada a manos de gentuza como esa. A mí me ha violado gentuza como esa...

Al oír la palabra se tensó y no pudo evitar mirar a ambos lados, para comprobar que nadie oía lo que acababa de confesar.

—Tranquilo —dije levantándome de la mesa—. No pienso decírselo a nadie y menos a Sebastian...

Wilson me miró sin comprender.

—¿Por qué?

—Porque si se entera, cualquier posibilidad de que sea yo quien lo mate quedará reducida en nada.

Wilson me miró con admiración, pero después con pena.

—Tú no vas a poder matarlo, Marfil...

—Eso ya lo veremos...

—El mundo no funciona así. El ojo por ojo hace siglos que ha dejado de usarse como método justiciero. Deja que la ley sea quien lo condene, no arruines tu vida tomándote la justicia por tu mano.

—Si la ley fuese lo suficientemente justa, no existiría la compraventa de niñas, a Samara no la habrían matado, a mí no me habrían violado y tú y yo no estaríamos aquí sentados charlando sobre ello.

No volvió a abrir la boca después de aquello y yo me marché a mi habitación.

Si iba a regresar a aquel lugar, más me valía estar preparada... Pero preparada de verdad.

17

SEBASTIAN

Cerré la puerta de mi habitación y me derrumbé. Me derrumbé como hacía tiempo que no me permitía hacerlo.

No podía ser cierto...

Samara no podía estar muerta...

Me senté en la cama y me llevé las manos a la cabeza. Noté que algo me humedecía las palmas y me las miré extrañado.

Eran lágrimas.

Lágrimas de verdad.

¿Cuánto hacía que no lloraba?

Todo había sido culpa mía...

Yo era el culpable de su muerte, nadie más que yo.

Cerré los ojos con fuerza intentando controlar mis recuerdos, recuerdos que me asaltaban para hacerme más daño, para hacerme sentir más culpable.

Solo tenía diez años cuando la conocí. Me habían estado trasladando de casa en casa desde que había cumplido los dos años y medio y por fin había podido dejar atrás las secuelas de haber nacido con síndrome de abstinencia. Mi madre había sido adicta a la heroína, yo lo fui al nacer y luego en mi adolescencia. Conseguir dejarlo fue la lucha más grande de mi vida y Samara había sido un pilar fundamental en ese proceso.

Recordé sus ojos marrones asustados cuando la encontré debajo de mi cama la primera noche que dormí en casa de los Hallowel. Ni siquiera me la habían presentado formalmente; en esa casa había tres niños aparte de mí y Samara fue la única que me recibió con una sonrisa. Era dos años más pequeña que yo y sus trenzas rubias habían sido mi perdición cuando era un crío.

La sonrisa con la que me recibió pasó al llanto cuando me dediqué a torturarla allá donde fuera. Era un crío horrible, siempre lo fui. Odiaba a todos y a todo, y Samara había sido mi primera pequeña víctima.

Con lo que no conté fue que con los años me terminaría enamorando de ella. Pasó de ser una niña asustadiza de trenzas a la chica más guapa del instituto y vivir juntos..., bajo el mismo techo...

Recordé nuestro primer beso... Para ella fue el primero, el mío me lo había dado a los doce con una chica de dieciséis que me dijo que era «mono».

Con Sami viví mi primera historia de amor verdadero, si es que se puede llamar así, pero también la hice sufrir mucho. Mi rabia hacia todos recaía muchas veces en ella, no había sido un tío fácil con el que lidiar.

Cuando tienes ocho años, descubrir que tu madre te abandonó en un contenedor como si fueses un saco de basura no le sienta bien a nadie, tampoco a mí. Tardé muchos años en aceptar ese comienzo en la vida. Tardé muchos años en asimilar que yo no tenía la culpa de que mi madre hubiese sido drogadicta.

Yo había sobrevivido.

Yo, con horas de vida, desnudo, desnutrido y muerto de frío, había sobrevivido en un contenedor lleno de basura, de comida en descomposición, de ratas que caminaron a mi alrededor. Yo había superado eso. Y no solo al abandono, sino también lo que esa mujer me otorgó desde su vientre, su adicción.

Ninguna familia quiso adoptarme después de saber lo que padecía. Ninguna familia quiere un niño enfermo y, seamos sinceros, yo no era un niño rubio de ojos azules; donde crecí o eras así, o nadie te miraba dos veces.

Acepté con el tiempo que nadie iba a quererme jamás. Acepté con el tiempo que estaba yo solo en el mundo y que eso no iba a cambiar...

Lo acepté hasta que Sami me hizo ver que no era cierto, que no era cierto que nadie pudiera llegar a quererme. Ella lo hizo, pese a mis cambios de humor, pese a mi adicción que comenzó a los dieciséis y duro tres años, pese a mi trabajo en las calles... Ella me quiso. Ella me confió sus secretos más oscuros, sus sueños... Me confió su cuerpo aquella noche de verano en que lo hicimos en mi furgoneta destartalada. Ella me quiso como era, por lo que era, y ahora ya no estaba.

Había muerto... Por mí, por mi culpa.

Estaba lleno de rabia, tanta rabia que me levanté con la vista nublada y levanté lo primero que tuve delante. Tiré la cama y le di la vuelta de un fuerte golpe. El colchón cayó sobre el suelo, la madera se rasguñó y la pata se partió. Seguí con lo demás, sin poder parar, sin poder detenerme.

«Te quiero, Seb... A pesar de tus mierdas, siempre te voy a querer.»

Podía verla en mis recuerdos, el mismo día que me dijo esas palabras. Era como si estuviese delante de mí, como si pudiera sentirla a mi lado...

¿Por qué, Sami? ¿Por qué tú y no yo?

Y al pensar en eso otra persona se coló en mis pensamientos y sentí miedo, un miedo penetrante, un miedo distinto, un miedo peor.

Marfil.

Si yo no estaba para protegerla, ¿quién lo haría? Ella no podía morir, joder. Nadie más moriría por mi culpa.

Pero antes debía hacer una cosa.

Antes debía cerrar ese capítulo como era debido.

Antes los mataría. Los mataría a todos...

18

MARFIL

Abrí los ojos sobresaltada. No me extrañaba levantarme de esa manera, tenía pesadillas desde que había puesto un pie en aquel lugar, igual que en casa de Marcus. Intenté controlar la respiración, decirme a mí misma que estaba bien, a salvo. Coloqué la mano sobre mi alocado corazón y respiré hondo varias veces hasta sentir que podía volver a dormirme. Pero entonces oí un estruendo, como si algo acabase de caerse al suelo.

Me levanté, descalza y en pijama, y abrí la puerta de mi habitación.

—¡¿Quién coño te has creído que eres?! —gritó Sebastian, y me obligue a mí misma a correr hasta donde él estaba.

Cuando giré la esquina del pasillo me encontré con Ray inmovilizado por un Sebastian furioso. La cara de su compañero tocaba la pared mientras él le retorcía el brazo contra su espalda.

—Vuelve a decir eso que acabas de decir. ¡Dilo!

—Se acabó, Sebastian —dijo Ray con dificultad—. Te han destituido. Háblalo con Carol, ella misma te lo dirá.

Sebastian respiró aceleradamente y lo soltó casi de un empujón a la vez que se echaba hacia atrás.

Estaba tan diferente... Todo su autocontrol parecía haberse evaporado. Sus ojos estaban hinchados y su rabia daba hasta miedo.

Sus ojos se giraron hacia mí y algo pareció removerse en su interior.

Suarez apareció por la esquina igual que yo, vestido solo con unos pantalones grises de pijama.

—¡¿Qué demonios está pasando aquí?!

—No acepta que ya no está al mando, eso es lo que pasa.

Sebastian lo miró con un odio que le transformó las facciones.

—Esté o no esté al mando, no vas a impedirme salir por esa puerta.

—¡Si te cogen te matarán!

Di un paso hacia delante cuando oí esa palabra salir de boca de Ray. ¿Sebastian muerto?

—No me cogerán —dijo dándonos la espalda y dirigiéndose hacia la entrada.

—¡Lo han hecho para eso! ¿Quieres que Samara haya muerto para nada?

Sin que nos diera tiempo a decir nada, Sebastian se sacó la pistola del cinturón y apuntó a Ray en la frente.

Todos nos quedamos quietos, con el corazón en la garganta.

—Ni se te ocurra volver a pronunciar su nombre.

Tragué saliva, asustada.

—Sebastian... —dije con la voz estrangulada.

Su mirada buscó la mía y, después de respirar hondo, bajó la pistola y luego nos miró a los tres con rabia.

—Nadie me va a impedir que vaya a su funeral. ¡Nadie!

—Es una trampa...

—¡Me la suda si es una trampa! Que se atrevan a venir a por mí...

No, no, no... Sebastian no podía morir.

Me adelanté hasta donde él estaba.

—No puedes ir, Sebastian.

—Tú quédate aquí, no me pasará nada.

Fue a girarse, pero lo cogí de la manga impidiendo que saliera.

Sus ojos viajaron de mi mano en su ropa hasta mi cara.

—Suéltame —me ordenó con la voz controlada, fría como un témpano.

Negué con la cabeza.

—Por favor... —le supliqué toda yo temblorosa—, por favor, no vayas.

—No quiero hacerte daño, así que suéltame, Marfil.

Comprender que lo decía en serio me chocó. Di un paso hacia atrás, dolida por sus palabras.

—Que nadie vuelva a creerse capaz de decirme lo que puedo o lo que no puedo hacer.

Y dicho eso salió por la puerta dando un portazo.

Quise ir tras él, pero Ray me lo impidió.

—Déjalo, no hay nada que puedas hacer. Sebastian es hombre muerto.

Noté que el pánico me asaltaba como nunca antes...

—¡Suéltame! —le grité para que me dejara salir.

Lo hizo y al abrir la puerta solo me dio tiempo a ver que Sebastian pasaba por mi lado subido en el mismo coche con el que me habían rescatado del hotel.

Nuestras miradas se cruzaron unos instantes, la mía le suplicaba que se quedara, que se quedara conmigo, y la suya no decía absolutamente nada. Me miró como si solo fuera un estorbo en su camino.

Pasó por mi lado y se marchó.

¿Iba a ser la última vez que lo viera?

Las horas siguientes fueron un infierno. No quise desayunar, no quise hablar con nadie. En el ambiente se percibía el miedo y la preocupación, y yo sentía que a cada minuto que pasaba me volvía más y más loca de preocupación.

¡Cómo se atrevía a dejarme aquí! ¡Cómo se atrevía a largarse así sin más!

La preocupación que sentía. La angustia al imaginármelo muerto a manos de ellos me estaba matando y, en el fondo, oculto tras todo aquello, se gestaba una rabia que aun ni siquiera sabía que estaba ahí.

Llegó la hora del almuerzo y después la hora de la cena.

—Marfil... —me dijo Suarez acercándose por tercera vez a donde estaba hecha un ovillo, llorando desconsolada.

Sebastian había muerto...

Sebastian había muerto...

No volvería a verlo ni a abrazarlo ni a decirle que lo quería ni a decirle que lo perdonaba...

Toda la esperanza se había evaporado de mi cuerpo desde hacía horas y desde entonces no había podido dejar de llorar. No había podido dejar de pensar que lo nuestro había terminado de la peor forma posible, que Marcus había conseguido salirse con la suya, había conseguido destrozarme del todo.

Y entonces oímos el ruido de una puerta al cerrarse.

Mi corazón se detuvo un instante y los tres, Suarez, Ray y yo miramos hacia el hueco del pasillo con el corazón en un puño.

Vi con el rabillo del ojo que Ray sacaba su pistola y que Suarez daba un paso al frente para colocarse delante de mí y protegerme.

¿Nos habían descubierto? ¿Habían cogido a Sebastian y lo habían torturado hasta que había desvelado nuestra ubicación?

No... Sebastian nunca haría eso, pero entonces...

Como si nada, una figura alta y grande apareció por la puerta.

Suarez y Ray se relajaron al instante, Suarez incluso se dejó caer sobre el sofá junto a mí.

—Hijo de puta... —dijo Ray guardándose la pistola y soltando un profundo suspiro.

Yo me quedé quieta en el sofá asimilando lo que veían mis ojos.

Era Sebastian, cómo no.

Y estaba intacto.

—¿Cómo coño lo has conseguido? —preguntó Suarez.

Sebastian tenía la mirada fija en mí y le costó desviarla hacia su compañero.

—Soy muy bueno cuando se trata de ser invisible.

Estaba vivo... Joder, estaba vivo...

Las imágenes de él muerto en el suelo, de su cabeza derramando sangre por dos disparos en el cerebro empezaron a desaparecer de mi mente... Había estado tan tensa que verlo sano y salvo hizo que se me relajara todo el cuerpo de forma automática... Tanto, que sentí que me mareaba.

Bajé la vista al suelo y respiré hondo para tranquilizarme y para que el pitido que había empezado a escuchar tras mis oídos desapareciera.

—Marfil... —dijo y lo noté acercarse a mí.

Me armé de valor y me puse de pie.

La rabia oculta que se había estado gestando dentro de mí tomó el primer plano cuando la preocupación y la angustia dejaron paso a ese sentimiento al desaparecer.

Se me acercó con intención de sostenerme, supuse que mi aspecto era tan malo como me sentía por dentro, pero saqué fuerzas de donde no las tenía y le pegué un empujón que lo pillo por sorpresa, pero que ni siquiera lo movió.

—¡Maldito seas, Sebastian Moore! —le grité y me zafé de su brazo y corrí hacia el pasillo.

Cerré la puerta de mi habitación de un portazo y me agaché para abrazarme a mí misma.

¿Cómo había podido hacerme esto?

Sentí que la puerta se volvía a abrir y se cerraba detrás de mí.

Me giré hacia él recomponiéndome y mirándolo con odio.

—¡Lárgate!

Sebastian negó con la cabeza y dio un paso hacia mí.

—No me voy a ninguna parte, elefante.

—¡No te quiero aquí! ¡Márchate, Sebastian!

Siguió negando con la cabeza y dio dos pasos más.

—No me voy a ir hasta que tú y yo solucionemos lo nuestro.

Apreté los labios con fuerza.

—No hay un «lo nuestro». No existe nada entre tú y yo, ya lo has dejado claro miles de veces.

—Entonces, ¿por qué lloras? ¿Por qué me pediste que no me fuera? ¿Por qué te preocupas por mí?

Todo eso lo dijo acercándose a mí a la vez que yo hacía lo opuesto. Caminé de espaldas hasta que finalmente mi espalda chocó contra la pared opuesta y él me tuvo acorralada como un animalito asustado.

—No me preocupo por ti, no me importas. No quiero saber nada de ti, ya te lo dije...

Sebastian me observó impasible, como si mis palabras le entraran por un oído y le salieran por el otro.

—No te creo —dijo dando el último paso y colando su mano por mi cuello, entre mis cabellos—. No creo nada de lo que sale de tu boca.

Mi corazón se aceleró al tenerlo tan cerca, al notar su mano rozando mi piel...

Me estremecí cuando su pulgar acarició el centro de mi nuca, despacio, preparándome para algo más...

—Hoy he tenido que ver cómo enterraban a mi mejor amiga... Hoy he tenido que ver cómo se marchaba para siempre... ¿Y sabes en lo único en que he sido capaz de pensar?

Negué sin apenas mover la cabeza.

—En que te había vuelto a decepcionar, en que te había vuelto a negar algo que me habías pedido con lágrimas en los ojos...

Su mano se movió de mi nuca a mi mejilla; su mano que, de lo grande que era, casi ocupaba la mitad de mi cara...

—Eso no volverá a pasar.

Y entonces me besó.

Fue como si dos supernovas chocaran destrozando todo lo que las rodeaba. Me encendí como una cerilla y la rabia que había sentido hasta ese momento se convirtió en un deseo que me dejó temblando como un flan y deseando mucho mucho más...

Nuestras lenguas se juntaron, enroscándose la una con la otra mientras que sus manos me apretaban contra él, con fuerza, como queriendo asegurarse de que nunca nadie nos iba a volver a separar.

Acallé la voz interior que me seguía diciendo que Sebastian había sido el culpable de todo lo que me había pasado. La acallé porque en ese momento lo único que necesitaba era que me tocara, me besara, me hiciese olvidar todo lo que había ocurrido y pasaba a nuestro alrededor.

Sus manos me levantaron por la cintura y mis piernas se enroscaron en sus caderas. Sentí lo duro que estaba, lo excitado que estaba por tenerme.

Parecía otro... Su deseo estaba mezclado con rabia, igual que el mío. Temblé de excitación cuando me estampó con fuerza contra la pared y me comió la boca con un deseo desesperado.

—No tienes ni idea... —empezó a decir, pero lo callé siguiendo el beso.

No quería hablar. No quería recordar. No quería nada que no fueran sus manos en mi cuerpo y su boca en mi piel.

Y eso fue exactamente lo que hizo.

19

SEBASTIAN

Tenerla en mis brazos otra vez... Joder, era lo que había deseado desde que tuve que obligarla a marcharse. La forma en la que me había mirado aquella mañana, suplicándome que no me fuera... me había dado esperanzas.

Y a pesar de eso me largué, porque era así de egoísta, porque no podía no despedirme de Samara. No podía no acudir a su funeral.

La tristeza que recorría mi interior solo se aplacó un poco cuando vi el miedo de Marfil en sus ojos, cuando comprendí que seguía importándole, cuando vi escasos minutos antes que sus ojos hinchados de llorar se llenaban de un alivio infinito cuando me vio entrar por la puerta.

Podía afirmar que me odiaba, que estaba enfadada, que nunca me perdonaría lo que le hice, pero yo sabía que en el fondo, ella me quería, o al menos es lo que esperaba con todas mis fuerzas.

Podría explicaros lo que se siente al tener a la persona que quieres y deseas entre tus brazos, pero me quedaría corto en la explicación y, seamos sinceros, no soy hombre de muchas palabras.

La levanté por la cintura para sentirla contra mí. Estaba mucho más delgada que cuando se había marchado y me sentí culpable también por eso. Me daba miedo preguntar lo que había tenido que soportar allí, en casa de ese desalmado.

Con rabia apreté con fuerza sus caderas y la empujé contra la pared. Sabía lo que ella notaría, estaba tan duro, joder, como una puta piedra. No entendía cómo es que aún podía seguir sintiendo algo, no después de todo lo que había pasado. Pero esa mujer despertaba mis instintos más primitivos, mis ganas de tenerla nublaban cualquier pensamiento racional.

Le sujeté la cara con mi mano, para que no se moviera y le mordí el labio inferior con fuerza... Esa boca..., joder, esa boca...

—Sebastian... —suspiró contra mis labios cuando moví mis caderas en círculos, cuando presioné mi entrepierna contra la suya, provocándola, animándola a que me deseara igual que yo a ella.

No quería hablar. No quería que nada interrumpiera lo que sentía en aquel momento.

Me aparté un segundo para bajar mis manos a sus caderas y tirar de su camiseta hacia arriba. Llevaba un sujetador negro, suave al tacto como ella, como siempre había sido, suave y perfecta, joder.

La solté para que volviera a estar de pie y me fui agachando a la vez que iba besando el valle de sus pechos, su estómago plano, su ombligo, sus caderas, primero una y después, la otra.

Me arrodillé frente a ella y la miré desde abajo. Sus ojos estaban cargados de deseo y podía sentir el latir de su corazón alocado.

—No me mires tan serio... —me dijo entonces y no pude evitar reírme.

—Ojalá pudiera ser un libro abierto como tú, elefante... Pero los dos sabemos que eso no va conmigo.

Sus manos se encontraron con mi cabello y supe lo que eso significaba.

Colé mis dedos en su pantalón y desabroché el primer botón. La besé en el espacio nuevo y seguí con el siguiente botón hasta que mis labios se encontraron con el encaje de su ropa interior.

Se removió inquieta y le bajé el pantaloncito que llevaba.

Le levanté una de sus piernas y la coloqué sobre mi hombro para besarle los muslos... Mis dientes se abrieron paso por su piel, mordisqueándola y dejando marcas rojas a las que besaba con esmero a continuación.

Me acerqué al centro de su cuerpo y aspiré el aroma a excitación que desprendía toda ella, embriagándome con su olor, con su exquisita fragancia.

La besé por encima de la tela de encaje y noté lo húmeda que estaba. Húmeda por mí...

Estaba tan metido en el asunto que mi cerebro no registró las marcas que había en su cuerpo en un segundo plano. O tal vez mi mente no quiso volver a apuñalarme, tal vez quiso darme un respiro para que aquel momento no se volviera a joder por culpa de terceros.

La besé con ganas, pasando mi lengua por encima de su ropa. Noté que mi polla se sacudía contra mi pantalón de lo excitado que estaba por volver a probarla.

Y entonces su mano dejó mi cabeza y bajó para apartar las bragas hacia un lado. Ese gesto me volvió loco...

La sujeté con fuerza por el culo y me la comí entera.

Supe que la llevaba directa al orgasmo cuando empezó a soltar todo tipo de suspiros y de palabras sin sentido.

Subí mi mano y le metí dos dedos para llevarla a directa al placer más exquisito, pero entonces algo ocurrió. Lo noté por cómo su cuerpo, relajado y tembloroso, pasó a tensarse contra mi mano.

Levanté la mirada hacia ella y vi lo último que esperaba ver.

Terror.

Marfil me miraba con terror y no tenía ni puta idea de por qué.

20

MARFIL

Fue como si me sacaran de allí y me teletransportaran al momento en que ocurrió. Intenté con todas mis fuerzas bloquear esos recuerdos. Intenté con todas mis ganas quedarme donde estaba, con él, con lo que me hacía, con sus manos tocándome con devoción, con ganas, con pasión, pero siempre con una ternura y un cariño infinitos...

Pero no pude.

Me aparté de él y crucé la habitación hasta donde estaba mi camiseta. Me la pasé rápidamente por la cabeza.

—Eh... —me dijo tomándome por el brazo—. ¿Qué pasa?

Me mordí el labio con fuerza. No quería mirarlo a la cara, no quería que me viera así.

—Nada...

—Marfil —dijo tirando de mí para que quedara frente a él—, mírame.

Lo hice y vi lo preocupado que estaba, lo perdido...

—¿He hecho algo...?

Y entonces supe que si le decía la verdad lo destrozaría.

No podía saberlo.

—Suéltame, por favor —le pedí con voz baja.

Sebastian dudó un segundo y me soltó el brazo.

—No quería forzarte a nada. Lo siento, elefante, yo no...

Lo hubiese abrazado justo en ese momento, pero si lo hacía iba a tener que contestar a sus preguntas y, si me lo preguntaba, estaba segura de que no iba a poder mentir. Me lo vería en la mirada, siempre había sabido leerme a la perfección. ¿Cómo me había llamado antes? ¿Un libro abierto? Eso era yo.

—No quiero esto... —dije poniendo la mejor cara de póquer que pude crear—. Ya no.

El dolor y el rechazo se leyó clarísimo en los ojos de Sebastian.

—Entiendo.

¿Lo hacía?

Una parte de mí sospechaba que algo para él no terminaba de cuadrar, pero no podía detenerme en pensar en eso, tenía que salir de allí.

—Me hace muy feliz que estés vivo... —dije sin poder evitar darle algo a cambio—, pero eso no significa que tú y yo...

Asintió con tristeza en la mirada.

Su mano subió hasta mi mejilla y me apartó un mechón de pelo de la cara.

—Nunca vas a perdonarme, ¿verdad?

Sentí como si mi corazón se desangrara.

Negué con la cabeza y supe que me pondría a llorar de un momento a otro, no solo por él, sino por mí, por saber que Marcus aún era capaz de controlar mi mente y mi cuerpo.

Se marchó y me acurruqué en mi habitación... Había estado tan a gusto en sus brazos, me había hecho sentir tan bien... y, de repente, cuando noté la presión de sus dedos dentro de mí..., lo vi a él, lo noté, lo sentí...

Me dio tanta rabia tenerlo en mi mente que quise romper todo. Quise gritar. Quise llorar. Pero no hice nada de eso.

Lo que sí hice fue encerrarme en mí misma y prometerme que no volvería a dejar que los recuerdos de algo que Marcus había hecho conmigo volvieran a impedirme seguir con lo que quería o con lo que deseaba.

No pensaba otorgarle ese poder.

Me desperté antes que nadie, más que nada porque apenas había podido dormir. Las pesadillas habían empeorado a raíz de lo que había ocurrido el día anterior y se habían convertido en una repetición de Marcus forzándome, levantándose y metiéndole un balazo a Sebastian en la cabeza. Él había estado presente mientras me violaba y solo había mirado, sin más, y luego había caído muerto al suelo sin que nadie pudiese hacer nada para salvarlo.

Pasé por la cocina para coger una taza de café. Lo sé, lo sé, odiaba ese menjunje negro, pero necesitaba beber algo que me mantuviese despierta, que me despejase la mente.

Después me fui directa al gimnasio para hacer ejercicio y así liberar todo lo que tenía dentro. Primero corrí media hora y luego, tras ponerme unos guantes de boxeo negros que colgaban en la pared, me puse a pegar puñetazos y patadas con la poca técnica y fuerza que tenía.

Supongo que fueron los ruidos los que atrajeron a Ray al poco rato de empezar.

—¿Qué haces, animalito?

Le lancé una mirada de advertencia.

—No estoy para bromas, ¿vale?

Ray dejó su taza de café sobre la mesa de la esquina y se acercó hasta donde estaba yo.

—No estoy diciendo ninguna broma, hablo en serio. ¿Qué estás haciendo?

¿No era obvio?

—Entrenar —dije sin quitar los ojos de encima a mi objetivo: el saco.

—Pues lo estás haciendo mal. Te vas a lesionar.

Me detuve y lo miré resoplando.

—Dijiste que me ibas a enseñar, perdona por buscarme la vida cuando tú no cumples con tu palabra.

Ray me miró con condescendencia y señaló mis pies con un ademán de sus manos.

—El peso de tu cuerpo tiene que estar equilibrado, tienes que prepararte para el impacto de la patada, si no te caerás al suelo, te harás daño y la persona a la que quieres hacer daño se reirá en tu cara por patética.

Me quedé mirándolo en silencio. En otro momento de mi vida lo habría mandado a la mierda, pero quería hacerlo bien. Quería aprender. Quería ser fuerte. Quería pelear como una chica.

—Dime qué tengo que hacer y lo haré...

Estuvimos dos horas en el gimnasio. Ray me machacó como un maldito cabrón. Me hizo hacer abdominales, flexiones, correr en la cinta y luego pasó a enseñarme algunos pasos básicos de *jiu-jitsu*.

—Este saco no sirve para practicar patadas, necesitas el saco banano, ese de ahí, ¿ves? Es más largo.

Asentí y nos desplazamos hacia allí.

—La clave está en cómo mueves las caderas. Tu cuerpo tiene que ser tu ancla, el equilibrio es muy importante...

Lo escuché con atención y me fijé en su técnica. Con una patada era capaz de mover el saco de un lado a otro como un péndulo. Cuando lo intenté casi me caigo al suelo del impacto.

—Ponle cara al saco —me dijo en un momento, cuando ya me había caído tres veces y estaba totalmente agotada—. La rabia es un elemento muy motivador para entrenar.

Resoplé y lo miré muy seria.

—La cara la tiene desde que empecé.

Seguí practicando, él me corregía, yo intentaba hacerle caso, se metía conmigo, le contestaba, me decía lo inútil que era y eso me enrabiaba más. Pasó por lo menos una hora hasta que por fin fui capaz de dar la patada con la técnica adecuada y me sentí llena de orgullo cuando vi a Ray asentir satisfecho con la cabeza.

—¿Qué hacéis? —dijo entonces una voz a nuestras espaldas.

Me detuve con la botella de agua en los labios y me giré hacia la puerta. Era Sebastian y, por la cara que traía, supe que no diría nada bueno.

Sentí que me avergonzaba al recordar lo que había ocurrido la noche anterior. Lo había tenido entre mis piernas, besándome y lo había rechazado como una cobarde, porque eso es lo que era. Por mucho que dijera que Marcus no seguiría dominando mi mente, en realidad lo hacía y no hay nada peor que sentirse atrapado dentro de uno mismo.

—Le estoy enseñando algunos conceptos básicos.

Sentí los ojos de Sebastian en mí a pesar de que miraba a todas partes menos a él.

—Tú siempre con ganas de aprender...

Su tono no me gustó y eso consiguió que le devolviese la mirada.

Parecía estar decidido a algo. Parecía preocupado y a la vez furioso.

—Déjame a solas con ella.

Miré a Ray para pedirle que no se marchara, pero asintió sin decir nada y se largó.

Supuse que era su forma de no seguir buscándole las cosquillas. Haberlo destituido de su puesto y saber que su exmujer había muerto a manos de nuestros enemigos era suficiente razón para darle un respiro..., ¿no?

Me giré hacia el saco y seguí dándole patadas y puñetazos.

Sebastian se acercó y me lo sujetó.

—Quiero hablar contigo de lo de anoche —dijo sin rodeos.

Dos patadas y tres puñetazos después me detuve y lo miré.

—No hay nada de que hablar, ya te he dicho que no...

—No me refiero a nosotros —me interrumpió buscándome con los ojos—. Necesito comprobar una cosa y me gustaría que cooperaras.

Su seriedad me puso nerviosa y di dos pasos hacia atrás, buscando mi botella de agua para así poder tener un momento para pensar.

—¿Qué quieres? —dije girándome hacia él después de alargarlo todo lo que pude.

Se separó del saco y vino hacia mí.

—Quiero que te quites la camiseta.

Su petición me pilló por sorpresa y necesité unos segundos para asimilarla.

—Perdona, ¿qué?

—La camiseta, quítatela.

Negué con la cabeza sintiendo que mi corazón se aceleraba.

—No pienso hacerlo —dije quitándome los guantes y dejándolos caer al suelo.

Fui a marcharme corriendo, pero me sujetó y supe que no iba a poder librarme de aquello.

—¿Cuántas veces, Marfil? —me preguntó junto a mi oído. Sus músculos estaban tensos, todo él parecía haberse convertido en una mole de rabia a punto de estallar.

—No sé de qué me estás hablando...

—¿Cuántas veces te pegó?

Negué con la cabeza intentando buscar una forma de mentirle, intentando encontrar en mi interior la fuerza necesaria para negar que ese hombre no solo me había pegado, sino que me había hecho cosas peores.

No la tenía, no podía negarlo todo...

De solo pensarlo noté que mi cuerpo empezaba a temblar. Entonces Sebastian tiró de mí y me abrazó.

Cuando sus brazos me rodearon no pude contenerme y las lágrimas empezaron a caer. Fue como si se abriera la caja de Pandora, ya no pude aguantarlo más. Lloré por cada golpe, lloré por cada humillación, por cada vez que me tocó, por cada vez que abusó de mí y, aun así, no me quedé a gusto sabiendo que le ocultaba lo más importante.

—Lo siento tanto... —me dijo al oído. Su voz estaba desgarrada por la pena, por la culpabilidad—. No tienes ni idea de lo que haría ahora mismo. No tienes idea de cómo me gustaría borrar los últimos meses...

Me aparté de su pecho y me limpió las lágrimas con las manos.

—Mirar hacia atrás no va a cambiar lo que pasó. Lo hecho, hecho está, Sebastian...

—No puedo cambiar el pasado, pero sí puedo cambiar el futuro y ese hijo de puta pagará por todo lo que ha hecho, te lo juro. Joder, no voy a parar hasta verlo muerto, criando malvas en una puta cuneta perdida de la mano de Dios.

—Me alegra saber que buscamos lo mismo. —Me soltó cuando di dos pasos hacia atrás—. Y por esa misma razón no vas a detenerme cuando me infiltre en el club privado de Marcus para buscar las pruebas que necesitáis para incriminarlo.

El silencio creció a nuestro alrededor.

—¿Que tú qué?

Tragué saliva con miedo al ver la transformación que acababa de ocurrir en su cara.

—Lo que has oído —dije intentando sonar segura.

—¿Quién coño te ha metido esa idea en la cabeza?

—Nadie me ha metido nada...

Me dio la espalda y salió de la habitación hecho un demonio.

Lo seguí llamándolo por su nombre y pegué un grito cuando al entrar al salón cogió a Ray por la camiseta y le dio un puñetazo que lo tiró al suelo.

—¡Sebastian!

—¡¿Qué cojones no has entendido de que ella se queda fuera de esto?!

Ray se limpió la sangre del labio y se puso de pie con calma.

—Las órdenes ahora las doy yo. Aparte de lo que ya te he explicado, y Carol también, esto se escapa de tu departamento.

—¡Que te jodan, Ray!

—Si Marfil quiere infiltrarse podrá hacerlo, siempre y cuando siga todas nuestras instrucciones...

—¡Y una mierda! —gritó desquiciado, girándose hacia mí—. ¡No vas a moverte de aquí! ¿Me has oído?

Joder... Sebastian enfadado de verdad daba un miedo de cojones.

—No puedes impedírmelo...

Soltó una carcajada irónica que me puso los pelos de punta.

—Ponme a prueba, Marfil, y verás de lo que soy capaz.

Fui a replicar, pero entonces un ruido proveniente de la entrada nos obligó a todos a mirar hacia allí.

Suarez entró en la sala acompañado de una mujer vestida de traje de chaqueta, alta y delgada, con el pelo peinado hacia atrás, que nos miró a todos con desaprobación.

—Se os oye desde fuera —dijo fulminándonos a todos.

Sebastian maldijo entre dientes y Ray se irguió como cuando entra el general al cuartel de los soldados.

Yo miré a esa mujer con curiosidad, a la vez que me preguntaba quién demonios era para frenar una discusión que tenía toda la pinta de acabar mucho peor que con unos simples puñetazos.

—Qué bien que apareces, Carol. Aquí hay alguien que no se entera de nada.

—Basta, Ray —ordenó la tal Carol entrando en el salón y dejando su bolso en el sofá.

—No puedes destituirme —dijo Sebastian mirándola furioso.

Carol levantó las cejas y pasó su mirada de mí a él.

—¿Es la chica?

—Me llamo Marfil —dije apretando los puños.

—Tenemos que ponernos a trabajar —dijo señalándome con el dedo—. Si vas a infiltrarte, hay muchas cosas que tienes que saber antes...

—¡No va a infiltrarse en ninguna parte, joder!

Carol pasó su mirada de mí a Sebastian y su expresión pasó de tranquila calma a convertirse en miss seriedad.

—No vuelvas a levantar el tono de voz en mi presencia —dijo—. ¿O te has olvidado de quién soy yo?

Sebastian le lanzó una mirada de desprecio y luego se giró hacia mí echando humo.

—No vas a infiltrarte en ninguna parte.

—No puedes decirme lo que puedo o no puedo hacer...

—Basta ya —dijo Carol cortando lo que fuera que iba a decirme—. Yo digo quién no puede o sí puede hacer las cosas aquí. Marfil, ¿estás segura de lo que supone implicarte en una misión de esta envergadura?

—No —respondió Sebastian.

—Sí —respondí yo.

Nos miramos con rabia.

—¿Eres consciente de que a pesar de que vamos a hacer todo lo que esté en nuestras manos para garantizar tu seguridad existe la posibilidad de que las cosas no salgan según lo planeado y que tu vida pueda correr peligro?

Tragué saliva, pero asentí.

—Lo soy.

—¡No lo eres! —gritó Sebastian girándose hacia Carol—. ¡Es una puta cría, no puedes dejar que lo haga!

—No soy...

—Sebastian, desaparece de mi vista.

Se hizo el silencio en la estancia.

—¿Qué?

—Sal de esta habitación si no quieres que te mande de vuelta a la central.

Sebastian parecía estar planteándose qué hacer, si mandarla a la mierda o cogerme a la fuerza, meterme en un coche y marcharse de allí conmigo a cuestas o hacer lo que ella le pedía.

—Y tú, ven conmigo a la sala de juntas, hay un montón de papeleo que tienes que firmar.

Carol nos dio la espalda a todos y se marchó por el pasillo. Mi mirada se cruzó con la de Sebastian. Odié verlo así, parecía totalmente perdido. Sus ojos me suplicaron que no lo hiciera, pero no podía quedarme sin hacer nada. No sabiendo lo que sabía, no después de lo que me habían hecho, a mí, a mi madre, a Nika...

Pasé por su lado y me cogió la mano para detenerme.

—No lo hagas —me pidió suplicándome con la mirada—. Eres demasiado especial para perder la vida por alguien como él.

Sentí que mi corazón se aceleraba y me entraron ganas de abrazarlo.

—Todas somos especiales, Sebastian... Se merecen que esto acabe.

Me giré y seguí a Carol por el pasillo.

Por fin me dejaron entrar en la sala de reuniones.

Ahora yo era una más.

21

MARFIL

Tuve que firmar un montón de papeles, leer infinidad de cosas y escuchar a Ray explicarme todo lo que podía llegar a salir mal.

Daba miedo dar el consentimiento a algo como eso. Cuando se habla de tu vida como si fuese algo prescindible empiezas a valorarla mucho más, pero no podía echarme atrás. Yo sabía dónde delinquía Marcus seguramente. Yo tenía la clave para entrar. Yo era a quien él había dejado entrar en su casa. Yo era quien lo conocía mejor que ninguno de ellos.

Y no podíamos dejar pasar esa oportunidad.

Empezamos a planificar un operativo en el que participarían el FBI, el ICE, la DEA y quién sabe quién más. Pillar a Marcus implicaba no solo acabar con una de las mafias más importantes de Estados Unidos, sino desmantelar las rutas de narcotráfico y de trata de blancas del país. Salvaríamos muchas vidas y ese cabrón dejaría de creerse el rey del universo.

Dentro de toda la planificación del operativo había algo que, a pesar de que sabía que era lo correcto, no dejaba de hacerme sentir un poco culpable: mi padre.

No es que no entendiera perfectamente que se merecía pasar el resto de sus días en la cárcel; lo había odiado casi toda mi vida, pero ahora lo odiaba más. Todos sus discursos sobre la virginidad... Todo era para que, si era necesario, pudiese venderme por un precio más alto; las chicas que no son vírgenes valen menos en este enfermizo mercado. Saber que él formaba parte de ese submundo hacía que una parte de mí le deseara incluso la muerte, pero otra...

Era el único progenitor que tenía, era todo lo que conocía. A pesar de que me hubiera lavado el cerebro durante toda mi vida. A pesar de sus amenazas continuas sobre dejar que los chicos nos tocaran a mí o a mi hermana. A pesar de la paliza que me dio aquella vez, cuando me vio a solas con uno de nuestros vecinos y se creyó que había pasado algo entre los dos... Éramos unos críos y, aun así, él me llamó todos los insultos conocidos, simplemente por haber estado abrazando a un amigo del sexo opuesto.

Aquel día supe que no podía dejar que nadie me tocara. Fue entonces cuando lo que las monjas decían en la escuela empezó a calar en mí de forma casi inconsciente. Nunca llegué al final con ningún chico porque el miedo que me inspiraba saber que mi padre podía descubrirlo me aterrorizaba.

Aprendí que eso estaba mal. Más tarde en la universidad descubrí lo que era ser mujer, lo que era ser libre, pero hay marcas que quedan de por vida...

Para saber si estaba preparada para realizar una misión como aquella, la organización me asignó una psicóloga que tenía que evaluarme mentalmente y también alguien para que me entrenase para prepararme para el día en que debía infiltrarme. Iban a enseñarme cómo utilizar un arma de fuego y me prepararían para actuar en consecuencia si las cosas se ponían feas.

Aquella tarde, después de haber visto a la psicóloga y mentir desde el minuto uno hasta el minuto final sobre cómo estaba, qué me habían hecho en casa de Marcus y hacerme pasar por la persona más estable de aquel lugar, me dirigí al gimnasio a esperar a que llegara Ray.

Tenía muchas ganas de seguir entrenando con él. Necesitaba sentirme fuerte, necesitaba saber que podía superar aquella misión y que no decepcionaría a nadie en el proceso. Tenía que hacerlo por mí, por mi madre, por ellas.

Me senté sobre la colchoneta y empecé a realizar los mismos estiramientos que hacía cuando me disponía a bailar.

Con la frente tocando mis tobillos no vi quién acababa de entrar por la puerta del gimnasio, pero sí que reconocí la voz al instante.

—Levántate.

Sebastian acababa de entrar, vestido con unos pantalones de deporte, una camiseta blanca y un maletín en las manos que dejó en una de las mesas del gimnasio.

—¿Qué haces aquí? —pregunté poniéndome de pie.

—¿Que qué hago aquí? —dijo abriendo el maletín. Dentro había dos pistolas, una negra y otra plateada que tenía pinta de ser bastante pesada—. Asegurarme de que no te matan.

Desvié mis ojos de las pistolas y lo miré con cara de pocos amigos.

—¿Y Ray?

—Ese capullo no va a enseñarte nada. Lo haré yo.

—Sebastian...

—Son órdenes de Carol —anunció levantando la pistola y desmontándola para ver si estaba cargada o no—, así que más te vale obedecerme.

Me crucé de brazos y lo miré con mala cara.

—Prefiero que me enseñe otro.

Me lanzó una mirada decepcionada que ocultó al segundo por una de cabreo.

—Las cosas son así —dijo cogiendo la otra pistola y haciendo lo mismo que había hecho con la anterior—. Y te recuerdo que ya no eres la niña a la que hay que proteger, ahora se trata de un trabajo y en un trabajo hay jerarquías. En esta jerarquía yo estoy tan encima de ti que hasta podría exigirte que me llamaras señor si me diera la gana.

Madre mía, pues sí que estaba el horno para bollos.

—Discúlpeme, señor —dije con ironía fijándome en lo que hacía—. ¿Vas a enseñarme a disparar?

—A desarmar, más bien —me contestó retirándose hacia donde estaba la colchoneta e indicándome que me colocara enfrente de él—. No podrás ir armada, pero es necesario que conozcas los conceptos básicos por lo que pudiera pasar. Conociendo la clase de hombres que frecuentan ese tipo de clubs, lo más seguro es que esté permitido entrar con armas; le dijiste a Carol que el guardaespaldas de Marcus entró armado sin problema.

Asentí en silencio.

—Las mujeres que frecuentan esos lugares van acompañadas de hombres poderosos. Si fueras tú la que aparecieras con una pistola, se dispararían todas las alarmas, estoy seguro. Ese tipo de hombres no conciben que una mujer pueda llevar una pistola y mucho menos que la sepa usar. Ahora ponte aquí y presta atención.

Hice lo que me pedía, me acerqué a él, pero manteniendo las distancias.

—Esta pistola es una Glock de 9 mm —dijo enseñándomela—. Es la que más utilizan los cuerpos de seguridad o el gobierno. Es sencilla de usar, segura y no es nada pesada —añadió levantándola hacia mí—. Cógela.

Dudé un segundo, pero finalmente la cogí, aunque lo hice con cara de pocos amigos.

No me gustaban las armas.

—Siempre que cojas una pistola tienes que saber que lo más seguro es que esté cargada, da igual lo que te digan. Está cargada hasta que tú confirmes que no lo está.

Asentí prestándole atención.

—Para ver si el cargador está lleno o vacío, le das aquí, a este botón que está junto al armazón cerca de la empuñadura, y lo deslizas hacia abajo. —La cogió y sacó el cargador para enseñármelo—. ¿Ves que está vacío? —me preguntó y yo asentí—. Lo siguiente que debes hacer siempre es mirar la recámara —añadió, enseñándome dónde podía esconderse una de las balas.

—Vale.

—Ahora ponte delante de mí.

No pude evitar dudar un segundo, me recordaba demasiado a cuando estábamos en mi apartamento y él me había enseñado lo poco que sabía sobre autodefensa personal.

—Sujétala así —dijo colocando mi mano derecha de la forma correcta—. El hueco que hay entre tu dedo pulgar y tu dedo índice debe tocar el cuello de la empuñadura. ¿Sientes esta pequeña curva que hay aquí? —Asentí intentando concentrarme en lo que me decía y no en sus manos tocando las mías y su respiración en mi oído—. De esta forma reducirás el efecto de retroceso, es la manera más segura de coger un arma. Ahora, con los otros tres dedos, envuelve la base de la empuñadura. El dedo índice nunca se coloca en el gatillo hasta que no estés segura de que vas a disparar.

Hice lo que me pedía y delante de mis ojos apareció Marcus. Sentí que la rabia me nublaba la mente por unos instantes y el dedo se me fue solo al gatillo.

Apreté sin apenas darme cuenta y el clic y el dolor que vino a continuación me sobresaltaron.

—¡Mierda! —dije soltando el arma al suelo y maldiciendo de dolor.

Sebastian renegó entre dientes y se acercó frustrado a cogerme la mano.

—¡¿Por qué disparas?! Déjame ver —añadió mirando la herida que acababa de hacerme sin ni siquiera saber cómo—. Esto te pasa por no hacer caso. Te has pillado la piel por tener la mano por encima del nivel de retroceso de la corredera. Con las armas semiautomáticas hay que tener cuidado...

—No he entendido nada de lo que acabas de decir. ¡No lo toques! —le grité tirando de la mano y viendo que las gotitas de sangre manchaban la colchoneta que había bajo nuestros pies.

Sebastian me lanzó una mirada reprobatoria y se alejó para coger un botiquín.

—Ven aquí.

—Da igual, estoy bien —contesté, frustrada por haber sido tan idiota.

—Que vengas.

Suspiré y fui hasta la mesa donde había abierto el botiquín.

Cogió un algodón con alcohol y esperó a que le tendiera la mano.

—Debes hacerme caso en todo, Marfil, absolutamente en todo. Hoy ha sido una herida pequeña, pero mañana puede suponer tu muerte o la muerte de otro. ¡Esto no es un juego!

Me aparté de él frustrada y le dirigí una mirada envenenada.

—Estoy harta de que te creas que esto es un juego para mí. ¡¿Cuándo vas a entender que hago esto porque deseo vengarme?! ¡¿Cuándo vas a entender que esto es incluso más importante para mí que para ti?!

—¡Nunca! —me gritó sobresaltándome—. ¡Nunca aceptaré lo que vas a hacer! ¡Nunca te perdonaré por ponerte en peligro cuando por fin estás a salvo!

—Por esa misma razón no deberías ser tú el que me entrene.

—Oh, ahí te vuelves a equivocar —dijo acercándose a mí, quedando a solo unos milímetros de mi cara—. Porque te voy a exigir tanto que terminarás replanteándote si esto te merece la pena.

—¿Eso es una amenaza, Sebastian?

—Es un hecho —soltó alejándose hasta la colchoneta—. Ahora vuelve aquí y empecemos otra vez.

Me miré la mano lastimada, me ardía horrores. Él levantó las cejas con escepticismo.

—¿Crees que una pequeña herida en tu mano me va a detener en todo lo que tengo preparado para hoy?

Respiré hondo... Pues sí que se lo tomaba en serio el muy cabrón.

—Ven aquí.

Regresé con él y me machacó durante dos horas sobre los peligros que suponían las armas, sobre los nombres de cada una de sus partes: que si esto es el disparador, que si esto es el guardamonte, el percutor, el seguro, el armazón, el punto de mira... Me hizo desarmarla y armarla como unas catorce veces y, cuando quedó satisfecho, me obligó a volver al saco de boxeo.

Cuando ya no podía más y dio por finalizada la clase, me quité el guante y vi que la sangre manchaba casi toda mi mano. La pequeña herida se había convertido en una herida no tan pequeña, pero Sebastian ni siquiera se inmutó.

—Desinféctala bien con alcohol y ponte una venda —dijo seco y distante—. Nos vemos aquí a las seis de la mañana.

Se marchó sin decir nada más y yo me dejé caer al suelo, agotada.

«¿Te crees que vas a quitarme las ganas simplemente por ser duro conmigo? Pensaba que ya me conocías, Sebastian Moore.»

Aquella noche conseguí dormir sin pesadillas. Supuse que era porque estaba completamente agotada, aunque, cuando el despertador sonó a las seis menos diez, me entraron ganas de tirarlo por la ventana y volver a soñar con pistolas de agua, sueño que se había repetido durante toda la noche sin sentido.

Me puse las mallas negras y el sujetador de deporte que me habían conseguido ellos. Desde que había llegado toda la ropa que utilizaba me la habían prestado o adquirido en tiendas de segunda mano. Pero por fin, había logrado convencerlos de que me comprasen algunas cosas básicas; odiaba no poder ser yo misma quien fuera a elegirlas, como cuando estaba en manos de Marcus, pero tampoco estaba en una posición de exigir nada.

Cuando entré en el gimnasio, Sebastian ya estaba allí, con un pantalón de deporte y una camiseta de tirantes. Estaba dándole puñetazos al saco como si fuese su peor enemigo.

—¿Le pones mi cara al saco?

Se detuvo, cogió la toalla para pasársela por la frente y luego se giró hacia mí.

—Le pongo tu cara a mis sueños nocturnos, elefante.

Me detuve un segundo, consciente de que acababa de ponerme colorada.

—Seguro que en ellos te saco de quicio igual que ahora... —Intenté evitar su mirada mientras me acercaba a la barra de estiramientos y me ponía a calentar.

—Lo cierto es que no... Más que sacarme de quicio, me suplicas que haga contigo lo que quiera.

Nos miramos en la poca distancia que nos separaba y tragué saliva cuando se acercó hasta donde estaba. Se detuvo tan cerca de mi boca que creí que iba a besarme...

—Dame tu mano.

Pestañeé varias veces y di un paso hacia atrás.

—Está bien... —dije escondiéndola detrás de mi espalda, pero me cogió el brazo y tiró de mí para poder ver la herida, que había empeorado bastante desde el día anterior.

—¿Te la has desinfectado bien?

Asentí en silencio. Su fragancia me tenía cautivada y sus brazos musculados estaban justo delante de mis ojos. Me entraron ganas de pasar mi mano por ellos y luego morderle justo ahí, en aquel bíceps demasiado trabajado para mi salud mental.

—Hoy quiero enseñarte a disparar. De nada servirá que sepas montar y desmontar un arma si no sabes utilizarla. Aunque de todas las cosas que me encantaría enseñarte, disparar a un blanco es la última de ellas..., es algo que tienes que saber.

Me soltó la mano y sentí que un calor intenso me recorría de arriba abajo.

—¿Qué otras cosas te gustaría enseñarme?

Sebastian sonrió. Era la primera sonrisa que me dirigía desde que nos habíamos vuelto a ver después de pasar dos meses separados y sentí que me quedaba sin aire.

—Eso dejémoslo para otro tipo de clase.

Se alejó de mí y me quedé allí temiendo empezar a hiperventilar de un momento a otro.

¿Estaba tonteando conmigo?

¿Cómo me hacía sentir eso?

Lo observé mientras buscaba en el armario la caja donde estaba el arma y me detuve a pensar en qué pasaría si al final, cuando todo esto acabase, Sebastian y yo teníamos una oportunidad.

¿Era eso lo que quería?

Claro que sí. Lo deseaba y lo quería, ya lo había comprobado. Por muy enfadada que hubiese estado con él o por mucho que lo hubiese llegado a odiar en su momento..., Sebastian era, al fin y al cabo, el único hombre en mi vida que me había tratado como a una igual, que me había antepuesto a todos y quien garantizaba mi seguridad mejor que nadie.

Y, joder..., qué bueno estaba.

—Vamos a la sala de tiro.

Sabía que había una sala de tiro, porque a veces se encerraban allí y pasaban horas hasta que salían. Además, era otra de las salas donde no me dejaban entrar.

Lo seguí por el pasillo y vi que abría una puerta que daba a unas escaleras bastante empinadas.

—Cuidado —me advirtió controlando cada dos segundos que no me tropezara con aquellos escalones en mal estado.

Al llegar abajo, pude comprobar que la sala de tiro estaba totalmente insonorizada y que era bastante oscura. Se parecía mucho a las salas de tiro de las películas, con sus dibujos de personas y su puntuación dependiendo de dónde llegases a disparar. Había también cascos acolchados para que el ruido no hiciera daño a los oídos, y bueno... poco más.

Había tres canales de tiro y Sebastian me llevó al último.

—Empecemos por lo básico —dijo sacando el arma de la caja y tendiéndomela—. ¿Qué es lo primero que debes hacer?

—Mirar si está cargada —contesté al mismo tiempo que procedía a comprobarlo.

Después de haberme tenido el día anterior montándola y desmontándola, me lo sabía de memoria y me sentí orgullosa de mí misma cuando fue haciéndome preguntas y las contesté todas de forma correcta... Hasta la última pregunta.

—¿Qué es una pistola semiautomática?

—Eso no me lo has enseñado —dije haciendo una mueca.

—Una pistola semiautomática es aquella que se recarga automáticamente después de cada disparo, aunque solo se puede accionar el gatillo una vez por cada bala disparada. ¿Entiendes?

Asentí.

—Una ametralladora, entonces...

—Es un arma de fuego automática, porque dispara incontables veces mientras se mantenga pulsado el disparador. Luego están las armas de caza, los rifles, por ejemplo, que son armas de repetición. Pero, bueno, no creo que vayas a irte de caza dentro de poco, ¿me equivoco?

—Mi padre y Marcus son cazadores expertos... ¿Cómo se sentirían si supiesen que ahora mismo todas las armas apuntan hacia ellos?

No tenía ni idea de dónde había salido ese pensamiento, pero me satisfizo imaginarlos en mi cabeza... Débiles, muertos de miedo, temblando mientras más de cincuenta armas los apuntaban al corazón...

«¿Cómo te sentirías, eh, papá? ¿Cómo te sentirías al estar al otro lado?»

—Marfil —me llamó Sebastian, trayéndome de vuelta.

—Lo siento.

Dudó un segundo y dejó la pistola sobre la mesita, junto a los cascos.

—¿Cómo te va con la psicóloga?

Esa mujer no tenía idea de cómo se la estaba jugando...

—Muy bien, me ayuda mucho —mentí. Sabía que no podría ayudarme porque no le contaba la mitad de las cosas y mucho menos la razón que me tenía mentalmente dada vuelta.

Sebastian asintió con sus ojos marrones fijos en los míos.

Sabía que le ocultaba algo, no era idiota. Por eso con él era con quien más cuidado debía tener.

—Colócate los cascos y ponte delante de mí —me pidió e hice lo que me pedía.

Sus brazos me rodearon por detrás y sujetó la pistola delante de mi cabeza, apuntando a la diana.

—Así es como debes colocarte siempre que vayas a apuntar a alguien. Nunca olvides el brazo de apoyo y nunca pongas el dedo en el gatillo hasta que no estés segura de que vas a disparar.

Asentí intentando concentrarme en lo que me decía. Respiraba en mi oreja y me estaba causando cortocircuitos cerebrales.

—Esta está cargada —me dijo cambiando la pistola y dándome otra que tenía en la caja. Aproveché para respirar cuando me dio un poco de tregua al alejarse—. Cuando quieras dispara. A ver qué tal la puntería.

Sentía la adrenalina por las nubes... ¿Por qué me parecía tan emocionante cuando odiaba lo que las armas causaban? Nada bueno podía salir de alguien con una pistola en la mano, pero en aquel momento...

Me sentí poderosa.

Y me gustó esa sensación.

Me corrigió un poco la postura y, al hacerlo, volvió a colocarse detrás de mí.

—Vamos, elefante, no puedes estar todo el día pensándotelo.

Respiré hondo... Me imaginé que aquel dibujo sin rostro era Marcus y disparé.

Sentí el golpe en el cuerpo y el estruendo en los oídos, a pesar de que tenía los cascos puestos. Fue una descarga de energía increíble que nació en mis manos y que pude sentir recorrerme todo el cuerpo, hasta el último pelo de mi cabeza. Volví a disparar, esta vez concentrándome plenamente en la puntería.

Quería que mis cuatro tiros restantes fueran directos al corazón o a la cabeza, me daba igual. Quería matar al maniquí con cabeza de Marcus. Quería matarlo y no dejar ni un rastro de vida imaginario.

Cuando terminé, sentí que mi cuerpo estaba tenso, lleno de adrenalina, sí. Pero al dejar la pistola en la mesita, delante de mí, las piernas me temblaron.

Noté la mirada de Sebastian observarme y me giré lentamente hacia él.

Estaba apoyado contra la pared, con los brazos cruzados y los cascos puestos. Me los quité y lo observé imitarme.

—¿Qué tal te...?

No dejé que terminara.

Me lancé a sus brazos y mi boca chocó con la suya.

—Marf...

—No digas nada —lo interrumpí dejando que mi cuerpo actuara sin permiso de mi mente.

Él no se lo esperaba, estaba claro, pero reaccionó enseguida. Sus manos me sujetaron la cabeza mientras su lengua giraba contra la mía y mi espalda chocaba contra la pared en la que él había estado apoyado hacía unos segundos.

Cuando me apretó contra la pared, pude notar lo duro que estaba en solo dos segundos. A los dos nos había puesto demasiado la situación, a mí con el poder que hubiese deseado tener cuando me hicieron daño; a él, viéndome ocupar su lugar...

La mente humana hace lo que quiere.

Me levantó en volandas y me sentó en la mesita contigua, donde no había nada. El ruido de los disparos fue sustituido por el de nuestras bocas comiéndose a besos y sus manos apretándome con fuerza contra él. Su boca bajó por mi cuello y su lengua me lamió consiguiendo que se me pusieran todos los pelos de punta.

Pero no quería perder el control. Quería sentirlo, quería recuperarlo.

Me bajé de la mesita y me giré quedando delante de él.

Me observó con la pregunta en sus ojos e hice otra cosa que me había hecho sentirme poderosa en su momento.

Mis manos fueron hasta su cinturón y se lo quité ante la mirada excitada y asombrada de Sebastian.

—Marfil...

—Calla —lo corté. Tiré el cinturón al suelo, le bajé los pantalones y me arrodillé delante de él.

Tuve su erección en mi cara en medio segundo.

Me alegró saber que desde aquella postura él no podía tocarme. No podía hacerme nada más que agarrarme la melena con las manos.

No iba a darle muchas vueltas a lo que eso significaba: sentirme aliviada al ver que no podía ponerme las manos encima y, por tanto, proseguí con lo que sí que quería hacer en ese momento.

Le bajé los calzoncillos y le cogí la erección con mi mano derecha mientras que con mi boca fui depositando besos alrededor, en sus oblicuos, en la parte baja de su estómago...

Miré hacia arriba con su miembro a escasos centímetros de mi boca y lo vi enloquecer.

Dos lametones en la punta fueron suficientes para que empezara a gemir.

Me lo metí en la boca con ganas y se lo chupé aprovechando toda esa energía que me había proporcionado imaginar matar a mi enemigo.

«Me has jodido a mí, pero no vas a joderlo a él», pensé.

Cuanto más lo oía gemir, más insistía yo. No me importaba que se estuviese descontrolando; mi boca era algo que él no había violado, era algo que solo le pertenecía a Sebastian.

Empujó mi cabeza con sus manos y succioné dándole placer.

—Marfil... —dijo con los ojos cerrados—. Me voy a correr.

Me detuve un segundo y esperé a que abriera los ojos y me mirara.

—Hazlo en mi boca.

Decirle eso terminó por hacerle perder el poco autocontrol que le quedaba.

Me la volvió a meter y el asunto pasó al siguiente nivel. No me importó que se volviera más rudo o que se hiciese cargo del movimiento. No me importó porque esa vez yo había dado mi consentimiento. Era mi decisión, yo quería que lo hiciera, y ese poder me llenó por dentro. El poder de decidir qué dejaba que hicieran con mi cuerpo. Por muy guarro que fuera, era mi decisión.

Cuando acabó lo noté relajarse contra la mesita, exhausto y débil. Débil por mí, por mis caricias... Me pasé la mano por los labios y dejé que me levantara por los brazos.

Me besó metiéndome la lengua hasta la garganta y después me apartó subiéndome a la mesa otra vez.

—Te toca a ti —dijo bajando sus manos hasta mis mallas, pero lo retuve con fuerza.

—No, Sebastian —repuse deteniéndolo—. No tienes que hacerme lo mismo.

—Quiero que te corras en mi boca y no voy a parar hasta que lo hagas.

Me excitaron sus palabras, pero no quería que lo hiciera.

Bajé de la mesita y me aparté hasta alcanzar la pared opuesta.

—No quiero que lo hagas, de verdad.

Sebastian se detuvo y volvió a evaluarme con la mirada. Sus ojos excitados volvieron a ponerse serios.

—¿Por qué lo has hecho?

Me encogí de hombros.

—Porque me apetecía.

—Eso está muy bien, quiero devolverte el favor —repitió acercándose a mí, pero volví a escabullirme.

—No hace falta, de verdad... Para —le exigí poniéndome seria—. No quiero que lo hagas, ¿vale?

Sebastian pareció dolido por un instante y sentí que el subidón se me venía abajo al instante.

Me acerqué a él y lo abracé.

—Tienes que decirme qué pasa...

—Solo dame tiempo, por favor.

Me pasó la mano por el pelo, pero finalmente asintió.

—Está bien.

—¿Volvemos a la clase? —pregunté con una sonrisa pequeña.

—Volvamos a la clase.

22

SEBASTIAN

Algo no estaba bien en Marfil y no solo por todas esas señales que me dejaban entrever lo dañada que estaba por la convivencia con ese hijo de puta, sino por cómo me la encontraba a veces mirando al saco de boxeo o la diana en la sala de tiro. Incluso cuando estábamos cenando, ella parecía estar en otro universo...

Algo no estaba bien.

Desde que me había hecho aquella mamada excepcional con la que me excitaba nada más recordarla, las cosas parecían haber cambiado un poco entre los dos. Ese resentimiento que ella parecía haber querido demostrarme a cada minuto había disminuido hasta finalmente desaparecer.

Pasábamos las mañanas entrenando en la sala del gimnasio y, si no era yo el que la buscaba, terminaba siendo ella la que se me tiraba a los brazos. Eso sí..., nunca llegábamos hasta el final.

No me dejaba desnudarla ni tocarla. Solo podía besarla y acariciarla de forma superficial y, cuando quería hablar del tema, ya la tenía quitándome la ropa y masturbándome con la mano o con sus

277

deliciosos labios. No es que me quejara, pero eso no era lo que quería de ella. Yo la quería a ella.

La tensión sexual que teníamos en aquel momento no era sana. Las ganas que nos movían a cada segundo no nacían de un sentimiento puro y verdadero, sino de la rabia convertida en otra cosa, y eso era lo que más miedo me daba. Yo a ella la quería, joder, estaba enamorado de esa chica.

En una ocasión la situación se me fue de las manos y terminé explotando, porque sí, joder. Porque soy un hombre, porque me daba miedo dejar que mis sospechas fueran ciertas y porque, maldita sea, la quería, la necesitaba.

Habíamos pasado toda la tarde encerrados en la sala de reuniones planificando la misión en que Marfil entraría haciéndose pasar por clienta y con una cámara oculta grabaría todo lo que sucedía allí cuando caía el sol cada noche.

Su misión era sencilla: descubrir si las sospechas de todos eran ciertas y averiguar si era en ese local donde se realizaba la compraventa de mujeres y niñas para su prostitución o para uso personal de hombres poderosos, ya fueran jeques árabes, empresarios, extranjeros... La lista era infinita.

—Puede que tengas que hacerte pasar... —empezó diciendo Ray—. Ya me entiendes...

Apreté los labios con fuerza cuando Marfil pareció no entender lo que le estaba diciendo.

—Por prostituta —aclaró Carol llevándose el cigarrillo a los labios y expulsando el humo sin importarle que a los demás nos molestara que llevase dos putas horas llenando aquel lugar con esa mierda—. Es muy probable que te encuentres en una situación donde tengas que representar ese papel...

Marfil se puso blanca, pero finalmente asintió con la cabeza.

—Nadie va a ponerte un puto dedo encima, Marfil —le aseguré lanzándoles a todos miradas de advertencia—. Si las cosas llegasen a ese extremo, una palabra tuya bastará para que todo se mande a la mierda y entremos para sacarte de allí...

—Claro, claro —dijo Carol dejando el cigarro en el cenicero—. Tú puedes abortar la misión siempre que creas que la situación te sobrepasa, pero echarlo todo a perder...

Di con el puño en la mesa para callarla y sobresalté a la mayoría.

—Cuando quieras, lo dices y entramos.

Marfil me lanzó una mirada de advertencia.

—No hará falta —repuso desviando su mirada a Carol—. Haré todo lo que esté en mi mano para conseguir lo que necesitamos, para meter a Marcus en la cárcel, os lo prometo. No os voy a decepcionar.

Que ella creyera que podía llegar a decepcionar a nadie, con todo lo que estaba haciendo ya, con lo que iba a hacer... Joder, acabó con la poca paciencia que me quedaba.

—¿Puedo hablar contigo un segundo? —le pregunté poniéndome de pie.

Marfil miró a Carol y luego a Ray, que asintieron encogiéndose de hombros.

Esa necesidad de pedirles permiso elevó mi cabreo a otro nivel.

—A solas —especifiqué dándoles a todos la espalda y saliendo hacia el pasillo, esperando que ella me siguiera.

Lo hizo y, cuando llegamos a la puerta de mi habitación, entré y esperé a que ella hiciera lo mismo antes de girarme y cerrar la puerta con llave.

—Sebastian...

Crucé la distancia que nos separaba y la besé con fuerza, atrayéndola hacia mi cuerpo. Quería metérmela dentro para poder protegerla. Quería borrar esos muros que nos tenían a ambos encerrados y salir pitando de aquel lugar.

Su respiración se aceleró cuando la tiré en la cama y me coloqué encima de ella sin dejarla hablar.

—Sebas...

—Nadie va a tocarte, Marfil —dije furioso arrancándole la camiseta de tirantes blanca y rompiéndola en el proceso—. Nadie va a ponerte un solo dedo encima y espero que te quede claro que, si algo sucede ahí dentro, yo seré el primero en echar la puerta abajo y cargarme a todo aquel que ose mirarme de mala manera.

Mis labios callaron lo que fuera a decirme y dejé que la adrenalina, el cabreo, todo lo que sentía se centrara en ella, por una maldita vez.

Al principio pareció que la cosa iba bien. Mi boca en su estómago, mi boca en sus hermosos pechos, mi boca entre sus muslos, subiendo y subiendo hasta llegar al centro de su ropa interior humedecida...

—Para —dijo cuando fui a arrancarle las bragas.

—¿Por qué? —dije alejándome de su entrepierna y regresando a su estómago.

Soltó un suspiro entrecortado cuando mis dientes le mordieron en el costado de su estómago. Su perfume me inundaba los sentidos. Sin ni siquiera tocarla sabía que estaba lista para mí...

¿Dónde había quedado la Marfil que me rogaba que la hiciera mía?

¿Dónde estaba esa chica?

—No puedo —dijo empujándome hacia atrás.

—¡¿Por qué?! —le grité lleno de frustración, lleno de rabia, no por ella, sino por mí, porque yo había dejado que eso ocurriera. Yo era el responsable de que ese cabrón la hubiese traumatizado hasta el punto de no querer que yo la tocara... Esa realidad, esa verdad que no era capaz de aceptar aún, que nadie era capaz de decir en voz alta y la cual me negaba a dejar que fuera cierta, era la misma que nos impedía seguir adelante. La misma por la cual Marfil ya no era la niña inocente de hacía meses ni la mujer extrovertida llena de vida que quería salir de fiesta y hacerse tatuajes.

Ella había cambiado.

La habían cambiado, en realidad.

Se puso de pie alejándose de mí y me sentí como una mierda.

—Lo siento —dije levantándome de la cama y fui a buscarla. No dejó que la tocara y fue hasta la puerta.

—Ábreme —me ordenó al ver que estaba cerrada y que yo tenía las llaves.

—Lo siento, elefante —dije acercándome a ella, pero me detuvo con un gesto de la mano.

—No me toques, Sebastian.

Me detuve en seco y la observé, dolido.

—O me aceptas como soy ahora... O lo que tenemos se acaba —me advirtió con los ojos húmedos de dolor.

—¿Aceptarte? —dije con incredulidad—. Yo te quiero Marfil, estoy enamorado de ti, no tengo que aceptarte. Solo quiero que me expliques qué pasa, qué me ocultas o qué es lo que planeas cada vez que tu mente se dispersa, cada vez que te vas de aquí y estás ausente durante horas.

Me miró unos instantes hasta que una sonrisa apareció en sus labios llenos.

—Planeo mi venganza.

Di un paso hacia ella.

—«Es inútil satisfacer la venganza con venganza; no curará nada.»

—No me cites a Tolkien; no cuando eres el primero al que le gustaría tener ahora mismo a Marcus delante de ti para poder meterle dos balas en la cabeza.

Tenía razón... Pero yo ya estaba condenado al infierno; ella, no.

—Tú eres mejor que eso.

Soltó una risa que no le llegó a los ojos.

—Ojalá lo fuera..., pero no lo soy.

—No voy a dejar que lo hagas, lo sabes ¿no?

Marfil se encogió de hombros.

—Que gane el mejor.

La atraje hacia mí y me dejó que la abrazara.

—Si ganar significa que al final salgas perdiendo..., ¿qué sentido tendrá la victoria?

—Todo lo que signifique acabar con Marcus tiene todo el sentido para mí.

—Me preocupa tu manera de pensar —dije en voz alta, a pesar de que en realidad era un pensamiento interno, para mí.

—Preocúpate de eso cuando tengas que hacerlo.

Y tanto que lo haría... Y sería más pronto que tarde.

23

MARFIL

La tarde siguiente, durante mi descanso, el poco que me daban ya que pasábamos el día planificando la misión o entrenando en el gimnasio, Suarez llamó a mi puerta para decirme que me esperaban en la sala de reuniones.

Por el tono de su voz, parecía algo serio. Dejé el libro que estaba leyendo y fui con él hasta llegar donde el resto del equipo me esperaban. Me sorprendió encontrarme a todos allí sentados, incluido Sebastian, aunque más me sorprendió ver a Raquel, mi psicóloga.

Lo primero que pensé fue que le había ocurrido algo a mi hermana o a alguno de mis amigos. Me recordó a esa situación que temíamos todos, cuando la directora del instituto te llamaba a su despacho y te decía que alguien de tu familia había muerto o que te habías quedado huérfana...

Mi corazón se aceleró nada más verla allí y me detuve junto a la puerta.

—Tenemos que hablar —dijo Raquel muy seria.

Pero seria modo «cabreo», más que seria modo «me das pena».

—¿Le ha pasado algo a mi hermana o a...?

—Tus seres queridos están bien —contestó Sebastian por ella y consiguió que le dedicara toda mi atención.

—Entonces, ¿qué es lo que va mal?

Carol, que presidía la mesa, cruzó las manos delante de ella y me miró con seriedad.

—Lo que pasa es que tu psicóloga nos ha dicho que llevas las dos semanas de terapia mintiendo compulsivamente, eso es lo que pasa.

Se me debió de notar en la cara que eso era lo último que esperaba que me dijesen...

—¿Cómo? —pregunté intentando ganar tiempo.

No era mala mentirosa, de hecho, era la mejor... El único que no se había creído nunca mis mentiras y que era capaz de leer en mi cara lo que el resto no podía era Sebastian, por lo que evité mirarlo con todas mis fuerzas.

—Lo que has oído, Marfil —dijo este obligándome a que lo mirara de reojo—. Has mentido, por lo que no se te considera estable para poder llevar a cabo la misión.

—¡¿Qué?! —exclamé elevando el tono de voz—. ¿De qué estáis hablando? ¡Yo no he mentido en nada!

—Llevo más de treinta años tratando a pacientes con estrés postraumático, sé cuándo un paciente no me está contando la verdad. Quería esperar a esta semana para hablarlo con Carol, quería terminar mi informe, pero cuando Sebastian me ha llamado hoy preocupado por ciertas actitudes tuyas...

Me giré para mirarlo.

—¡¿Sebastian, cuál es tu puñetero problema?! —le grité echando humo—. No podéis hacerle caso a él. Sebastian no quiere que trabaje con vosotros. No quiere que os ayude a detener a Marcus. Solo quiere...

—Protegerte, eso es lo que quiero —me interrumpió al tiempo que se ponía de pie—. Y no puedo hacerlo cuando creo que ha habido conductas tuyas que demuestran que no estás estable mentalmente...

—¡¿Estás diciendo que estoy loca?!

—Está diciendo que no has aceptado lo que te ha ocurrido en casa de Marcus, que no me has contado toda la verdad sobre tu estancia allí y que, por tanto, tu conducta no es fiable para una misión de esta envergadura —terminó Raquel por él, interrumpiéndolo cuando había empezado a hablar.

—¡Eso no es cierto!

Justo en ese instante alguien entro en la sala y, al fijarme en quién era, noté que el alma se me caía a los pies.

Era Wilson.

—He podido hablar con el agente Wilson sobre...

—¡¿Qué les has contado?! —le grité fuera de mí.

—Mis sospechas. Tú y yo sabemos qué pasó en aquella casa...

—¡Cállate!

Miré a Sebastian, que de repente parecía muy sorprendido de ver allí a Wilson y perplejo ante lo que su compañero y amigo estaba diciendo.

—¿Qué pasó en aquella casa, Wilson? —le preguntó prestándole su atención y tensando todos los músculos de su cuerpo.

—Eso es algo que Marfil deberá hablar con Raquel y que te contará a ti cuando ella crea que está preparada...

—Me pegaba, ¿vale? —dije cortando a Wilson e intentando que aquel tema intocable no saliese a la luz—. ¿Os creíais que mi vida allí había sido un cuento de hadas? ¡Pues no lo fue!

—Ya sabemos que te agredió físicamente, Marfil, pero hay algo que no estás contando. Hay algo que me ocultas y que, joder, ¡me está volviendo loco!

—Sebastian —lo interrumpió Raquel con voz calmada y sus gafas de pasta negra deslizándose por su nariz aguileña—. Marfil tiene todo el derecho del mundo de decidir qué cuenta, a quién y cuándo... Lo que no podemos permitir es que a mí, que soy quien la trata y quien tiene que presentar un informe de su salud mental y sus capacidades para afrontar una misión de tal envergadura, me mienta y no sea sincera sobre lo sucedido con Marcus Kozel.

Apreté los labios con fuerza... No quería echarme a llorar... Que todos estuviesen allí insinuando que estaba mal de la cabeza...

—Te he dicho toda la verdad —dije entre dientes.

—No, no lo has hecho —intervino entonces Carol poniéndose de pie—. Tienes esta semana para presentarme un informe sobre ella, Raquel —dijo cogiendo los papeles y apilándolos bajo su brazo—. Si consideras que podría ponerlo todo en riesgo, pensaremos algo nuevo...

—Carol, yo soy la única que...

—Las cosas no funcionan así, Marfil —me dijo con voz cansina—. Has estado jugando con nosotros y nos has hecho perder el tiempo. Si tu psicóloga me dice que no puedes hacerlo, no lo harás. Ya he puesto a demasiada gente en riesgo con esto, no voy a volver a cometer el mismo error. Todo el mundo que vuelva a su trabajo.

Suarez, Ray, Wilson y Sebastian se pusieron de pie, mientras que yo me quedé allí aguantando las ganas de llorar o de pegarle un puñetazo a quien osara decirme algo, no lo tenía claro.

—¿Te parece que hablemos tú y yo? —me preguntó entonces Raquel mirándome con aquella mirada calmada y simpática con la que llevaba tratándome dos semanas, dos semanas durante las que había creído que se la había jugado y quien me la había terminado jugando había sido ella.

—No tengo nada que hablar contigo —dije lanzándole una mirada furiosa y dándole la espalda.

Salí de la sala de reuniones y emprendí el camino hacia mi habitación.

—¡Marfil! —me gritó Sebastian a mis espaldas. Me alcanzó y se detuvo delante de mí para cortarme el paso.

Lo empujé con todas mis fuerzas.

—¡No me hables! —grité—. ¡Has vuelto a traicionarme, no quiero ni mirarte!

Me dejó pasar por su lado y no me siguió cuando me encerré en mi habitación dando un portazo.

Si contaba las veces que había dado portazos en las últimas semanas, se dejarían de hacer puertas, estaba segura.

No quería ver a nadie. No quería hablar con nadie.

Que me dejasen en paz.

—Empecemos desde el principio —dijo Raquel, sentada frente a mí en el pequeño sofá que había en la sala junto a la habitación de la colada. Ese era el espacio que nos habían dejado para hacer la «terapia». Era un lugar que aborrecía por razones obvias y también porque me quitaba tiempo, un tiempo muy valioso que podría estar aprovechando para entrenar.

—No sé qué quieres que te cuente que no te haya contado antes —dije sentada frente a ella como un indio mientras miraba por la ventana, que daba a un bloque de cemento.

—Entiendes que mi intención es ayudarte, ¿verdad? —me preguntó con voz amable—. Si aún quieres seguir con la misión, si aún pretendes marcar la diferencia, como me dijiste el otro día...

—¿Tengo que inventarme tragedias? —la interrumpí—. ¿Eso es lo que quieres de mí?

Raquel se colocó bien las gafas y suspiró.

—Solo quiero que me cuentes la verdad...

Respiré hondo y lo solté.

—Me violó —dije dotándole a mi voz un tono frío y distante—. ¿Eso es lo que quieres oír?

Raquel detuvo el bolígrafo sobre el cuaderno que tenía en el regazo y me observó atentamente. Fue como si me estuviese analizando con rayos X.

—¿Es eso lo que ocurrió de verdad, Marfil? —me preguntó muy tranquila.

Noté que las manos empezaban a temblarme y las escondí debajo de mis piernas. Un sudor frío creció en mi espalda y me removí un poco en el sofá.

Sabía que iba a analizar todos mis movimientos, por lo que tenía que tener mucho cuidado.

—No —contesté casi de inmediato—. Lo intentó, te lo expliqué. Intentó hacerlo, pero logré quitármelo de encima...

—Lo dejaste inconsciente...

—Lo hice, puedes preguntarle a Sebastian, te dirá que me enseñó cómo defenderme en caso de violación... ¡No dejé que lo hiciera! —Casi le grité y noté en mi interior las ganas de que aquellas palabras fueran ciertas.

—Muy bien... Deja que te pregunte otra cosa, entonces. —Continuó anotando algo en su libreta—. ¿Por qué no dejas que Sebastian te toque?

Me quedé callada.

Quieta, casi sin pestañear.

—¿Cómo...?

—Ha venido a hablar conmigo en más de una ocasión. Está preocupado por ti, Marfil...

—No quiero que me toque porque estoy enfadada con él, no le perdono que me dejara en manos de Marcus...

—¿Y tu forma de castigarlo es dándole placer?

Noté que me ruborizaba...

¿Qué le había contado exactamente Sebastian a Raquel? ¿Todo?

—No sé a dónde quieres llegar con estas preguntas...

Raquel dejó la libreta a un lado, se inclinó apoyando las manos en sus rodillas y me miró directamente a los ojos.

—Te violó, Marfil —dijo muy seria—. Te violó y necesito que lo aceptes y lo admitas en voz alta para poder empezar a ayudarte.

Noté que mi corazón se aceleraba enloquecido... Esas palabras dichas en voz alta, en boca de otra persona...

Me quedé quieta en el sofá, sin decir nada... hasta que finalmente exploté.

Fue como si dentro de mí por fin se abriese una puerta y por esa puerta se escapase toda el agua que me había mantenido ahogada durante tanto tiempo. Fue como si pudiese volver a respirar, como si me hubiesen sacado de las profundidades del océano...

Lloré y lloré, sin apenas poder abrir la boca.

Raquel se sentó a mi lado y dejó que me apoyara en su regazo, mientras lloraba sin poder parar. Sus manos me acariciaron el pelo todo el rato, hasta que en algún momento me quedé sin lágrimas, seca, como si me hubiesen quitado toda el agua que tenía acumulada dentro.

Me levanté y me pasé las manos por la cara. No quería ni mirarme en el espejo... Me avergonzaba admitir lo que había ocurrido, lo que había dejado que hiciera...

—Lo hice por mi hermana —admití después de que preparara un té caliente y esperara pacientemente a que me lo bebiera a sorbos pequeños—. Yo no quería, pero amenazó con hacerle daño, amenazó con...

—Lo sé —dijo Raquel asintiendo—. Y fuiste muy valiente por protegerla de esa forma, Marfil. Lo que ocurrió allí fue un delito muy grave que ese hombre terminará pagando.

Negué con la cabeza...

—Dejé que lo hiciera, no puse resistencia. Simplemente... yo... debería haberme negado, debería haber...

—¿De qué hubiese servido? —me preguntó entonces—. Hiciste lo que sabías que os mantendría a ti y a tu hermana a salvo. Eres una superviviente.

Tragué saliva y fijé la mirada en la taza casi vacía.

—Me quitó la virginidad...

Raquel pareció sorprendida cuando le dije aquello. Supuse que Sebastian no había llegado a contarle algo tan íntimo mío...

—Cariño... —dijo con voz maternal—. Ahora entiendo muchas cosas...

Dejé la taza sobre la mesita y me giré hacia ella.

—No puedes quitarme la oportunidad de acabar con él. No puedes y lo sabes.

Raquel miró sus notas y negó con la cabeza.

—Marfil... Entiendo tu deseo de venganza, pero...

—Me persigue por las noches, en mis sueños, cuando estoy con Sebastian. Cuando él me toca, lo veo a él. Veo cómo me hace daño... ¿Sabes lo único que me hace seguir adelante?

Esperó a que hablara.

—Saber que va a pasar el resto de su vida en la cárcel y que voy a ser yo quien lo meta ahí.

No iba a admitir que quería matarlo, me daba miedo que eso en vez de ayudarme consiguiese todo lo contrario...

—Estoy preocupada por la reacción que podrías tener si alguien intentara hacerte algo parecido. Quieren infiltrarte en un club nocturno, un club de sexo, niña. Tú no estás preparada para eso.

—Primero, no soy una niña. Segundo, ya he estado allí. No es un club de mala muerte, hay mucha gente corriente que va allí simplemente a pasárselo bien. Si me ocurre algo, podrán entrar sin problema, pero yo sé que puedo conseguir lo que ellos buscan. Sé que puedo...

—No lo sabes... —dijo levantándose del sofá y sentándose en su sillón—. Ahora mismo no puedo darte el visto bueno. Lo siento.

La miré muy seria.

—¿Qué tengo que hacer? Dime qué tengo que hacer para que me lo des.

Raquel suspiró, se levantó y fue hasta un cajón. Cogió un cuaderno y un bolígrafo y me lo tendió.

—Para empezar, quiero que escribas en estas páginas lo que ocurrió. Cómo fue, qué sentiste..., quiero que lo recuerdes todo y lo plasmes en el papel.

Eso era lo último que me esperaba que me dijese. ¿No se suponía que debía dejarlo atrás? ¿No ahogarme en el recuerdo?

Negué con la cabeza.

—Recordar lo que pasó solo va a perjudicarme ¿Por qué quieres que lo reviva todo?

—Porque muchas víctimas de violación creen que por hacer ver que no ha ocurrido nada superarán lo que pasó y eso nunca funciona como ellas piensan. Ahora lo entierras, pero cuando menos te lo esperes volverá a ti y te hará mucho más daño que si lo asimilas ahora, que está presente en tus recuerdos...

—No lo recuerdo —dije admitiendo la verdad—. Solo tengo las imágenes que me persiguen en sueños. Cuando ocurrió obligué a mi mente a irse de allí, no quería... no quería...

—Lo sé —terminó por mí—, y es por eso que apenas puedes dormir, por eso apenas tocas la comida... Te está afectando. Enterrarlo acabará contigo.

Miré el cuaderno y el boli.

—Yo... —Me temblaba el labio—. Me da miedo volver allí. Es como si hubiese sido otra persona la que estuvo en esa habitación...

—Fuiste tú la que estuvo en esa habitación. Lo que ocurrió te ocurrió a ti y tienes que aceptarlo para poder superarlo y seguir adelante. Además, Marfil, si lo escondes, si no lo recuerdas, no podrás presentar nada ante el tribunal cuando lo denuncies por lo que te hizo. Necesitas recordarlo y dejar constancia de ello...

—No puedo prometerte nada...

—Solo inténtalo... Demuéstrame que quieres afrontar esta situación. Demuéstrame que estás dispuesta a aceptarlo y yo te prometo que haré todo lo que esté en mi mano para que, en el caso de que puedas llevar a cabo la misión, estés mentalmente preparada para ello.

Asentí y me puse de pie, con el cuaderno en la mano.

—En cuanto a Sebastian... —empecé con miedo en la voz.

—Está en ti contarle la verdad o no... —dijo mirándome a los ojos—. No será fácil y ocultárselo no os hará ningún bien..., pero hazlo solo cuando estés lista. Tú marcas los tiempos.

Asentí en silencio y abrí la puerta con la intención de marcharme a mi habitación. Crucé el pasillo y, al levantar la vista del suelo, vi la figura de Sebastian apoyado contra mi puerta. Sentí que me ponía nerviosa y que otra vez la respiración se me descontrolaba sin que pudiera hacer nada para remediarlo.

Quería estar enfadada con él. Lo estaba, pero justo en ese momento...

Nuestras miradas se cruzaron y solo necesité una cosa.

Me abrió los brazos cuando llegué hasta él y me estrechó con fuerza contra su pecho duro y musculado. Cuando me abrazó me sentí a salvo, me sentí en casa. Era tan grande que me perdía entre su cuerpo y eso me encantaba.

—Sea lo que sea lo solucionaremos juntos, elefante —me dijo contra mi pelo.

No me quedaban más lágrimas, pero si las hubiese tenido, habría llorado toda la noche.

Por el contrario, dejé que me cuidara. Él no sabía por qué estaba mal, solo podía imaginar situaciones y no quería ni pensar en lo que su imaginación pudiese estar haciéndole pasar... Pero sabía que no creía que me hubiesen violado porque Wilson tenía órdenes de sacarme de allí si se daba esa situación, en cambio, él, por no hacer peligrar la misión, no lo había hecho.

No quería ni pensar en cómo podía llegar a reaccionar Sebastian si se enteraba de lo que había pasado en realidad. Es más, no pensaba decírselo nunca. No me importaba lo que dijese Raquel: Sebastian nunca sabría cuánto daño me había hecho Marcus Kozel.

Se quedó conmigo toda la noche. Dejó que descansara con la cabeza apoyada en su pecho mientras sus manos me acariciaban la espalda, el pelo, los brazos..., hasta que finalmente consiguió que me durmiera.

No tuve un sueño placentero. Por muy relajado que estuviese mi cuerpo, mi mente no paró en toda la noche y Sebastian estuvo ahí para presenciar mis pesadillas. Por suerte no era una persona que hablase en sueños, sino, por la mañana podría haberme enfrentado a una situación con la que no quería enfrentarme jamás. Pero sí que me vio removerme inquieta bajo las sábanas y despertarme en varias ocasiones muerta de miedo y con el sudor cubriendo mi piel enfebrecida.

—Tranquila —me susurraba al oído—. Estoy aquí contigo, estás a salvo...

Y esas palabras consiguieron que me volviese a dormir.

A la mañana siguiente me desperté sola en la cama. Al mirar el reloj vi que eran las doce de la mañana, no había dormido tanto desde hacía meses. Me estiré intentando que mis músculos se relajaran y me metí en el baño para darme una ducha rápida.

No sabía muy bien qué pasaría los siguientes días. ¿Sebastian seguiría entrenándome? ¿Se suspendería el entrenamiento hasta que Raquel diera el visto bueno...?

Sabía que tenía que ponerme a escribir lo que ella me había pedido, pero no me veía capaz... Me daba miedo ese cuaderno lleno de páginas blancas, páginas que debía llenar con mis peores pesadillas.

Dejé el cuaderno encima de la cama, me vestí con la ropa de deporte y salí de la habitación con la intención de encerrarme en el gimnasio.

Al llegar vi que Wilson estaba entrenando con el saco. Últimamente pasaba bastante tiempo aquí a pesar de que seguía trabajando para Marcus. Sin embargo, según nos había contado, Marcus no confiaba en casi nadie. Había reducido su custodia a sus dos hombres de siempre y al resto lo tenía patrullando la casa. Además, ya estaba preparando su regreso a Miami. Ese dato era muy importante, ya que significaba que había desistido en mi búsqueda en Nueva York o que, al menos, ya no pensaba seguir esperando a que apareciera por su puerta.

Saber que para la misión debíamos volver a aquella ciudad paradisiaca, con playas y palmeras, la misma que había sido mi jaula, me ponía muy nerviosa, pero si queríamos que me infiltrara en aquel club, no quedaban muchas otras opciones.

Cuando entré en el gimnasio y Wilson me vio, se detuvo un segundo y me miró con una expresión extraña en la cara.

La última vez que habíamos estado solos había sido en la cocina, cuando nos contó que Samara había muerto... Ese día le recriminé que no me hubiera sacado de casa de Marcus antes de que este me violara... y él me confesó que no lo había hecho por no poner en peligro toda la misión.

Una parte de mí lo entendía, pero otra... La parte dañada lo odiaría siempre por eso.

—Hola, Mar —me dijo con la culpabilidad reflejada en sus ojos claros. Al llamarme así me recordó a aquella vez, cuando por órdenes de Sebastian, le había tocado vigilarme en casa de mi padre. Habíamos pasado la tarde cabalgando por los campos de este... Nos reímos y pasamos un rato muy agradable.

Wilson siempre me había caído bien...

—Venía a entrenar, pero puedo volver luego.

—No, no —me interrumpió alejándose del saco y quitándose los guantes—. No te preocupes, yo ya había acabado...

—¿Seguro? —le pregunté. Estaba un poco incómoda por cómo me escrutaba con la mirada. No tenía el mejor aspecto, no después de haber llorado como una magdalena en el despacho de Raquel y después de haber tenido una noche movidita...

—Segurísimo —dijo con una sonrisa que no le llegó a los labios.

Asentí y me dirigí a las colchonetas para calentar un poco.

—Oye, Marfil... —me dijo, lo que me obligó a volverme hacia él. Su rostro había cambiado: Me sorprendió encontrármelo totalmente destrozado, la culpabilidad asomando de sus ojos claros—. Quería pedirte perdón.

Lo miré en silencio. Noté que algo dentro de mí se ablandaba poco a poco.

—Debí haberte sacado de allí. Debí haberte protegido, esa era mi función... Cuando supe lo que había ocurrido... Podría haberlo matado, podría haber acabado con él...

—Y nos habrían matado a los dos por eso... —dije acercándome a él—. Gracias por disculparte, pero... ahora entiendo por qué lo hiciste.

Él negó con la cabeza incapaz de mirarme directamente a los ojos.

—Se suponía que no te tocaría... Se suponía que no llegaría a hacerlo porque...

—Yo le dejé —admití en voz baja—. Sabes que al principio puse resistencia, pero cuando amenazó a mi familia...

—Tu familia estaba a salvo. A tu hermana nunca podría haberla tocado...

Esa información era nueva y me callé al oírle decir eso.

Me miró cuando vio que no hablaba.

—Tu padre también es un hombre poderoso... Tu hermana cuenta con la mejor vigilancia, nunca podría haberla tocado... No sin poner su tapadera en peligro.

Respiré hondo intentando asimilar lo que decía.

No me sentí mal. No fue como si me dijesen que lo que había ocurrido había sido por nada..., porque lo único que sentí fue alivio al saber que mi hermana estaba a salvo de verdad.

—Lo siento mucho, Marfil —repitió mirándome a los ojos. Vi en él la mirada de un hombre que se atormentaba por lo ocurrido, que se sentía culpable y todo mi enfado hacia él desapareció al instante.

—Intentemos dejarlo atrás, Wil —dije acercándome a él—. Pero acabemos con ellos, acabemos con esto...

Asintió y una pequeña sonrisa apareció en sus labios cuando le agarré la mano y se la estreché con fuerza.

—Eres más fuerte de lo que ellos creen —me dijo con admiración—. No dejes que te impidan hacer lo que solo tú puedes hacer.

Asentí y, cuando tiró de mí para abrazarme, sentí que mi cuerpo se liberaba de otro peso y que podía respirar mejor. La rabia que acumulaba en mi interior no podía convertirse en rabia hacia mis amigos, hacia mis compañeros.

Solo una persona se merecía eso por mi parte... Bueno, en realidad dos.

24

SEBASTIAN

La presión estaba siendo demasiado intensa y estaba calando en cada uno de nosotros. Desde arriba nos pedían respuestas, querían saber qué demonios íbamos a hacer. Mientras todos esperábamos a que Raquel se decidiera y nos dijese qué creía que sería lo menos peligroso tanto para Marfil como para la misión, Suarez, Ray y yo intentábamos crear un plan B, que hasta el momento no tenía ninguna pinta de salir bien.

No dejaba de pensar en lo que había ocurrido. Lo que le había sucedido a Samara me perseguía como algo que sabía que no sería capaz de superar en mi vida. Daban igual los días, los meses, los años que pasasen... Había muerto por mi culpa y no sabía cómo iba a seguir adelante después de eso, después de que todo acabara. Eso si acababa bien, claro está.

Marfil me tenía preocupado, muy preocupado. La había visto en varias ocasiones aferrada a un cuaderno que llenaba con quién sabe qué pensamientos y, cuando lo dejaba a un lado, parecía como si fuese a desmayarse.

Le había preguntado por él, pero me había dicho que simplemente estaba relatando los días que pasaban, como una especie de diario. Cuando acababa con él, se iba a la sala de tiro y practicaba durante horas.

Aquella noche había salido del despacho de Raquel con los ojos hinchados de tanto llorar, pero con un aire nuevo en la mirada. Desde entonces se encerraba continuamente en el gimnasio a entrenar con Ray, que había insistido en que quería explicarle algunas técnicas de *krav magá*. Ray era el mejor en cuanto a técnicas de defensa personal israelíes, por lo que dejé que su entrenamiento lo siguiera él y a veces me pasaba por el gimnasio para comprobar cómo avanzaban. El *krav magá* es una forma de combate cuerpo a cuerpo que sobre todo incluye métodos de defensa contra agresiones, ya sea con armas o sin ellas. Esa capacidad de defensa es la que nos interesaba que Marfil adquiriese, aunque con el escaso tiempo que teníamos poco podíamos hacer. Era lo que más temía, que no estuviese preparada... Una parte de mí deseaba con todas mis fuerzas que Raquel no nos diese el visto bueno y que Marfil tuviese que quedarse en Nueva York, lejos de ese tirano y todas sus armas de destrucción.

Pero mi instinto me decía que no iba a tener esa suerte.

Entré en el gimnasio y me quedé junto a la puerta. Observándola.

Nada en ella se parecía a la chica que había conocido meses atrás, Marfil se había convertido en toda una mujer que sabía perfectamente lo que quería y lo que no quería en su vida. En cierta forma me sentía orgulloso de ella y, aunque habría dado cualquier cosa por que no hubiese tenido que vivir lo que había vivido todos esos meses me alegraba ver que gracias a ello ahora era más fuerte, más decidida, menos impulsiva... Aunque era igual de cabezota.

Ray era duro con ella, mucho más de lo que yo me habría permitido serlo y eso que no era alguien que se tomase estos asuntos en broma. Ver cómo la tiraba al suelo una y otra vez, sin apenas dejarle que se tomara un descanso me estaba poniendo nervioso. Marfil se levantaba agotada y seguía peleando con las técnicas que él le había enseñado, pero era demasiado lenta. No tenía los reflejos suficientemente desarrollados para luchar con alguien como Ray. Sabía que él intentaba controlarse, medir sus fuerzas; de hecho, estaba seguro de que no estaba poniendo ni la mitad de su empeño en tirarla al suelo, y aun así Marfil pasaba más tiempo en la colchoneta que de pie. Estuve veinte minutos observándolos en silencio, sin intervenir, hasta que vi como en una de las llaves la fuerza de Ray dio con todas sus fuerzas en el pecho de Marfil, la tiró al suelo y la dejó sin aire.

—¡Eh! —grité separándome de la pared—. ¡Joder, Ray!

Este se apartó un segundo de ella y la miró desde arriba.

—Levántate —dijo sin ningún tipo de remordimiento en la voz—. Y tú... —añadió levantando la mirada y fijándola en mí.

Entonces todo sucedió muy rápido. Marfil lo golpeó en la pierna, giró sobre sí misma para tirarlo al suelo y, con sus manos en su cuello lo derribó, no sin esfuerzo, pero sí con un uso casi perfecto de la técnica.

—Nunca quites los ojos de tu adversario —dijo sonriendo de oreja a oreja.

Solté una carcajada y Ray hizo lo mismo. No daba crédito, ni yo tampoco.

Lo soltó y se dejó caer contra la colchoneta, a su lado.

Estaba exhausta y, cuando se llevó la mano al pecho, supe que el golpe anterior le había hecho daño.

Ray se puso de pie, aun con la sonrisa en la cara, y se alejó para coger la toalla y la botella de agua.

—Hemos terminado por hoy —dijo lanzándome una mirada significativa—. Mañana te dolerá todo el cuerpo. Date un baño de agua caliente y tómate un ibuprofeno. Lo estás haciendo muy bien.

Marfil se sentó sobre la colchoneta y asintió con una sonrisa de satisfacción que no le veía desde hacía muchísimo tiempo.

Cuando Ray salió del gimnasio, me acerqué a ella y le tendí la mano para ayudarla a levantarse.

La aceptó y la miré preocupado.

—¿Estás bien? —le pregunté ansioso.

—Sí, sí —dijo alejándose de mí y cogiendo la botella de agua—. Ray es...

—¿Duro?

—Y tanto —me contestó girándose hacia mí—. Casi prefiero que seas tú el que me enseñe.

Sonreí acercándome a ella.

—¿Cómo que casi? —dije rodeándole la cintura y atrayéndola hacia mí—. Creía que era tu profesor preferido.

Se puso de puntillas para darme un beso en los labios. La ayudé inclinándome hacia abajo y atrapé su labio inferior con mis dientes.

—Siempre serás mi preferido... Pero ahora he descubierto que tus clases, al lado de las de Ray, eran un cuento para niños...

—Puedo ser duro contigo si eso es lo que quieres —dije volviendo a besar su boca y empujándola hacia atrás hasta chocar contra la pared de cemento.

—No hará falta qu... —empecé a besar su cuello, lo que hizo que ella se interrumpiera y yo me impregnara del sabor a sal de su piel. Me daba igual que llevara dos horas entrenando, me había puesto como una moto verla derribar a Ray. Él la había subestimado al no prestarle toda su atención y ella le había dado una lección.

Sentí que su cuerpo se relajaba con mis besos y deseé con todas mis fuerzas hacer el amor con ella, llevármela a la cama y colmarla de atenciones y placer.

—Necesito un baño... —dijo cuando mis manos bajaron a su cintura y la atrajeron hacia mi cuerpo endurecido.

Sabía que esa era su manera de decirme que me detuviera y así lo hice.

—Puedo ayudarte, si quieres —solté mirándola a los ojos, esos ojos preciosos que tenía, esos ojos que a cada día que pasaba parecían recobrar poco a poco la luz perdida.

—Sería divertido —dijo dándome un beso en la mandíbula—, pero hay riesgo de que me quede dormida nada más meterme en el agua.

—Con más razón necesitas de mi presencia —repuse besándola

en la punta de la nariz—. Dios no quiera que te ahogues en una bañera.

Se rio y ese sonido fue música para mis oídos.

—Te propongo lo siguiente —dijo muy risueña—: mientras yo me baño, tú me haces algo bueno para comer. ¿Qué te parece?

Solté una carcajada.

—¿En qué me puede beneficiar eso a mí?

—Nunca viene mal seguir sumando puntos —contestó. Me dio dos palmaditas en el pecho y se alejó.

Sacudí la cabeza sin poder dejar de sonreír.

—¿Cómo consigues salirte siempre con la tuya?

Se encogió de hombros.

—Es un don.

La vi salir del gimnasio preguntándome si había algo de cierto en esa afirmación.

25

MARFIL

Esperé pacientemente a que todos entraran a la sala de juntas. El primero en llegar fue Suarez, el pobre estaba hasta arriba de trabajo rebuscando en los mapas de Miami el club de Marcus. De hecho, habíamos tenido que ir calle por calle, basándonos en mis recuerdos, hasta conseguir encontrar el edificio en donde se ocultaba el establecimiento. Habían sido horas en donde Suarez y yo habíamos compartido algo de nuestro tiempo. Me caía bien, era superlisto y me enseñó cosas de informática que me dejaron alucinada.

Habían llegado a la conclusión de que, aunque yo pudiese infiltrarme, harían una redada para sacar todo lo que pudieran. El problema era que el lugar era bastante impenetrable. De hecho, tendrían que entrar por un sótano que comunicaba con el edificio de al lado y, en cuanto lo hicieran, todos los allí presentes sabrían que el lugar estaba siendo asaltado por la policía. Eso daría tiempo a los encargados para borrar todos los archivos y eliminar las pruebas, si tenían un buen sistema de seguridad, cosa que Suarez ya había afirmado que tenían.

El mejor plan era que yo me infiltrara, que entrase y lo grabase todo. Ya me habían creado una tapadera: al meter mi huella dactilar, el sistema me reconocería como socia y, por tanto, tendría acceso a todas las salas sin restricción ninguna. Suarez había tardado cuatro días en insertar esa información en el sistema, por lo que si Raquel terminaba negándome la posibilidad de hacer mi trabajo... todo eso habría sido para nada.

De ahí mi ansiedad cuando finalmente entraron todos y Raquel tomó asiento en la silla que había frente a mí.

Se había tomado cinco días extra para terminar el informe y decidirse. Yo había hecho lo que me había pedido: había redactado en el cuaderno todo lo que me había pasado y la había visitado dos veces cada día para hablar de ello y trabajarlo.

No tenía ni la menor idea de las conclusiones que podía llegar a sacar de la terapia, pero solo rezaba para que el resultado de tanto esfuerzo fuera favorable. Con Sebastian lo había dejado correr... Sabía que él no quería que me infiltrara, lo había dicho bien claro y también sabía que se alegraría si finalmente Raquel no me daba el visto bueno. Aunque eso me molestaba, sabía que lo hacía porque se preocupaba por mí, porque temía que mi vida corriera peligro.

Yo tampoco hubiera estado muy contenta si hubiese tenido que ser él quien llevase a cabo la misión... todo hay que decirlo, y eso que él era un maldito máquina, no una cría que intentaba aprender *krav magá* y no daba pie con bola.

Se sentó a mi lado y supe sin ni siquiera mirarlo que estaba expectante y nervioso igual que yo.

—Después de pensarlo mucho... y, de verdad que he tenido en cuenta todos los factores, tanto psicológicos como físicos..., creo que no es buena idea que Marfil se infiltre...

A mi lado Sebastian soltó un hondo suspiro de alivio y se dejó caer contra el respaldo de la silla.

El resto de los asistentes se miraron entre ellos decepcionados mientras que yo me quedaba con la vista fija en Raquel sin podérmelo creer. Había hecho todo lo que ella me había pedido, podía hacerlo. ¿Por qué se empecinaba en joderlo todo? Sentí la rabia crecer en mi interior y entonces...

—No sería buena idea, pero clínicamente hablando puede hacerlo —continuó Raquel sin quitarme los ojos de encima.

Sentí como si la burbuja de rabia se pinchara y desapareciera.

—¿Lo dices en serio? —pregunté emocionada.

—Has dicho que no sería buena idea —la interrumpió Sebastian irguiéndose en la silla a mi lado, como si de repente lo hubiesen levantado con unos hilos invisibles.

—Y no lo es... No tiene experiencia suficiente, ha pasado por todo tipo de maltratos, se ha criado en un ambiente perjudicial y tóxico donde le han metido ideas erróneas en la cabeza... Pero nada de eso le impide hacer un buen trabajo en la misión que queréis llevar a cabo. Todos tenemos nuestros demonios y creo que Marfil va por buen camino a la hora de controlarlos y dominarlos.

¿De verdad iba por el buen camino?

No iba a cuestionar lo que decía ni tampoco su decisión. ¡Ya estaba dicho! ¡Podía hacerlo!

—¿Y cómo coño sabes que no se quedará en blanco, que no se paralizará cuando vea lo que ocurre ahí dentro? ¡Cómo demonios la dejas ir cuando te dije las pesadillas que tiene y que no la dejan ni dormir!

Me giré hacia Sebastian echando humo.

—¿Que tú qué?

Sebastian se levantó de la mesa arrastrando la silla y me miró desde arriba.

—¿Creías que iba a hacer como si nada? ¿Creías que no iba a decírselo? ¡Apenas duermes más de dos horas seguidas y te levantas llorando por la noche!

Se hizo el silencio y noté que todos me miraban cuestionándose lo que él estaba diciendo, lo que estaba insinuando: que yo no estaba preparada...

Sebastian fulminó con la mirada a Raquel y le soltó con veneno en la voz:

—Eres una incompetente de mierda y una irresponsable...

Nunca desde que nos habíamos conocido había visto a Sebastian faltarle el respeto a alguien de esa manera.

Fui a decirle algo, pero salió de la sala dando un portazo que hizo que temblasen hasta las paredes.

Tragué saliva y me giré hacia Raquel. Parecía un poco afectada por las palabras de Sebastian, pero intentaba hacer como si no hubiese ocurrido nada.

—Este es el informe —dijo tendiéndole la carpeta a Carol—. En él planteo las posibles consecuencias de que lo haga, así como la terapia que deberá seguir cuando todo esto acabe. He apuntado el número de unos colegas míos que podrán tratarte, Marfil, porque yo no voy a seguir haciéndolo...

Carol cogió el informe y empezó a ojearlo.

—Gracias por haberme ayudado —dije sin preguntarle por qué no quería tratarme. No me interesaba. No quería darle vueltas a eso, no ahora que sabía que tenía que hacer algo tan importante, no ahora que veía luz al final del túnel.

Raquel se levantó y me sonrió con calma.

—Cuídate. —Y se despidió de los demás con un gesto de la cabeza.

Salió de la sala y entonces todos nos miramos durante unos segundos.

—Habrá que ponerse en marcha ¿no?

Sonreí a Ray y asentí con la cabeza.

Que empezara la caza de brujas.

Al salir de la sala de reuniones, nos dirigimos a la cocina a buscar algo de comida. Había muchas cosas que planificar y tenían que explicarme asuntos básicos antes de poder proceder con la misión. Nada más salir, vimos que Sebastian esperaba fuera apoyado contra la pared.

Fui a acercarme para hablarle, pero me rodeó dejándome atrás e interceptó a Carol en la puerta.

—Me gustaría hablar contigo —dijo en un tono que no admitía réplicas.

Carol suspiró, pero le indicó que pasara.

Se encerraron y no salieron hasta que todos, Suarez, Ray, Wilson y yo terminamos de comernos unos bocadillos de jamón y queso con mucha mostaza. Al verlos acercarse, temí que Sebastian hubiese sido capaz de convencer a Carol para que no me dejara hacer el trabajo que ya se me había asignado, pero no fue el caso... Fue algo peor.

—Ha habido un cambio de planes —dijo Carol mirándonos a todos, con Sebastian a su lado, serio y sin quitarme los ojos de encima—. Después de hablar con Sebastian y teniendo en cuenta que esta es una misión en la que llevamos todos trabajando durante años, he decidido volver a colocarlo en su puesto anterior.

Ray se puso de pie para replicar, pero Carol lo calló con un gesto de la mano.

—No voy a discutir sobre el tema, no os voy a preguntar vuestra opinión y mucho menos me vais a retener aquí ni un minuto más. La decisión está tomada: Sebastian lidera el operativo y no hay más que hablar. Al fin y al cabo, es él quien lo empezó. Es justo que sea él quien lo termine.

Ninguno pudimos decir nada más y, aunque los chicos acabaron por aprobarlo, yo no lo acepté del todo.

Sabía que iba a aprovecharse de la ventaja de ser quien daría las órdenes a partir de ese momento. Sabía que iba a hacer las cosas siempre pensando en mi seguridad y no en la misión, ya lo había dejado claro. Para él yo era más importante que meter a todos esos imbéciles en la cárcel. Como me dijo el otro día en la habitación:

«No voy a perder a nadie más, con Samara he tenido suficiente por una vida entera».

Carol se despidió de forma seca y se marchó tras desaparecer en el ascensor. Sebastian se dirigió entonces a los demás.

—Nos marchamos en tres días a Miami —anunció apoyando las manos en la mesa y mirándonos a todos con la seriedad que lo caracterizaba—. En este operativo vamos a tener que colaborar entre departamentos que por naturaleza se han odiado toda la vida. No quiero fallos, no quiero a nadie cuestionando mis decisiones y mucho menos quiero a gente desobedeciendo lo que yo diga. —Eso último lo dijo mirándome solamente a mí—. Estos tres días haremos todo lo que podamos para formarte, Marfil. Quiero que sigas trabajando con Ray y también quiero que tú, Suarez, le expliques todo lo que hay que saber sobre ese edificio. Quiero que te sepas de memoria las puertas, las entradas, las salidas. Quiero que hasta memorices las ventanas que tiene cada habitación, ¿entendido?

Asentí en silencio.

—Muy bien. Entonces, manos a la obra.

26

SEBASTIAN

Convencer a Carol de que me devolviese mi antiguo puesto fue difícil, pero no imposible. No podía negar que yo tenía razón; además, me lo debía. Llevaba media vida infiltrado en una actividad que detestaba, media vida esperando acabar con la mierda de gente que lo único que hacía era cagarse en la sociedad y en las leyes. Había perdido a mi exmujer por esto, a mi mejor amiga. Carol no podía negarme nada después de eso. Sí, era arriesgado salir de aquí teniendo en cuenta que mi foto y mi nombre estaban en boca de todos, pero también lo era para Marfil.

La misión era arriesgada de cojones, pero siempre que tuviéramos a Wilson dentro, podríamos solucionar cualquier imprevisto.

Después de reunirme con Suarez, Ray y Carol aquella mañana, terminamos por definir cómo íbamos a proceder.

A Marfil se le había otorgado una identidad falsa con la que poder entrar. Contar con su huella dactilar en el sistema había sido crucial para llevar a cabo el operativo, pero no queríamos correr ningún riesgo. Cambiaríamos su aspecto todo lo que pudiéramos para no llamar la atención de Marcus o de los hombres que, seguramente bajo sus órdenes, la estarían buscando por todas partes.

No me extrañaría que él hubiese puesto seguridad adicional en todos sus clubs y en su casa. Habían secuestrado a su «novia» —solo de pensar en esa palabra refiriéndose a Marfil me entraban ganas de matarlo— en un lugar público y prácticamente delante de sus narices. Conociéndolo, se habría tomado aquello como un insulto a su inteligencia y por esa misma razón llevaba sin salir de su mansión desde que había regresado a Miami. Wilson había ido con él y, a pesar de que las conversaciones de todos sus trabajadores se grababan, Wilson tenía una línea adicional que solo podía utilizar en casos extremos o cuando tuviese información importante que pudiera beneficiar al operativo.

Suarez llevaba haciendo investigaciones sobre el club Noctumb, así se llamaba, desde que Marfil lo había podido identificar con las imágenes que teníamos del satélite. Desde entonces, el FBI había estado siguiendo y apuntando cada persona que se presentaba allí. Habían sido muy listos porque, al tratarse de una entrada subterránea, nadie podía verles la cara. Pero gracias a las imágenes de los coches y, sabiendo las matrículas, habíamos podido crear una lista de clientes que, de ser cierto lo que ocurría detrás de aquellas paredes, caerían después de nuestra operación. Había políticos, actores famosos e incluso cantantes reconocidos mundialmente.

Cabía la posibilidad de que el club se presentase como un simple club de sexo, exclusivo para gente poderosa, de esos había muchísimos en Estados Unidos. Pero si allí dentro se llevaba a cabo la compraventa de mujeres, rodarían muchas cabezas. Y estábamos dispuestos a que la de Marcus Kozel fuese la primera de ellas.

Un elemento clave había sido una mujer llamada Clara que había contactado con la policía hacía dos años y medio denunciando este lugar como antro de prostitución. El caso había quedado sepultado en nada, seguramente por policías sobornados por Kozel, y la tal Clara no había vuelto a abrir la boca. Suarez había conseguido su declaración y podido localizarla en el barrio de Little Havana, un barrio nada seguro de Miami, y la convencimos para hablar con ella. No había sido nada fácil cuadrar la entrevista, pero había aceptado reunirse con nosotros solo para hablar, nada oficial.

Al menos era algo: si Clara había vivido desde dentro lo que ocurría en ese club, su declaración, cualquier cosa que pudiera contarnos, sería crucial para llevar a cabo el operativo con éxito.

Eran casi las tres de la mañana cuando salí del despacho para meterme en la cama. Al día siguiente nos íbamos a Florida en un avión privado del gobierno y, si todo salía según lo planeado, esta pesadilla habría terminado más pronto que tarde.

Cuando pasé por el gimnasio vi que la luz estaba encendida y al asomarme me encontré a Marfil dormida en una de las colchonetas. Me había peleado con ella la noche anterior porque estaba machacándose demasiado, sin apenas descansar, sin apenas tomarse un respiro. No podía llegar al día D reventada, pero como también le costaba dormirse, evitaba la hora de irse a la cama con todas sus fuerzas, tanto que al final se quedaba dormida por las esquinas.

Fui hasta donde estaba y me incliné un segundo para contemplarla. ¿Qué haría si algo le ocurría?

Saber que tenía que entrar a ese lugar me torturaba como nada me había torturado en toda mi vida. Someterla a un peligro semejante me creaba un nudo en el estómago que tampoco me permitía tragar más de dos bocados. Era horrible saber que ella era lo único que tenía, una de las pocas cosas que le daba sentido a mi vida.

Perderla no era una opción.

Perderla nunca sería una opción.

A pesar de haber jurado un deber con mi país, a pesar de haberle prometido a Carol que no haría ninguna locura, si Marfil se ponía en peligro, si algo me sonaba mínimamente sospechoso, si algo no me olía bien…, entraría a buscarla. No me importaban las consecuencias.

Lo que sentía por ella había llegado hasta tal punto que no me importaba perder mi trabajo. No me importaba en absoluto.

No pensaba dejar que Marfil muriera a manos de los hombres de Kozel.

Y eso lo juraba por lo más sagrado.

La levanté en brazos y la llevé hasta mi dormitorio. La observé dormir durante horas hasta que finalmente yo también caí rendido.

Sentir su cabeza en mi pecho y saber que justo en ese instante nada malo podía pasarle fue lo único que me permitió conciliar el sueño.

27

MARFIL

Nos llevaron al aeropuerto en coches blindados. Estábamos en el punto de mira y nadie quería correr ningún riesgo. Nos habían dado un piso franco en Miami centro y disponíamos de dos días para tener listo el operativo. Suarez me había explicado cómo funcionaría la cámara que habían colocado en unas gafas de pasta negra que debía llevar todo el rato. La cámara grabaría en tiempo real y se enviaría a los ordenadores del FBI al instante. Era alta tecnología y me insistieron mucho en que por nada del mundo debía permitir que alguien las tocara o me las quitara.

Estaban planeando todo para llevar a cabo el operativo el viernes, aunque la cosa estaba en el aire hasta que no entrevistaran a esa chica, Clara.

Tenían fe en que ella les diera algunas pistas, que su declaración les sirviera para disminuir el riesgo y aumentar la viabilidad de la operación.

Subimos todos al avión y mi ansiedad aumentó y se adueñó de mi mente. No solo tenía miedo a volar, sino que, joder, mucha gente dependía de mí. La vida de muchas mujeres dependía de si yo metía la pata o no. Debía hacerlo bien y no había nada que desease más en el mundo.

Sin darme cuenta, me había convertido en la figura que siempre había querido ser. Siempre había reivindicado los derechos de las mujeres. Siempre me había declarado feminista y había ido a las manifestaciones de la universidad. Siempre me habían importado las personas desfavorecidas, ayudar al prójimo, dar y no solo recibir... Y nunca había llegado a sentir que hacía lo suficiente, siempre me parecía poco. Durante toda mi vida, por lo menos a nivel material, siempre había tenido mucho y me parecía injusto que yo tuviera tanto y otros, tan poco. Pero ahora, por fin, tenía la oportunidad de marcar la diferencia, de ayudar a personas que sabía, por experiencia propia, que estaban pasando por un infierno.

Solo de imaginar las condiciones en las que seguramente estaban, solo de ponerme en su piel, me estremecía de terror. ¿Cómo era posible que se tratara a las personas como si fuesen objetos? ¿Cómo podía el ser humano obligar a alguien a prostituirse? ¿Cómo podían vender niños y niñas para algo tan depravado?

Me estremecí por aquellos pensamientos y Sebastian a mi lado me dio un ligero apretón en la mano. Se había sentado conmigo sin ni siquiera haber tenido que pedírselo.

Era alucinante el cambio que habíamos sufrido los dos.

Lejos quedaban los días en que mis únicas preocupaciones eran la facultad o conseguir que aquel hombre maravilloso se fijara en mí. Haber conocido la realidad del mundo, su crueldad, me había abierto los ojos. Me había hecho madurar. Me había hecho comprender que la vida es muy corta y que con simplemente apretar un gatillo todo podía irse a la mierda.

Miré a Sebastian, que desde que se me había permitido formar parte de la misión, estaba completamente diferente: estresado, ansioso, serio y muy irascible.

Lo quería por preocuparse tanto por mí y daba gracias a Dios por saber que él estaría dentro de la furgoneta que lideraría el operativo. No podría haber llevado a cabo mi trabajo si supiese que él también se estaba poniendo en peligro. No lo soportaría. Y por esa misma razón le estaba dando un poco de tregua. No le resultaba fácil dejarme entrar en aquel antro sabiendo que las cosas podían terminar muy mal.

Me pasó la mano por los hombros y me atrajo hacia él para besarme en los labios.

—No has dormido nada, elefante. Aprovecha el vuelo para descansar...

Lo miré sonriendo.

—¿Esta vez vas a dejar que me acueste sobre tu regazo?

Sonrió como respuesta, recordando aquella vez que había tenido que insistirle mucho para que me dejara descansar sobre sus piernas.

—¿Acaso me he negado alguna vez? —contestó levantando el apoyabrazos.

—¿Con caricias en el pelo incluidas?

—Con lo que tú me pidas, preciosa.

Sentí que mi corazón se hinchaba cuando me llamó por aquel

apelativo cariñoso. Siempre me habían dicho todo tipo de cumplidos y aquella fue la primera vez que alguien me lo dijo con verdadero cariño. Aquella fue la primera vez que sentí algo al escuchar esa palabra.

Me recosté en su regazo y empezó a acariciarme el pelo.

Al día siguiente iba a cortármelo y a teñírmelo y, aunque no estaba muy contenta, no podía poner pegas. Ahora tenía que acatar órdenes.

Mañana Marfil Cortés se convertiría en una agente infiltrada del FBI y me sentía poderosa por ello, poderosa como nunca en toda mi vida.

El piso franco estaba ubicado junto a la playa. No era nada del otro mundo, pero sí lo bastante grande para que pudiéramos trabajar cómodos. Además, estaba apartado de la ciudad, lejos de cualquier otra casa o edificio, lo que nos daba cierta tranquilidad.

Al llegar nos dividimos en las tres habitaciones disponibles y, tras cenar unas hamburguesas de McDonald's que Suarez se encargó de comprar para todos, nos fuimos directos a la cama. Al día siguiente nos reuniríamos con Clara y tenía muchas ganas de escuchar lo que tenía que decir.

Habíamos quedado con ella en una pequeña plaza cerca del piso. Era una plaza tranquila, con vistas al mar, unos cuantos bancos y un césped bien cuidado.

Estaba ansiosa por escuchar su historia, pero sobre todo quería saber si estaba bien, si alguien la había amenazado para retirar sus acusaciones.

Sebastian estaba acostado a mi lado y sabía por el ritmo de su respiración que no estaba dormido ni por asomo. Los dos sabíamos lo que se acercaba y a los dos nos estaba costando lo nuestro asimilarlo. Me pegué a su cuerpo y automáticamente me pasó el brazo por encima para atraerme hacia él. No sabíamos si volveríamos a estar así muchas veces más, por lo que lo mejor era aprovechar hasta el último minuto.

A la mañana siguiente, una chica del FBI apareció por el piso acompañada de un agente vestido de chaqueta y corbata. Se presentaron como la agente García y el agente Walker. Me dieron mala espina nada más mirarlos y, aunque Sebastian los recibió con buena cara, lo conocía lo suficiente como para saber que odiaba tenerlos por encima controlando lo que hacíamos.

El hombre se reunió con él en el salón para detallarle cómo íbamos a proceder y explicarle todo el operativo, y la mujer se me acercó con un maletín negro y cara de pocos amigos.

—¿Tú eres Marfil? —me preguntó con voz cansina, como si quisiese quitarse de encima el tener que tratar conmigo.

Asentí dejando la taza caliente sobre la mesa de la cocina.

—Dime dónde está el cuarto de baño, cuanto antes empecemos antes acabaremos.

Al principio no entendí a qué se refería, pero cuando abrió el maletín y sacó unas tijeras y un bote de tinte...

«Joder.»

—He traído varios colores —dijo después de que nos encerráramos en el baño y yo me sentara frente al espejo, y ella se colocaba detrás—. Aunque yo te recomiendo ir a por lo opuesto —añadió enseñándome la caja de tinte rubio platino.

Me miré en el espejo... Siempre había sido morena y el pelo casi me llegaba al culo.

—¿Vas a cortarlo también?

—Si no lo hago, estaría aquí dos horas para teñir esa melena que tienes. Además, cuanto más cambiada estés, mejor para todos. Lo último que queremos es que te reconozcan.

Qué fácil era decirlo cuando no se trataba de tu pelo.

Asentí y dejé que procediera. Casi lloro cuando dio el primer tijeretazo. No recordaba la última vez que había llevado el pelo tan corto... Creo que tenía diez años.

—No pongas esa cara, ahora se lleva el pelo corto.

La fulminé con la mirada y giré la cabeza de un lado a otro intentando hacerme a la idea del nuevo corte.

Me lo había cortado un poco por debajo de los hombros. Miré el montón de pelo negro sobre la encimera y casi me pongo a llorar.

¡Madre mía, estaba rarísima!

—Ahora viene lo difícil... —dijo sacando varios botes de decolorante del maletín—. Llegar a un rubio con tu pelo negro nos va a llevar horas —se quejó a la vez que empezaba a mezclar los potingues en un cacharro.

Estuvimos como dos horas allí metidas. Casi me asfixio con los olores que desprendían aquellos productos y me asusté cuando, en medio del proceso, el pelo se me quedó como de un color verdoso rarísimo.

—Espera, que ahora te tengo que matizar... creo —dijo y la fulminé con la mirada.

—¿Sabes lo que haces?

—¡Claro! Ayer estuve toda la noche viendo cómo se hacía.

No la maté porque me metería en problemas.

Al final, después de lavármelo y secármelo, me giré hacia el espejo, y se me abrieron los ojos como platos al ver el resultado. Sentí una sensación muy rara en el corazón...

—Soy igual que mi madre...

Lola, así se llamaba, asintió sin ni siquiera mirarme y empezó a recoger las cosas.

—La verdad es que he hecho un buen trabajo, no te queda nada mal... Aunque con esa cara, cualquiera... —dijo en un tono mezclado entre admiración y envidia.

Pasé de ella y me puse de pie. Tenía casi el mismo color rubio que había tenido mi madre y mi cara... Joder, era un maldito calco de las fotografías que guardaba con mucho cuidado entre mis cosas.

Lola salió del baño y entonces Sebastian vino a ver qué tal había quedado. Él me había dejado entrever que solo sería un cambio temporal, que no me agobiara, pero había visto que le hacía tan poca gracia como a mí que me tiñeran y cortaran el pelo. Sus ojos se encontraron con los míos en el espejo y no vi decepción cuando me vio, sino algo muy distinto.

—Estás...

—Igual que mi madre —terminé por él.

Me cogió por la cintura y me atrajo hacia él.

—Yo te adoro tal y como tú eres al natural, elefante, pero estás guapísima.

El color rubio suavizaba mis rasgos y me hacía parecer más pequeña, pero no me quedaba nada mal... Sentí que mis ojos se me humedecían y Sebastian me hizo girar para mirarme directamente a la cara.

—¿No te gusta?

Negué con la cabeza.

—Solo pienso en ella... En lo que le hicieron, en cómo me hubiese gustado conocerla...

—¿La recuerdas?

Negué con la cabeza con pesar.

—Solo sé que me cantaba antes de irme a dormir. Ni siquiera sé si es un recuerdo inventado, pero a veces, cuando solo tengo de ella el recuerdo de su muerte, hago un esfuerzo por oírla cantar en mi cabeza... Cuando lo consigo es como si viniera a visitarme, ¿sabes?

Sebastian asintió en silencio y me abrazó.

—Tienes que irte... Clara llegará dentro de veinte minutos —Asentí en silencio y salimos del baño.

Sebastian no iba a venir con nosotros, de hecho, seríamos Ray y yo quien entrevistáramos a Clara. Querían que fuera yo porque pensaban que se sentiría más relajada si iba una mujer, una mujer que podía entenderla más de lo que ella imaginaba.

A Sebastian no le hacía mucha gracia, pero sabía que tenía toda la lógica del mundo que fuera con Ray, por lo que él se quedó en casa aguardando a que llegáramos y ultimando detalles con Suarez.

Cuando Ray y yo llegamos al parque, nos sentamos en uno de los bancos con vistas al mar y al sol, que dentro de poco se pondría en el horizonte.

—Estás muy guapa con ese nuevo look —me dijo evaluándome como si fuera un cuadro en un museo—. El objetivo del cambio era no llamar la atención, ¿verdad?

Asentí.

—Han hecho un trabajo excelente —dijo desprendiendo ironía con cada una de sus palabras.

Le pegué un puñetazo en el hombro y me reí.

—Nunca te lo había preguntado... —dije girándome hacia él y poniendo una pierna a cada lado del banco—. ¿Por qué te metiste en esto?

—¿Por querer hacer el bien? ¿Por acabar con los malos? ¿No es eso con lo que soñamos todos los niños de pequeños?

Le devolví la mirada aguardando a que continuara. Sabía que no había sido simplemente por eso...

Ray soltó un hondo suspiró y miró al mar.

—No es una historia bonita...

—Casi ninguna lo es —contesté prestándole atención y preguntándome qué podría haberle pasado.

—Después no me digas que no te advertí —dijo pasándose la mano por la barba incipiente y respirando profundamente—. Hace treinta años, dos meses y cuatro días yo estaba de luna de miel en Arabia Saudí con mi preciosa mujer. Se llamaba Jessica y era tan bonita como tú —dijo sonriendo con nostalgia—. Había sido mi vecina de toda la vida y siempre había sentido algo por ella. Yo de pequeño no era como ahora, era un niño regordete y bastante feo... Pero con los años cambié y ella se fijó en mí.

Sonreí. Estaba segura de que Jessica no se había fijado en él simplemente por eso, pero dejé que continuara sin interrumpirlo.

—No sabes lo que sentí cuando aceptó tener una cita conmigo. Joder, qué nervioso estaba y, cuando yo estoy nervioso, me comporto como un capullo. La hice llorar durante la cena, en vez de decirle lo guapa que estaba, lo increíblemente hermosa que era y lo mucho que me gustaba, me metí con ella y su estúpido perrito Nacu.

—¿Nacu?

—Ni me lo preguntes —dijo exasperado y yo solté una carcajada.

—¿Y qué pasó?

—Pues que tardé un mes entero en conseguir que aceptara mis disculpas. Le compré hasta un juguete de esos que chirrían para su perro y a ella la llevé a montar a caballo por el campo. Desde aquel día, cuando comprendí que siendo yo mismo sería como la enamoraría, nos hicimos inseparables y al año siguiente le pedí que se casara conmigo.

—Obviamente dijo que sí —dije yo con una sonrisa.

—Obviamente —contestó él—. A Jessica siempre le había llamado la atención la cultura árabe. Quería recorrer Riad, ir a La Meca, subirse a un camello... Lo hicimos todo. Estuvimos dos semanas y nos quedaban tres días para volver cuando me insistió en ir a Yeda, la segunda ciudad más grande de Arabia. Tiene el casco antiguo más bonito del Golfo, o eso me dijo ella, porque nunca llegamos a visitarla.

Sentí que mi cuerpo se tensaba y que se aceleraba el corazón con temor a lo que me fuera a contar.

—De camino a Yeda, nos detuvimos en un bar de carretera. Teníamos hambre, llevaba conduciendo más de una hora y me apeteció detenernos a descansar un rato. El lugar no era nada del otro mundo. Cuando entramos nos miraron un poco mal, son culturas diferentes y Jessica llamaba mucho la atención: tenía el pelo rubio, ojos azules... Esa fue una de las razones por las que no me hacía mucha gracia visitar Arabia, no es un país seguro para las mujeres, pero ella insistió tanto...

»Nos sentamos en la barra a tomar una cerveza, sin alcohol, para mi disgusto, pero algo es algo, me dije en aquel momento. Si te soy sincero, ya estaba deseando regresar a casa. Me había gustado ver una cultura tan distinta, pero no la compartía y había muchas cosas que me sacaban de quicio. Recuerdo que discutimos por algo, no sé exactamente por qué fue, solo sé que era una tontería y Jessica se levantó de la barra y me dijo que iba al cuarto de baño. La esperé sentado mientras nos traían la comida. Era una sopa que estaba bastante buena y ya casi no me quedaba nada en el cuenco cuando empecé a preguntarme por qué tardaba tanto. Cuando me levanté y me acerqué al baño supe que algo había pasado. Llámalo instinto, o como quieras, pero llamé a la puerta y nadie respondió. Conseguí abrirla de una patada y comprobé que dentro del lavabo de señoras había una puerta que comunicaba con el exterior que estaba abierta.

Sentí que el miedo se adueñaba de mi cuerpo. Fue como si yo hubiese estado ahí con él cuando ocurrió.

—Jessica no estaba... —dijo finalmente, tras unos segundos de silencio—. Se la llevaron.

—Pero...

—Hice todo por encontrarla, fue como si se hubiese evaporado en el aire. Moví cielo y tierra para buscarla. Fui a la embajada, me quedé un año y medio en Arabia movilizando todo cuanto pude, hasta el presidente Reagan envió hombres a buscarla, fue noticia en todas partes. «Mujer americana secuestrada en Arabia durante su luna de miel» fueron los titulares. Entonces descubrí lo que era el mundo en realidad, la mierda que esconde y lo malvado que puede ser el ser humano. Durante mis años de búsqueda vi cosas que ni me atrevería a contarte y, aunque hoy sigo esperando que algún día Jessica aparezca por mi puerta, me juré a mí mismo que lucharía contra ese tipo de hombres, que ayudaría a mujeres secuestradas, a niñas vendidas, que marcaría la diferencia. Porque eso es lo que me hubiese gustado que pasara con Jessica.

Me limpié las lágrimas de los ojos y le cogí la mano con fuerza.

—Lo siento tanto...

Ray bajó la cabeza hasta nuestras manos unidas y me sonrió con tristeza.

—Te dije que no era una historia bonita...

No sabía qué decir. No podía imaginar lo que podía llegar a

sentirse cuando te arrebataban a la mujer de tu vida delante de tus narices. Habían estado a tres días de volver a casa..., a reencontrarse con su perro Nacu, a empezar una vida juntos y alguien había sido tan malvado como para robarles eso, como para robarles una vida entera.

Los odié. Odié a cualquiera capaz de hacer algo así, de engañar, de aprovecharse... Les deseé la muerte a todos...

—¿No has vuelto a saber nada?

Ray se movió un poco para sacar su cartera del bolsillo de sus vaqueros.

—Esta foto es lo último que supe de ella... Es de hace veinte años... —dijo desdoblando un trozo de fotografía que parecía haber sido doblado y desdoblado cientos de veces. En ella se veía una mujer muy blanca, con la cabeza cubierta por un hiyab, pero sus ojos azules destacaban innegablemente en un paisaje seco y desértico. Era hermosa..., tal y como Ray la había descrito, y sonreía a unos niños que llevaba de la mano...

—Ni siquiera sé en qué parte de Arabia fue tomada... Le llegó a la policía de forma anónima. Me digo a mí mismo todos los días que a lo mejor ese era su cometido, ayudar a las mujeres oprimidas, cuidar de sus hijos, hacer un cambio desde dentro... Me digo todas las noches que ella es feliz, que a pesar de habernos separado, que a pesar de que me la han arrebatado, ese era su destino...

No quise llevarle la contraria, no quise decirle que eso era injusto, que ella era quien debía elegir su destino, que no era justo que se lo hubiesen arrebatado. Pero vi en Ray a un hombre destrozado por la pena, a un hombre con un objetivo claro: acabar con las redes más grandes de prostitución del país y, aunque no me lo dijera, estaba segura de que él, en su fuero interno, esperaba encontrar a Jessica algún día de estos, que a su manera seguía removiendo cielo y tierra para hacerlo...

—Disculpad... —dijo una voz a nuestra espalda.

Al girarnos, nos encontramos con una mujer de unos treinta años, de rasgos latinos que nos devolvía la mirada nerviosa a la vez que apretujaba su bolso entre sus manos.

—Soy Clara... y no tengo mucho tiempo.

28

MARFIL

Si os digo que parecía aterrorizada me quedo corta. Ray guardó rápidamente la foto en su cartera y se levantó para que Clara se sentara a mi lado en el banco de piedra.

—Hola, Clara. Este es Ray y yo soy Marfil —le dije con una sonrisa amable—. Hemos venido porque queremos preguntarte sobre la declaración que hiciste contra el club Noctumb hace dos años...

—Según me habían dicho esas declaraciones habían sido destruidas...

—Tenemos al mejor informático. Las tenían bien guardadas, pero no las destruyeron —le aclaré poniéndome más y más nerviosa al verla tan tensa, tan asustada—. ¿Podrías contarme qué te pasó, qué fue lo que declaraste?

—Me dijeron que, si volvía a sacar este tema a la luz, me matarían...

—Nadie va a tocarte un solo pelo de la cabeza, Clara. Esto es extraoficial. Solo necesitamos saber todo lo que puedas contarnos de ese club —dijo Ray mirándola muy serio.

Clara se miró las manos un segundo y luego levantó la mirada para hablarme directamente a mí.

—Yo trabajaba como bailarina de estriptis —dijo en voz muy baja—. No podía conseguir ningún otro empleo porque... —miró a Ray dudando—. Bueno, porque estaba aquí ilegalmente.

Asentí para alentarle a que siguiera.

—Cuando me propusieron trabajar en ese club, me puse muy contenta. Es un lugar que frecuentan hombres importantes. Las propinas eran astronómicas, a veces hasta conseguía doblar mi sueldo si hacía horas extras. Cuando llevas mucho tiempo trabajando allí, empiezan a ser más descuidados en algunos aspectos y, sin saber cómo, te ves envuelta en cosas que no entiendes, pero que te dejan mucho dinero. Pasé de bailar en la barra a encargarme de unas chicas que venían cada miércoles. Yo tenía que asegurarme de que estuviesen presentables, las ayudaba a maquillarse, a vestirse...

Ray sacó un cigarrillo del bolsillo y lo encendió. La escuchaba con atención, igual que yo.

—Al principio no me di cuenta de qué se trataba hasta que una noche me encargaron que duchara y vistiera a una niña de trece años. Cuando la vi... Estaba totalmente drogada, apenas podía tenerse en pie. La ropa que me dieron para que se le pusiera...

Un escalofrío me recorrió todo el cuerpo, pero dejé que continuara.

—Intenté hablar con ella, pero no entendía mi idioma... Le hablé en español y en inglés, pero creo que era polaca o de otro país del Este. Era una niña preciosa, rubia y de grandes ojos celestes —siguió diciendo Clara—. Como apenas se sostenía en pie, me dijeron que fuese yo la que la acompañase a las salas de abajo, al sótano, donde nunca nos dejaban entrar a las demás empleadas. Yo pensaba que allí abajo tenían montado un prostíbulo, tampoco me extrañaba teniendo en cuenta las prestaciones de aquel lugar... Al llegar al sótano yo me sentí más y más culpable, ¡era una niña! Yo no me meto en cómo se gana la vida la gente. Hay mujeres que se prostituyen para poder darles de comer a sus hijos, pero ¡una niña! Eso no pintaba nada bien.

—¿Qué hiciste? ¿Qué viste que hacían allí abajo?

Clara se calló unos segundos...

—Podrían matarme por esto...

—Estás a salvo —repetí para que estuviese tranquila.

—Todo era muy raro. Eran salas con vitrinas, como si se tratase de una especie de supermercado de lujo. Delante de las vitrinas había sillones de terciopelo y una barra con dos camareras que servían champán y aperitivos. Había mucha seguridad, mirara donde mirase había guardaespaldas por todos lados. Las luces eran tenues y, entonces, mientras esperaba con la niña sin saber qué tenía que hacer, vi que empezaba la subasta.

»Subastaban mujeres como si se tratase de muebles. Había hasta un botón para ir diciendo las pujas. Las describían como si fueran muñecas: mujer de dieciocho años, virgen, piel suave y ojos verdes, nacionalidad irlandesa, pura...

No me dejaron estar mucho tiempo. Quise quedarme con la niña, no quería dejarla allí sola, pero me sacaron a la fuerza. No pude hacer nada. Vi cómo la cogían en brazos y la metían en una sala... —En ese momento Clara se echó a llorar y me acerqué a ella para reconfortarla—. Estuve dos semanas pensando en lo que había visto, en lo que sucedía allí abajo. Seguí trabajando y cada mujer que vestía y peinaba me miraba con ojos tristes. Todas estaban ahí obligadas. Conseguí hablar con algunas y me pidieron por favor que las ayudara. Fue entonces cuando fui a la policía.

—¿Y qué hizo? —preguntó Ray.

—¡Nada! Me tomaron declaración y me dijeron que ya me llamarían. Pero noté algo raro en aquel cuartel, como si lo que les estuviese contando no les extrañase en absoluto. Como si ya lo supieran... Me fui directamente a casa, renuncié al trabajo y solicité un puesto en una cafetería de la ciudad...

—¿Serías capaz de identificar a los policías que te tomaron declaración? ¿Recuerdas los nombres de las personas que trabajaban en el club? Cualquier cosa que puedas contarnos nos servirá.

Clara negó con la cabeza.

—No puedo deciros más nada... Si ellos se enteran de que os he contado esto...

—¿Ellos? ¿Quiénes?

Clara negó con la cabeza, nerviosa, y entonces se puso de pie, con la mirada fija en un punto en la lejanía.

Miré en esa dirección y vi un coche con las ventanillas tintadas que me dio muy mala espina. Ray siguió mi mirada y desenfundó la pistola.

—Están aquí —dijo aterrorizada.

Me puse de pie con ella.

—¿Quiénes están aquí?

Ray nos gritó que nos agacháramos, pero todo pasó muy deprisa. Una de las ventanillas del coche se bajó y, sin ni siquiera tener tiempo de respirar, el estruendo del disparo de una pistola me sobresaltó. Casi a la vez sentía como si algo pasara volando junto a mi cara y después algo caliente que me salpicó en la parte izquierda del cuello.

—¡Agáchate! —me gritó Ray y me metió debajo del banco mientras empezaba a disparar hacia la furgoneta negra, que había pisado el acelerador y se marchaba de allí tan rápido como había llegado.

—¡No! —grité al ver a Clara en el suelo—. ¡Clara! ¡Clara! ¡Despierta, despierta!

—Tenemos que irnos —dijo Ray después de arrodillarse junto a Clara, tomarle el pulso y ver que estaba muerta—. Marfil, ¡tenemos que irnos!

Tiró con fuerza de mi brazo y me sacó casi a rastras de debajo del banco.

—¡No podemos dejarla ahí!

—¡Sube al coche, maldita sea! —gritó Ray a la vez que me encerraba dentro. Saltó a la puerta del conductor por delante del coche y arrancó haciendo chirriar las gomas de las ruedas—. ¡Maldita sea! —exclamó pegándole al volante.

—La han matado... —dije. No me lo podía creer—. La han matado y no hemos hecho nada para evitarlo.

—La estaban siguiendo... Después de dos años la estaban siguiendo —dijo Ray para sí mismo negando con la cabeza. Tampoco se lo podía creer...

Llegamos al piso franco después de que Ray se asegurara de que nadie nos seguía. No tenía fuerzas ni para bajarme del coche, seguía sin creerlo. Clara había muerto por nuestra culpa. Había muerto por arriesgarlo todo, por contarnos lo que ella había visto...

—¡Marfil! —oí que Sebastian me llamaba—. ¿Qué cojones ha pasado? ¿Estás herida? —preguntó abriendo la puerta del coche y sacándome de allí.

Volví en mí y lo miré a los ojos. Él me devolvió la mirada con terror. Subí la mano hasta mi nuca y toqué la humedad de la sangre de Clara que manchaba la parte izquierda del cuello...

—Dios mío —dije temblando como una hoja.

—Métela dentro —dijo Ray llevándose las manos a la cabeza y soltando todo tipo de improperios.

Sentí que Sebastian me cargaba en brazos y entrábamos en la casa. Me llevó directamente al cuarto de baño y se agachó para mirarme a los ojos.

—Tranquila —dijo quitándome la camiseta por la cabeza y abriendo el grifo de la ducha.

—Está muerta, Sebastian —dije en estado de shock, sin derramar ni una sola lágrima—. La han matado delante de mí. Le han metido dos balazos en la cabeza...

—¿Quién fue? ¿Pudiste verles la cara?

Negué con la cabeza y dejé que me metiera en la ducha completamente desnuda.

Me lavó la cabeza y me limpió el cuerpo con jabón. Vi el agua rojiza caer por mis piernas y llegar a mis pies, hasta que finalmente solo quedó la espuma del jabón blanco...

Sebastian me envolvió con la toalla y luego me cogió la cabeza entre las manos.

—No debería haber dejado que fueras... No deberías haber estado ahí, podrían haberte matado...

Me abrazó con fuerza, pero no me sentí reconfortada. No era yo la que me preocupaba. No era a mí a quien le habían quitado la vida hacía menos de media hora. No era a mí a quien habían asesinado a sangre fría.

¿Tendría razón Raquel? ¿Y si no estaba preparada para todo esto? Y si al infiltrarme, al ver lo que allí ocurría...

«No, Marfil. No puedes echarte atrás.»

Le pedí a Sebastian que me dejara sola e intenté recomponerme. No podía venirme abajo. Debía mostrarme fuerte, compuesta, porque no podía darle ni la más mínima razón para que me apartaran de la misión. Por tanto, me vestí, me recogí el pelo en una cola a la altura de la nuca y salí al salón para reunirme con los demás.

Los del FBI, Walker y García estaban allí igual que el resto de nosotros.

—Y nos especificó que la compraventa se realizaba todos los miércoles... —estaba diciendo Ray.

Me senté a su lado y me uní a la conversación.

—¿Sigue sin haber respuesta de Wilson? —preguntó Lola mirando a Sebastian.

Al oír la pregunta me giré hacia él.

—¿Le ha pasado algo a Wilson? —pregunté asustada.

Sebastian me miró y supe que estaba evaluándome con la mirada. Me había visto derrumbarme en el baño y temía que eso le afectase a la hora de tomar decisiones con respecto a mí.

—Hace horas que no contesta al teléfono. Se suponía que hoy nos pasaría un informe con los movimientos de Kozel.

—A lo mejor es que no ha tenido tiempo de comunicarse sin que resultara sospechoso..., ¿no?

—Puede ser —contestó Sebastian, aunque vi en sus ojos que no lo creía en absoluto.

¿Lo habrían descubierto? ¿Estaría bien?

¿Quién lo diría? Yo preocupándome por Wilson... Lo cierto es que haber convivido las últimas semanas con aquellos hombres había hecho que les tomara un cariño especial, incluso le tenía aprecio a Ray; ahora que conocía su historia hasta empatizaba con él.

—Entonces, ¿Clara explicó que la subasta se hacía los miércoles y solo los miércoles? —preguntó Sebastian a Ray para asegurarse.

Ray asintió.

—Eso podría haber cambiado... Las declaraciones de Clara son de hace dos años.

—La policía ya ha acordonado la zona. Hay un agente del FBI haciéndose pasar por policía para que no haya ningún tipo de sospecha por si nos están vigilando. La llevaremos a la morgue y analizaremos las balas, pero tiene toda la pinta de que se la cargaron porque sabía más de lo que os contó.

—Estaba asustada. Fue muy valiente viniendo a hablar con nosotros. No debería estar muerta...

—No debería, pero lo está —me interrumpió Walker mirándome con el ceño fruncido—. Sabía dónde se metía el día que decidió trabajar en ese antro.

—¡Ella no tenía ni idea de lo que se hacía allí abajo! —le dije indignada.

Walker me lanzó una mirada condescendiente que me encendió por dentro. Fui a decirle lo gilipollas que era, pero Sebastian habló antes de que pudiera hacerlo yo.

—Está claro que Clara ha sido asesinada brutalmente y que parte de la culpa ha sido nuestra. Nunca debimos reunirnos con ella en una plaza, debimos haberle proporcionado protección...

—¿A una testigo de hace dos años? —replicó García con incredulidad.

¿Acaso esta gente tenía sentimientos?

—A cualquiera que la necesite —dijo Sebastian en un tono tan frío que la temperatura en la habitación descendió unos cuantos grados—. Hoy es lunes y, si queremos que esto se haga bien, Marfil debería infiltrarse este miércoles. Ya estamos arriesgándolo todo, teniendo en cuenta que puede que ya hayan tomado alguna medida extra de seguridad si creen que lo que Clara ha contado les puede perjudicar.

—¿Pasado mañana? —pregunté. Noté que la ansiedad y el miedo me corrían por las venas. Había contado con tener algunos días más para prepararme...

—Si crees que no puedes hacerlo... —empezó a decir Sebastian, pero negué con la cabeza de inmediato.

—No, no, claro que puedo —dije con toda la seguridad que pude trasmitirle a mi voz.

No engañé a Sebastian ni un poco, pero al menos lo dejó correr.

—Le diré al equipo que se prepare —dijo Walker abrochándose la chaqueta y encaminándose a la puerta con García detrás—. Es ahora o nunca... No podemos cagarla —añadió mirándome a los ojos.

—Se hará lo que se pueda —dijo Sebastian por mí, colocándose de manera que Walker me perdía de vista tras su cuerpo.

Ambos salieron por la puerta y yo me dejé caer en el sofá.

—¿Siempre son así de gilipollas?

—Sí —dijeron Suarez, Ray y Sebastian a la vez.

Aquella noche, cuando Sebastian y yo nos fuimos a la cama, lo noté especialmente nervioso, tanto que encendí la luz, me giré hacia él y esperé a que me hablara.

—¿Qué te pasa? —le pregunté colocándome encima y mirándolo a los ojos.

Sus manos me acariciaron las piernas de arriba abajo y noté que mi cuerpo empezaba a reaccionar.

—Pienso en lo que podría haber pasado esta tarde... Mi cabeza no deja de reproducir en mi mente el momento en que Ray habría llegado al piso franco..., contigo en sus brazos, muerta a manos de esos hombres. No dejo de imaginarte con los ojos abiertos, fríos, sin vida, y a Ray diciéndome que no pudo hacer nada, que te dispararon desde lejos, que nunca pensamos que quedar con Clara iba a ser peligroso... No dejo de...

Le puse la mano en su boca para callarlo.

—Deja de torturarte y alégrate de que esté aquí con vida. No me ha pasado nada.

Me cogió por la cintura y me giró de manera que él acabó encima de mí.

—Pero podría haber pasado... Podría pasar, Marfil —dijo mirándome con angustia. Sus ojos estaban llenos de un miedo indescriptible—. No puedo perderte... No sé qué haría.

—No me vas a perder —le dije acariciándole la mejilla—. Entraré ahí, conseguiré todas las pruebas que pueda conseguir y, cuando esto acabe, tú y yo recuperaremos nuestra vida.

No sé explicar lo que vi en su mirada cuando le dije aquello. Fue como si me ocultase algo, como si la pena se mezclara con culpabilidad.

—Prométeme que, si ves que la cosa se pone fea, intentarás salir de allí. Prométeme que no harás ninguna locura, que no vas...

—Te lo prometo —le dije y lo dije en serio.

Ver a Clara muerta me había hecho darme cuenta de que morir así..., a manos de gente tan malvada, era un error. Si lo del miércoles no salía según lo planeado, seguiríamos adelante con otro plan. No me detendría hasta ver a ese hombre muerto o entre rejas. Sería como Ray. No abandonaría. No lo haría porque mucha gente dependía de lo que pudiéramos lograr nosotros.

Dormí abrazada a Sebastian preguntándome si ese presentimiento que tenía en el corazón y que me decía que las cosas no iban a salir tan bien como deseábamos sería cierto y si, de serlo, era mejor callármelo, hacer como con las pesadillas: no contarlas antes de desayunar... porque se cumplen.

29

SEBASTIAN

Al día siguiente apenas tuvimos tiempo de estar juntos, yo tenía que proyectar todo con los chicos y asegurarme de que todo salía según lo planeado. Estuve reunido con el equipo técnico y con los agentes de campo que estarían aguardando a que yo diera la orden de entrar, si es que hacía falta llegar a ese extremo. Cuando volví al piso franco después de firmar un montón de papeleo y reunirme con los jefes, Suarez me esperaba con una noticia que, de ser cierta, cambiaría toda la misión.

—Le he conseguido acceso de nivel tres, está dentro —dijo orgulloso.

—¿Qué implica el acceso de nivel tres?

Suarez esperó a que entrara y me hizo que lo siguiera hasta el salón, donde los demás esperaban sentados en torno a la mesita del comedor, incluida Marfil.

—Tendrá acceso a cualquier lugar. Su huella le abrirá cualquier puerta, incluida la del sótano. Ni me preguntes cómo lo hecho. Ni siquiera estoy seguro de la suerte que he tenido, ¡pero está dentro!

Marfil parecía contenta, aunque también nerviosa.

Era normal, joder, iba a meterse en la boca del lobo.

—Y no solo eso. Al tener ese nivel de acceso, puede llevar a alguien con ella —añadió Suarez levantando las cejas. Esa había sido siempre nuestra máxima preocupación, nunca nos convenció que entrara ella sola... Al ser un club de índole sexual, que una mujer tan hermosa como Marfil fuese sin acompañante... iba a resultar sospechoso—. Es lo mismo que hizo Marcus cuando la registró en el sistema. Si quisiera, podría llevar acompañante, son las reglas del local.

—¿Y a quién proponéis que entre con ella? —dijo Ray mirándome fijamente.

—¿Yo? —pregunté a pesar de la obviedad de la respuesta—. Yo tengo que liderar el operativo... —Aunque, si ceder mi puesto significaba poder entrar con Marfil...

Lo haría sin pensarlo.

—El operativo está hecho —dijo Suarez—. Ya has hablado con todos, ya has creado la táctica. Tenemos al FBI secundando la misión, cualquiera podría dirigirla desde fuera. Pero solo vosotros dos daríais el pego en un lugar como ese, ¿os habéis visto juntos? —añadió con tono asqueado—. En cuanto pongáis un pie dentro, os lloverán las ofertas para montaros una orgía.

Marfil me devolvió la mirada desde el sofá y en ella vi la duda reflejada...

—Marcus me está buscando por todas partes... —dije y era cierto. No podía infiltrarme con ella...

—A mí también —me replicó Marfil.

—Es un riesgo que creo que deberíamos correr —dijo Ray. Suarez, a su lado, asintió en silencio.

—¿Y en qué papel entraría exactamente?

—En el de su sumiso —dijo Ray y Marfil soltó una carcajada.

—Eso te encantaría, ¿a que sí? —le dije devolviéndole la sonrisa.

—Más que nada en el mundo.

Me acerqué para darle un beso en los labios y luego cogí el móvil del bolsillo.

—Dejad que lo hable con los jefes. Si lo hacemos así, hay que cambiar algunas cosas...

Me marché de la sala y llamé a Walker.

No les pareció mala idea. De hecho, creían que sería la mejor forma de pasar desapercibidos. Dejar a Marfil sola era jugársela demasiado. Tened en cuenta que la mayoría de los tíos que frecuentan sitios como esos ven a las mujeres simplemente como un objeto, y más si allí se hacía lo que Clara nos había confirmado.

Del que no sabíamos nada era de Wilson y estaba empezando a ponerme en lo peor.

—¿Nada? —me preguntó aquella noche Suarez mientras todos comíamos una pizza en la cocina.

—No ha dado señales de vida...

Si le había pasado algo a Wilson... Joder, era mi colega desde hace años, lo quería como a un hermano... Ambos sabíamos que caminaba por la cuerda floja, él ya me había dicho que Marcus había empezado a sospechar algo. No se fiaba de nadie y tenía a todo su personal en el punto de mira, pero lo había estado haciendo tan bien hasta el momento...

Solo podía esperar que fuese un malentendido, que por equis razones Wilson hubiese tenido que prescindir del teléfono tanto por su propia seguridad como por la de la misión.

Cuando nos levantamos a la mañana siguiente, en la casa había un ambiente bastante serio. Todos estaban muy callados y tenían algo que hacer. Ray y Marfil estaban en la parte trasera de la casa, en la playa, repasando algunas cosas básicas y entrenando juntos por última vez. Suarez estaba comprobando que nivel de acceso de Marfil seguía intacto y repasando las cámaras de seguridad de la calle por si veía algún tipo de movimiento extraño. Teníamos acceso al satélite que nos ofrecía imágenes en tiempo real, por lo que podíamos vigilar con exhaustividad que nadie sospechoso se acercara al club cuando nosotros estuviésemos dentro.

Me disponía a salir fuera a buscarla y hablar con ella, para asegurarme de que tenía todo claro y sobre todo de que estaba bien, cuando llamaron a la puerta.

Me asomé antes de abrir y vi que era Walker acompañado de un agente que no conocía.

Les abrí y entraron sin demora.

—Ha habido un cambio de planes —dijo Walker girándose hacia mí.

Vi cómo Suarez, al fondo de la sala, se separaba del ordenador y se giraba para mirarlo.

—Este es el agente Daddario, es nuevo en la división. Hemos llegado a la conclusión de que es más seguro que sea él quien se infiltre con Marfil. Teneros a los dos juntos es demasiado arriesgado, saltarían todas las alarmas...

—¿De qué coño estás hablando? —lo interrumpí fulminando a Walker y después al crío ese que no tendría más de veinte años—. Ayer hable con Carol y los demás. Me dijeron...

—Lo han pensado mejor —me interrumpió encogiéndose de hombros—. Son órdenes de arriba.

—¡No pienso dejar que este crío entre con Marfil a ninguna parte!

—Este crío es de los mejores...

—¡Me importa una mierda si es el mejor entre una panda de críos!

—¿Qué ocurre? —oí la voz de Marfil a mis espaldas.

El chico rubio se giró hacia la recién llegada y vi en sus ojos la misma expresión que pondría cualquiera que la veía por primera vez.

Noté que todo mi cuerpo se encendía de rabia.

—El agente Daddario será quien se infiltre contigo esta noche —dijo Walker pasando de mí. Me giré hacia Marfil y vi en su rostro la sorpresa, seguida de la decepción y el miedo.

—Eso no va a pasar. Seré yo quien te acompañe.

—Eso no lo decides tú...

—¡Nadie puede protegerla como yo!

Walker se calló y me lanzó una mirada envenenada.

—Bastante te dejan hacer ya sabiendo la relación sentimental que tenéis los dos. Deja de jugar con fuego si no quieres que te destituyan por no saber pensar con la cabeza y solo saber hacerlo con la polla...

Fui a partirle la cara, pero Marfil me cogió el brazo por detrás y me detuve.

—No tenemos tiempo para tonterías. Daddario y Marfil deberían conocerse un poco para que parezca que hay complicidad entre ellos, y tú vuelves a estar al mando... —dijo Walker mirándome fijamente—. Pero no dudes ni un segundo que, si vuelvo a ver cómo te comportas, seré el primero en llamar a los jefes y decirles que no eres el indicado para llevar a cabo esta misión.

Walker estaba muy bien posicionado. Yo sabía que lo que decía iba en serio, no podía llevarle la contraria en esto.

Miré al rubiales y me acerqué a él hasta que nuestras narices casi se rozaron.

—Como le pase algo estando contigo —lo amenacé—, juro por Dios que no volverás a ver salir la luz del sol.

Tragó saliva y yo me largué de la cocina dando un portazo.

30

MARFIL

Salí detrás de Sebastian y lo alcancé junto a la orilla. Lo abracé por detrás y apoyé la cabeza contra su espalda. Él se quedó quieto, pero después me cogió las manos, que lo apretaban en su pecho, y las escondió entre las suyas.

—Nunca en toda mi vida he tenido tanto miedo como ahora —me confesó unos minutos después. Nos habíamos quedado en silencio. Yo lo abrazaba y el ruido del mar nos hacía compañía. Me separé de él y lo rodeé para mirarlo a la cara—. Después de años de servicio militar, años de entrenamiento, de vivir situaciones límite, de rodearme de hombres tan peligrosos que tendrías pesadillas todas las noches solo con recordar cómo eran o lo que hacían... Después de todo eso..., nunca he tenido tanto miedo como ahora —repitió enredando sus dedos en mi cabello.

—Todo va a salir bien —dije, aunque en el fondo no estaba tan segura.

—No puedo perderte —repuso mirándome a los ojos con tal intensidad que la piel se me puso de gallina—. Quiero que sepas que nunca he sentido algo tan fuerte por nadie... A Samara la quise con locura. La quise como mi mejor amiga y luego como mi mujer, pero nunca llegué a sentir por ella ni lo más mínimo de lo que siento por ti.

—Eso es buena señal, significa que el destino quería que nos uniéramos. Todo lo que ha pasado, todo lo que hemos perdido, nos ha traído a este momento...

Sebastian asintió juntando su frente con la mía.

—Me aterroriza no saber el final —confesó con los ojos cerrados.

—Si lo supiéramos todo..., no viviríamos los momentos con la intensidad que se merecen —contesté abrazándolo con mis manos en su nuca—. Te quiero —le dije abriendo los ojos para que él hiciera lo mismo—. Te quiero con locura y cuando esto acabe quiero que nos vayamos lejos, que dejemos todo esto atrás...

—Cuando esto acabe te prometo que tendrás la vida que mereces.

—Antes de que pudiera decir nada, pegó sus labios a los míos y me besó primero con dulzura y luego con desesperación. Me levantó a pulso y enredé mis piernas en su cintura abrazándolo y disfrutando del mejor beso que nos habíamos dado hasta la fecha. Un beso con sentimiento, un beso sin rencor, un beso auténtico en todos los sentidos de la palabra, aunque también un beso lleno de preguntas, de incertidumbre. Un beso con miedo por pensar que a lo mejor ese era el último beso que nos daríamos jamás.

La noche llegó y con ella el inicio de un operativo que llevaba años aguardando ese momento. La responsabilidad que caía sobre mis hombros era tanta que me obligué a mí misma a no volver a pensar en eso. Haría todo lo que estuviese en mi mano para conseguir pruebas, todas las que pudiera, y tendría a Colin, el agente Daddario, conmigo para sentirme más segura.

No iba a quejarme; hubiese preferido entrar con Sebastian, claro, pero una parte de mí estaba tranquila al saber que él estaría a salvo.

Me habían traído la ropa que debía ponerme: un vestido negro ajustado y unos zapatos rojos con unos tacones que medían casi veinte centímetros. Tenía que tener el aspecto adecuado para un lugar como aquel, pero sin parecer débil o sumisa, al fin y al cabo, era yo la que tenía el pase que me permitía entrar.

A Colin y a mí nos habían metido durante dos horas en una habitación para que nos conociéramos y para explicarnos que debíamos actuar como si fuéramos amantes; llegado el caso, debíamos realizar lo que fuera necesario para encajar en un lugar como aquel. No íbamos a tener que acostarnos, pero sí cabía la posibilidad de que fuera necesario hacer otras cosas. Ambos nos miramos con cara de circunstancias y yo me alegré de que Sebastian no estuviese allí en aquel momento.

Ambos llevaríamos unas cámaras que grabarían todo; yo, en unas gafas de pasta negra y Colin, en el broche de la corbata. Había que admitir que el chico era muy guapo. Tenía veinticuatro años, era rubio, tenía ojos verdes y estaba tremendo, pero no tenía nada que ver con Sebastian. Colin no transmitía ese aire de «como me mires mal, te mato con un solo movimiento de mi dedo» y, aunque sabía que estaba bien entrenado, no me daba la misma seguridad que me hubiese dado ir con Sebastian.

Cuando terminé de arreglarme y darme los últimos retoques —me pinté los labios de rojo y me dejé el pelo corto suelto con algunas ondas que me había hecho con la plancha—, salí al encuentro de los demás.

Me sorprendió el silencio con el que me encontré nada más entrar al salón. Walker y Lola estaban en la entrada y, por primera vez desde que los había conocido, tenían una expresión humana en el rostro: pena.

Miré a Sebastian, que estaba sentado con la cabeza entre las manos.

—¿Qué ha pasado? —pregunté con miedo.

Sebastian me miró, pero no dijo nada.

—El agente Wilson ha sido encontrado muerto esta mañana junto a un casino en el centro de la ciudad.

Miré a Walker y después a Sebastian.

—Aparentemente ha sido una sobredosis...

—Todos sabemos que esa no ha sido la causa de su muerte —dijo Ray levantándose con rabia. Cogió un jarrón que había encima de la mesa y lo estampó contra una de las paredes.

Me sobresalté y luego me dejé caer en una silla.

—No puedo creerlo...

—Si lo han matado, significa que saben que estamos detrás —dijo Sebastian mirándome fijamente a mí—. Esto no es seguro, deberíamos cancelarlo.

—La muerte del agente Wilson no se considera motivo suficiente para detener la misión —dijo Lola mirando a Sebastian y recuperando su máscara de seriedad—. Continuaremos según lo planeado.

—¡Lo más seguro es que lo hayan torturado! —gritó Sebastian poniéndose de pie—. ¿Cómo coño sabemos que no ha dicho nada?

—Wilson nunca nos habría delatado —exclamó Suarez mirando a Sebastian con rabia.

—La autopsia determinará si lo torturaron o no, pero no lo sabremos hasta dentro de varios días. Ahora mismo lo que importa es acabar con ellos de una vez, por lo que seguiremos adelante con la misión —ordenó Walker girándose hacia mí—. Veo que ya estás lista —dijo como si ya hubiésemos hablado suficiente sobre la muerte de Wilson y tuviésemos que pasar a otra cosa.

Intenté con todas mis fuerzas no echarme a llorar por la muerte de Wilson... Me vino a la cabeza el momento que habíamos compartido hacía semanas en el gimnasio, cuando me había pedido disculpas, cuando me había dicho lo importante que era aquella misión para él... Otra muerte se sumaba a la lista que iba creando en mi cabeza, una lista tras la que se encontraba el culpable de que yo existiera, al que más odiaba.

—Hay un coche esperándoos fuera —nos explicó tirándole las llaves a Colin, que las cogió al vuelo.

Sebastian se puso de pie y vino hacia mí. Me cogió de la mano y me apartó llevándome hacia una esquina. Vi con el rabillo del ojo que Walker suspiraba y miraba a Lola soltando una maldición.

—Mírame —me dijo Sebastian cogiéndome la barbilla y girándome hacia él—. No tienes por qué hacerlo... Si dices que no, nos iremos ahora mismo —insistió con desesperación.

La muerte de Wilson me había dejado en shock... No podía asimilarla en ese momento, no con lo que teníamos que hacer, y la propuesta de Sebastian tenía sentido. Marcus no había matado a Wilson por nada, había una razón detrás de eso, y todo apuntaba a que la razón era yo.

—Es ahora o nunca, Sebastian —dije después de pensarlo unos segundos—. Se lo debemos —añadí refiriéndome a Wilson.

No quería echarme a llorar. No quería pensar en que había vuelto a hacerlo, nos había vuelto a arrebatar a alguien. No podíamos cancelarlo todo por miedo. No podíamos ser así de egoístas.

Sebastian maldijo entre dientes.

—¿Por qué demonios tienes que ser tan valiente? —preguntó antes de besarme y apartarse hacia los demás.

—Suarez, termina de prepararlos —dijo Sebastian refiriéndose a los audífonos que llevaríamos para poder comunicarnos y oír lo que fuera que nos dijesen en la distancia. Tendría a Sebastian en el oído durante todo el tiempo y eso me tranquilizaba—. Ray y yo te esperamos en la furgoneta.

Sebastian se giró hacia mí y me dio un abrazo y un beso en la mejilla.

—Haz todo lo que yo te diga —me dijo al oído—. Absolutamente todo, ¿me has entendido?

Asentí en silencio y lo vi salir por la puerta.

—Acabemos con ellos, preciosa —me dijo Ray levantando el puño y esperando que se lo chocara.

Sonreí después de hacerlo y lo vi salir detrás de Sebastian.

¿Volvería a verlos?

Suarez nos preparó y nos explicó cómo funcionarían los micrófonos, que no los detectarían con los detectores de metales.

—Si veis que la cosa se desmadra, la palabra de seguridad es «rococó». Decidlo y entraremos.

Ambos asentimos y salimos fuera, donde había un Mercedes negro que nos llevaría hasta el club.

Colin se colocó detrás del volante y yo en el asiento del copiloto.

—¿Preparada? —me preguntó antes de arrancar el coche.

—Supongo que sí...

—Me vale —dijo Colin y salimos hacia los edificios deslumbrantes.

—¿Me oyes bien? —Oí en mi oreja izquierda la voz de Sebastian.

—Sí —contesté, sabiendo que me escucharía perfectamente por el micrófono que también tenía incorporado en las gafas.

Se hizo el silencio mientras atravesábamos la ciudad y oí asentir a Colin a mi lado. Supuse que estarían comprobando que todo funcionaba perfectamente.

—Estamos cerca —dije cuando vi el edificio con el símbolo de la Estatua de la Libertad.

Joder, estaba atacada, necesitaba calmarme porque, sino, sospecharían nada más verme.

—Ahora es cuando entráis en el aparcamiento subterráneo —escuché a Sebastian decirme por el audífono.

Cuando entramos todo se volvió oscuro por un instante, hasta que unas luces fluorescentes nos indicaron el camino que había que seguir. Buscamos una plaza lo más cerca posible de la puerta de entrada y me llamaron la atención un par de cochazos aparcados cerca del nuestro, incluso una limusina.

—Llegó la hora —dijo Colin lanzándome una mirada inquisitiva.

—Estoy bien —le aseguré odiando su mirada de duda.

—Pues entonces, vamos.

Bajamos del coche y me cogí a su brazo cuando él me lo ofreció. Subimos al ascensor con mi huella y, al llegar a la entrada del club, dos guardias nos lanzaron una mirada inquisitiva.

—Este es un club privado —fue lo primero que nos dijeron.

—Soy socia —afirmé lo más segura que pude.

—¿Le importaría decirme su nombre?

—Eres Anabell Lawson —me recordó Sebastian al oído.

—Anabell Lawson —dije cambiando mi peso de una pierna a la otra.

—¿Le importaría poner aquí su huella, por favor? —me preguntaron después de haber introducido mi nombre en el sistema y haber comprobado que, efectivamente, estaba registrada como socia del club.

—Claro que no —dije acercándome al aparato que utilizaban para comprobar la huella dactilar—. Él viene como mi invitado —añadí relajándome al ver que leía la huella automáticamente sin problema.

«¡Eres el mejor, Suarez!», me hubiese gustado gritarle.

—Señor, pase por aquí para que podamos registrarlo —pidió el guardia.

Miré hacia atrás cuando sentí que alguien entraba y esperaba que también lo registrara.

Era un hombre alto, de unos cuarenta años que iba acompañado por una chica muy guapa que tendría más o menos mi edad. Cuando el hombre me vio, sus ojos me recorrieron de arriba abajo con lujuria.

Aparté los ojos de inmediato.

—Gilipollas. —Escuché la voz en mi oído y no pude evitar sonreír.

Colin apareció al cabo de un minuto y nos dejaron entrar. Recorrimos el pasillo iluminado con luces de neón y seguimos la música hasta dar con la misma sala enorme que recordaba de la última vez. La música estaba alta como en una discoteca y había bastante gente bailando en la pista. Los sofás de satén rojo estaban ocupados por parejas a las que no parecía importarles estar en un sitio público; se besaban y se magreaban como si nadie los estuviese mirando... y, de hecho, muchos los miraban.

—¿Quieres una copa? —me dijo Colin señalando la barra de la esquina.

Asentí al instante. Necesitaba relajarme un poco, envalentonarme para poder hacerlo bien.

—Nada de alcohol —nos dijo Sebastian a ambos.

Nos acercamos a la barra igualmente. Yo pedí un gin-tonic y Colin, una cerveza.

—Tranquilo, jefe, solo estamos disimulando —dije para que Sebastian me oyera al mismo tiempo que me vaciaba media copa de un trago.

A mi lado Colin sonrió, pero empezó a mirar hacia todos lados.

—Id despacio para poder empezar a identificar las caras. El sistema tarda unos segundos en darnos nombre y apellido —nos dijo Sebastian y así lo hicimos.

Suarez tenía un programa de identificación de personas que podía darte hasta su dirección de correo electrónico, siempre y cuando fueran personas registradas de alguna manera en el país, ya fueran delincuentes, exconvictos, residentes...

—Hay varios fantasmas —dijo Suarez hablándome al oído—. Los dos de la izquierda —añadió mientras Colin y yo nos metíamos entre la gente—. Tu izquierda, Marfil —me aclaró y Colin me atrajo hacia él para hacer como si estuviésemos bailando.

—¿Los ves, Daddario? —dijo Sebastian y supe por su tono de voz que estaba tenso como nunca.

Colin asintió.

—¿No os sale nada? —preguntó Colin al tiempo que escondía su boca en mi cuello disimulando.

—Nada —dijo Suarez.

—Ya puedes soltarla —agregó Sebastian—. Seguid recorriendo la sala, pero no los perdáis de vista.

Colin me cogió de la mano y seguimos recorriendo el lugar para darles tiempo a Sebastian y a Suarez de registrar todas las caras posibles en el sistema. Los dos «fantasmas» eran dos hombres de mediana edad; uno iba vestido con un traje de chaqueta, y el otro un poco más informal, sin corbata y con los primeros botones de la camisa desabrochados. Este último estaba acompañado de una chica muy guapa, rubia y vestida elegantemente con unos pantalones de pitillo negros y un top de lentejuelas muy bonito.

—Te están mirando —me dijo Colin con disimulo mientras nos deteníamos junto a uno de los pasillos—. El más joven viene hacia aquí con la chica.

—Mierda —escuché decir a Sebastian—. Daddario, atento a cualquier movimiento sospechoso.

Colin me cogió por la cintura y me giró como si nos estuviésemos besando, supuse que era una posición más segura por si intentaba hacerme algo.

Pero cuando se acercaron, me miró con el deseo reflejado en sus ojos azules.

—Yo soy Tristan y esta es Katie —se presentó tendiéndole la mano a Colin, que se la aceptó—. Perdona que os interrumpamos, pero no he podido quitar los ojos de tu mujer desde que la he visto entrar por la puerta —dijo tan tranquilo a la vez que su mirada lujuriosa me recorría de arriba abajo. Miré a Katie, que pareció indiferente al comentario que acababa de soltar sobre otra mujer que no fuera ella y me pregunté qué clase de relación tendrían.

—Pues está conmigo, amigo.

Me separé de Colin y di un paso hacia delante.

—En realidad es él quien está conmigo, no al revés —le dije mirándolo de la cabeza a los pies.

El tal Tristan sonrió de oreja a oreja y se me acercó.

—¿Eres dómina?

—No sé... ¿Tú qué crees? —contesté, tonteando descaradamente al mismo tiempo que dejaba que la cámara de mis gafas obtuviera un superprimer plano de él.

—¡Tengo algo! —exclamó Suarez en mi oído—. Es hijo de Maximiliano Dacorte, un maderero multimillonario. Su empresa tiene relación con Kozel Enterprises. Sus padres son amigos, van al mismo club de golf. Hay varias fotos de Marcus con él en fiestas y eventos de todo tipo.

—Yo lo que creo es que juntos nos lo pasaríamos muy bien —me dijo, esta vez hablándome al oído.

Me aparté y me acerqué a Colin.

—Déjala a solas con él —escuché a Suarez decirnos por el audífono.

—¿Queréis una copa? —preguntó Colin dirigiéndose a los dos—. ¿Qué estáis bebiendo?

—¡Ni se te ocurra! —dijo Sebastian y escuché que empezaban a discutir.

Le hice una señal de asentimiento a Colin.

—¿Me acompañas? —le preguntó Colin a Katie. La cogió por la cintura y se la llevó hasta la barra cuando ella asintió con una tímida sonrisa.

—Quiero follarte en la mejor habitación de este establecimiento —me dijo Tristan cogiéndome de la cintura y atrayéndome hacia él.

Pues sí que era directo el señor.

—Dale una puta patada en las pelotas —dijo Sebastian casi gritándome al oído.

Menos mal que era imposible que escuchasen nada.

—Yo suelo elegir a quien me llevo a una habitación, Tristan —dije jugando descaradamente con el poco vello que asomaba por su camisa—. Y por ahora estoy simplemente observando. No quiero apresurarme...

Tristan me soltó cuando lo empujé un poco por el pecho.

—Deja que te enseñe esto —me dijo entonces.

—Lo conozco mejor que mi casa —contesté llevándome la copa a los labios.

—¿Qué nivel de acceso tienes? —me preguntó mirándome fijamente otra vez.

—Tres —respondí odiando su manera de escrutarme.

—Yo tengo nivel tres —dijo con curiosidad en sus ojos azules—. Me acordaría de tu cara si pasases mucho tiempo por aquí.

—Cuidado —me dijo Sebastian al oído.

«Piensa rápido, Marfil.»

—Mi cirujano plástico estaría feliz de oírte decir eso. Le pagué mucho dinero para poder tener esta cara —dije contenta con mi ingeniosa idea.

Tristan no pareció muy convencido, pero terminó sonriéndome.

—Normalmente las mujeres que se operan no lo dicen tan abiertamente.

—Si vas a hacer algo, enorgullécete de ello, no lo escondas, ¿no?

Entonces Colin y la chica de Tristan aparecieron con nuestras copas. Nos las dieron y pude volver a darle un trago refrescante a la bebida.

—Deja ya el puto alcohol, Marfil —me gruñó Sebastian y esta vez supe que tenía razón, no podía emborracharme.

—¿Y qué os trae por aquí un miércoles? —me preguntó Tristan y cuando me miró a los ojos supe que lo sabía. Supe que lo que Clara nos había dicho era cierto. Supe también que ese cabrón estaba ahí por la subasta, incluso había muchas posibilidades de que la mujer que lo acompañaba fuese una de las mujeres que venderían esa noche.

—Pasar un buen rato —contestó Colin por mí mientras yo le mantenía la mirada a Tristan casi sin pestañear.

—Eso está bien... A todos nos gusta pasar un buen rato y, si es con mujeres hermosas como estas, mejor que mejor, ¿no? —dijo atrayendo a Katie y comiéndole la boca delante de nosotros.

Me sentí incómoda de inmediato y más cuando ella tiró de la mano de Colin y lo atrajo hacia ella para besarlo a él.

Mis ojos se abrieron sorprendidos cuando Colin les siguió el juego.

Tristan se apartó para mirarlos y luego vino hacia mí.

—Habrá que dejarlos con alguien cuando queramos bajar, ¿no? —me susurró al oído mientras me besaba la oreja..., la misma donde tenía el audífono.

—¿Bajar? —le pregunté indagando más para saber si se refería a lo mismo que yo.

—Nivel tres... No te hagas la tonta —me dijo al oído y después se acercó a mis labios, para tantearme y saber si podía besarme o no.

—Quítatelo de encima, Marfil —me dijo Sebastian casi gruñéndome en el oído.

Pero no lo hice. ¿Qué importaba un beso cuando lo que él sabía podía marcar la diferencia entre conseguir algo o no conseguir nada? Necesitaba bajar a aquel sótano y él podía ser el que me llevara. Lo besé y él profundizó el beso con entusiasmo. Necesitaba saber más, porque, si él conocía aquel lugar y sabía lo que pasaría esa noche...

Ignoré como pude las maldiciones de Sebastian en mi oído y subí el nivel del beso. Mis manos se enrollaron en su pelo al mismo tiempo que sus manos me cogían por el culo y me apretujaban contra su dura entrepierna.

—Quiero follarte —me susurró.

—Me cago en su puta madre —dijo Sebastian sobresaltándome—. Dale una patada en las pelotas. Ahora.

—¿Y tu novia? —le pregunté intentando ganar tiempo y mirando de reojo a Colin, que en vez de estar manoseándola, charlaba con ella a unos metros de nosotros.

No me quitaba los ojos de encima, eso sí.

—Está bien acompañada —me dijo mordiéndome el labio inferior con fuerza—. Si vienes conmigo ahora, nos da tiempo de hacerlo duro y rápido —añadió subiendo la mano por mis muslos e intentando colarla por mi vestido.

—Quítatelo de encima, Marfil. Es una puta orden, joder.

Lo detuve cogiéndole la muñeca con fuerza.

—No creo que nos dé tiempo —dije sabiendo que me estaba arriesgando muchísimo. Había interpretado por su tono que lo de duro y rápido no solo lo decía por gusto, sino que me había dado a entender que lo que fuera que pasaba allí los miércoles empezaría dentro de poco tiempo.

Tristan miró su reloj de pulsera y maldijo entre dientes.

—Tienes razón —admitió besándome otra vez—. Vamos a tener que dejarlo para después...

«Después voy a disfrutar viendo cómo te encierran de por vida, imbécil», me hubiese gustado decirle, pero sonreí con calma.

—¿Quieres que bajemos juntos? —le pregunté, arriesgándome otra vez.

—Cuidado, Marfil —me advirtió Sebastian.

Tristan sacó un cigarro de su bolsillo. Cuando lo encendió, por el olor, me di cuenta que era un porro y empezó a fumárselo con calma.

—¿Para quién decías que trabajabas? —me preguntó entonces mirándome a los ojos.

«¿Cómo?»

—Katie trabaja para mí, es buenísima consiguiendo buenos fichajes... Insisto en que me acordaría de ti si te hubiese visto antes aquí. Tienes unos ojos que llaman demasiado la atención...

Y lo único que no se puede operar...

—Trabajo para Marcus Kozel —le interrumpí cuando supe que o decía un nombre o todo se iba a la mierda.

Los ojos de Tristan se abrieron como platos.

—Atentos por si tenemos que entrar —dijo Sebastian, tenso, al otro lado de la línea.

—Creía que Marcus solo tenía *padrotes*...

Di gracias al cielo por las clases que me habían dado Ray y Sebastian, si no mi cara al oír esa palabra hubiese sido suficiente para delatarme a mí y a cualquiera. Un padrote es como se llama en Colombia y en México al hombre que induce a alguien a ejercer la prostitución, según me había explicado Ray. Los padrotes casi siempre eran chicos con pocos recursos de barrios muy marginales que trabajaban para distintas mafias y su trabajo consistía en engañar a chicas jovencitas o incluso adultas para prostituirse. Me contó casos de chicos que salían con la víctima durante muchos meses, las conquistaban diciéndoles que las querían, que estaban enamorados de ellas y, cuando se querían dar cuenta, las habían colocado en la calle o en prostíbulos; las amenazaban con matar a sus familias, con matarlas a ellas...

—Yo consigo otro tipo de producto —dije odiando con todas mis fuerzas utilizar esa palabra para referirme a una mujer. Hasta me había peleado con Ray cuando me explicó la manera en la que tenía que hablar si quería encajar, si no quería llamar la atención...

«Recuerda que esto lo haces por ellas, Marfil», me repetí a mí misma.

Fue a decir algo, pero entonces levantó la cabeza y se fijó en un punto en mi espalda.

—Hablando del rey de Roma... —dijo sonriendo divertido.

Noté que todo mi cuerpo se tensaba, que mi corazón se aceleraba...

—¿Qué pasa, colega? —oí justo detrás de mí a la vez que un brazo me pasaba por delante para estrechárselo a Tristan, y el otro me cogía por la cintura y me pegaba a un cuerpo que desgraciadamente conocía demasiado bien.

«No, no, no.»

—Hola, princesa... Te he echado de menos.

31

MARFIL

Mi primer instinto fue cogerle la mano, retorcerle los dedos hacia atrás y hacer palanca para tumbarlo ejerciendo todas mis fuerzas... Pero no pasó nada de eso.

Me paralicé.

Me quedé quieta, dura como una estatua y los únicos que se movieron fueron mis ojos buscando a Colin...

Que no estaba.

—¡Hijo de puta! —escuché a Sebastian gritarme al oído—. ¿Dónde coño está Daddario? ¡Hemos perdido a Colin! ¡¿Cómo coño ha entrado sin que lo supiéramos?!

—Te noto tensa —me dijo Marcus besando mi cuello un segundo antes de dirigirse a Tristan—. Veo que has conocido a mi prometida —añadió en un tono alegre que me asustó más que cualquier otra cosa que pudiera hacer... Yo sabía lo que venía después de eso...

—¿Tu prometida? —dijo Tristan con la cara descompuesta—. No lo sabía, tío... Joder, ¿por qué no me lo has dicho...? Si lo hubiese sabido...

—¿No le habrías metido la lengua hasta la campanilla? —preguntó Marcus enfriando el tono al instante.

—Marcus, yo...

—Desaparece de mi vista.

No tuvo que pedírselo dos veces. Tristan se giró y se marchó por donde había entrado. Ni siquiera se detuvo en averiguar dónde se había metido su chica.

—Cuando me han llamado hace una hora para decirme que estabas aquí... —dijo girándose y mirándome a los ojos. Soltó un suspiro profundo—. Joder, nunca en mi vida había sentido tanto alivio —prosiguió, acariciándome la mejilla.

Apreté los labios con fuerza e intenté concentrarme. Intenté que el miedo no me bloqueara, joder... Estaba bloqueada. No podía ni moverme.

—Mira lo que te has hecho, mujer —dijo tocando mi cabello rubio, corto...—. Has estropeado mi juguete preferido.

—Voy a entrar —dijo Sebastian en mi oído—. Voy a sacarte de ahí.

—No podemos entrar ahora... —oí la voz de Ray que empezaba a discutir. Los gritos en la furgoneta me llegaron entrecortados y solo consiguieron bloquearme aún más.

Vi que Marcus llamaba a alguien con un gesto de la mano y un hombre se nos acercó con un palo metálico en la mano.

—Registra a mi querida mujercita, por favor, Mani —le pidió alejándose un paso de mí.

Me giré hacia aquel hombre y empezó a cachearme hasta que el detector empezó a pitar como loco cuando llegó a la altura de mi oído.

—Pero mira qué tenemos aquí... —dijo Marcus cogiendo el audífono después de que Mani me lo arrancara sin ningún cuidado.

—Si vienes preparada y todo...

—Marcus... —empecé a decir cuando además me quitó las gafas. No habían pitado, pero nunca me había visto con ellas antes—. Estas mejor las dejamos por aquí —dijo con una fingida calma. Fui a decir algo, pero me interrumpió con la mirada que me lanzó.

—Creo que este no es el lugar adecuado para tener esta conversación, ¿no te parece?

Tiró el audífono al suelo y lo destrozó con el pie.

Supe entonces que estaba sola y eso me dio tanto miedo que tuve que controlar las ganas de empezar a gritar.

—Bajemos donde podamos tener algo de privacidad.

Me cogió por el brazo y cruzó la sala. La gente que había allí ni se inmutó, bailaban o se enrollaban disfrutando de lo que aquel club ofrecía: alcohol, sexo, música... y trata de blancas.

Cruzamos un pasillo y nos metimos en un ascensor. Marcus tuvo que introducir una clave para entrar y, cuando estuvimos solos en el ascensor, me golpeó con todas sus fuerzas y me tiró al suelo

—¡¿Tienes idea de lo que he pasado buscándote por toda la ciudad?! —me gritó a la vez que me golpeaba con una patada el estómago—. ¡Eres una maldita desagradecida de mierda!

Me levantó por el brazo cuando llegamos abajo y las puertas del ascensor se abrieron. Tosí intentando que el aire entrara en mis pulmones.

—Señor —saludó uno de los guardias cuando pasamos por delante de él hasta alcanzar una puerta al final de un pasillo. No pareció sorprenderle que me llevara casi a rastras.

—Que nadie me interrumpa —le gritó antes de meternos dentro y cerrar la puerta.

El tiempo que tardó en cerrarla fue el suficiente para alejarme de él corriendo hasta alcanzar la pared opuesta.

Miré a mi alrededor, busqué con los ojos cualquier cosa que me sirviera de arma, hasta que vi dos picahielos encima de la barra.

Con una mano cogí uno con fuerza y levanté el brazo para defenderme.

—Lo bueno de tener un arma es que la diferencia entre la tuya y la mía —dijo girándose y sentándose en uno de los sofás con calma. Se sacó una pistola de dentro de su chaqueta— es que yo puedo matarte desde aquí, solo moviendo un dedo, y tú, en cambio, tienes que acercarte para poder intentarlo —finalizó con una sonrisa.

No dije nada, mis ojos recorrieron la habitación intentando buscar una manera de salir de allí.

No la había.

—¿Para quién cojones estás trabajando? —me preguntó entonces, mirándome fijamente.

No dije nada. Mi cerebro estaba intentando asimilar por qué él estaba aquí, cuando habíamos tenido todo el cuidado del mundo para que eso no ocurriera. Teníamos satélites vigilando su casa y la entrada del club. Teníamos a agentes del FBI esperando fuera. Nadie entraba ni salía sin que Suarez lo supiera. ¿Cómo demonios lo había hecho?

—¿Estás preguntándote cómo he entrado en mi propio club sin que me vieran?

Mi silencio le sirvió como respuesta porque contestó de todas formas.

—Cuando monté Noctumb, supe que, si quería llevar acabo aquí mis negocios, iba a necesitar una vía de escape. Por eso hice excavar un túnel debajo del edificio, un túnel bajo tierra que llega hasta una de mis oficinas.

Mierda... ¿Cómo no lo habíamos visto? ¿Cómo nadie lo había detectado en los mapas...?

Porque no estaría en los mapas... Era un túnel ilegal.

—Cuando mis trabajadores me informaron de que había un movimiento sospechoso en los sistemas de seguridad y encima de que la tal Clara, esa idiota que se creía que iba a poder llevarme a la justicia, se había encontrado con dos individuos..., supe que algo raro estaba pasando. No es la primera vez que intentan jugármela, princesa. Pero nunca creí que tú, precisamente tú, ibas a estar involucrada en todo esto.

—Después de todo lo que has hecho...

—Después de todo lo que he hecho... ¿Qué es lo que he hecho, según tú? ¿Protegerte? ¿Proteger a tu familia? ¿Salvarte de la mafia rusa que quería asesinarte?

—Lo que haces aquí abajo... Te mereces pasar el resto de tu vida en la cárcel.

Soltó una carcajada que me sobresaltó.

—¿Yo? —dijo señalándose con la pistola que llevaba en la mano derecha—. ¿Yo en la cárcel? Por favor, niña. Duraría tres días antes de que me sacaran de allí. ¿Tú entiendes lo poderoso que soy? ¿Lo poderoso que se es cuando se tiene la cantidad de dinero que yo poseo?

—El dinero no te va a salvar esta vez.

—¿Salvarme de quién? ¿De ti?

—Sé demasiado, Marcus —le aseguré aún pegada a la pared—. O me matas aquí y ahora o vas a tener que entender que no pienso parar hasta acabar contigo.

—Antes de que sigas diciendo sandeces, quiero enseñarte una cosa —dijo poniéndose de pie—. Ven aquí.

No me moví ni un paso.

—Ay, Marfil, esto puede ser simple y sencillo o todo lo complicado que lo quieras hacer. Ven aquí.

Y me daba tanto miedo lo que podía llegar a hacerme que me acerqué con cuidado; me dolían las costillas del golpe que me había dado en el ascensor.

—Voy a enseñarte lo que tantas ganas tenías de ver.

Me cogió por el brazo y salimos al pasillo. Pasamos por delante del guardia y bajamos en el ascensor. Al bajar, llegamos a una puerta opaca de cristal. Cuando entramos vi que allí estaba montado lo mejor de aquel lugar. Todo era oscuro y elegante, las alfombras rojas y las lámparas de gas le daban un aire de castillo antiguo. Me fijé que había un montón de puertas que se iban alejando en una pared que iba doblando en forma circular hacia la derecha.

Cuando llegamos al final, dos mujeres atendían una barra de cristal bien surtida con todos los licores y tipos de alcohol que os podáis imaginar.

—Va a empezar, vamos —dijo tirando de mí y abriendo una de las puertas.

Me chocó el silencio sepulcral, como si la habitación estuviese insonorizada completamente. En el centro había un sofá y delante una cristalera que daba a una especie de escenario redondo.

Desde allí podías ver las mismas cristaleras, aunque no había iluminación suficiente para ver quiénes estaban allí dentro. Odié saber que me habían quitado las gafas, que nada de lo que ocurría y veía allí abajo se estaba grabando. Por fin estaba donde necesitaba estar y de nada serviría.

Las puertas se abrieron y apareció la primera chica. Le costaba caminar e iba vestida con un conjunto de lencería fina. Llevaba unos tacones tan altos que temí que se cayera cuando la vi subir los escalones del escenario tambaleándose.

—Esta es mi parte preferida —dijo Marcus en mi oído. Y entonces empezó la subasta... Vi pasar ante mis ojos todo tipo de chicas, algunas tendrían mi edad, otras eran mucho más pequeñas. Las subían al escenario y pujaban por ellas hasta que alguien las compraba.

—Eres un hijo de puta —le dije con todo el odio que fui capaz de trasmitir.

—Puede ser... Pero soy un hijo de puta con más dinero que el presidente de Estados Unidos.

—¿Todo se resume en eso? ¿En dinero? ¡Tienes todo lo que quieres!

—Hay que mantener la posición, princesa. Si no viene otro y te roba el puesto.

La última chica salió por la puerta y Marcus sonrió divertido.

—Como tú, por ejemplo —dijo mirándome a los ojos—. Has querido robármelo todo: mi trabajo, mi dinero, mis secretos..., mi corazón.

—Tú no tienes corazón.

—Puede ser... —asintió deliberando consigo mismo—. Te tenía preparado un regalito para esta noche... No sabes lo difícil que fue conseguirlo...

Me cogió del brazo y me obligó a girarme.

—Lo mejor para el final —dijo la misma voz que había estado describiendo a cada una de las chicas que entraba y salía—. Rasgos latinos, pureza garantizada, habla tres idiomas: inglés, francés y español.

Una chica fue casi arrastrada hacia el escenario. Apenas se mantenía en pie y tenía varias heridas en los muslos y en el estómago como si la hubiesen golpeado.

Me entró el pánico cuando vi quién era.

—¡NO! —grité poniéndome de pie y golpeando el cristal con fuerza.

—No puede oírte.

Las pujas empezaron.

—¿Quién da un millón?

Respondió la luz roja.

—¿Millón y medio?

—¿Quieres que puje? —preguntó Marcus.

—¡Sácala de ahí! —grité en respuesta.

—Lo haré solo si me dices para quién trabajas.

Ignoré sus palabras y fui hacia donde estaba el aparato para pujar.

Me lo arrancó de las manos y me empujó hasta que caí encima del sofá.

—Si alguien termina comprándola, el contrato es irrompible, no podré salvarla.

—¡No trabajo para nadie!

—Respuesta incorrecta —dijo encogiéndose de hombros.

—Un millón seiscientos mil dólares —dijo la voz por los altavoces.

—¡Es mi hermana! ¡Tiene quince años!

—Te dije lo que ocurriría si no hacías lo que te decía.

—¡Haré lo que quieras, pero no le hagas nada!

—¿Para quién trabajas? —volvió a preguntarme.

—¡Para Sebastian! —grité viendo cómo mi hermana lloriqueaba y se tambaleaba en el escenario.

La cara de Marcus pareció transformarse. Lo odiaba, lo odiaba de verdad y, cuando volvió a mirarme..., sus ojos lo dijeron todo: por mí solo quedaba el rencor y el desprecio que me tenía. Si había llegado a creer que lo que él decía haber sentido por mí podía llegar a salvarme, esa mirada fue suficiente para saber que no, eso no pasaría.

—Y él ¿para quién lo hace? —respondió con calma.

—Para nadie —le contesté limpiándome las lágrimas de las mejillas—. Quiere vengarse de ti por todo lo que me hiciste.

—Así que esto es un acto de amor... —dijo sin creerse ni una sola palabra.

—Dos millones de dólares. —Se oyó la voz interrumpiéndonos.

—¡Te he dicho la verdad! —Sabía que mentía, pero no podía decirle nada más. Sabía que me mataría si se enteraba de todo, a mí y a mi hermana.

—No, no lo has hecho —dijo sacándose un teléfono móvil del bolsillo y marcando un número.

No podía quitar los ojos de mi hermana. Mi hermana allí, en el peor lugar imaginable y todo por mi culpa. Nunca debí involucrarme. Nunca debí creer que podía enfrentarme a ese cabrón. Él iba diez pasos por delante, siempre lo iría.

—Por ahora déjala donde estaba, yo te diré cuándo se sigue —oí que decía Marcus antes de colgar el teléfono—. Llegó la hora de jugar.

—¡¿Adónde la llevas?! —grité cuando me levantó del sofá y salimos otra vez al pasillo—. ¡Déjala, Marcus, esto no tiene nada que ver con ella!

—Te dije que, si no eras tú, sería ella —contestó abriendo la puerta del despacho—. A los Cortés parece que os gusta esto de recibir, pero no dar nada a cambio. Tu padre intentó jugármela también. Sabía lo que había cuando hizo negocios conmigo y ahora por imbécil está creando malvas en alguna alcantarilla de Nueva York.

«¿Qué? ¡Oh, Dios mío!»

—¿Lo has matado? —le pregunté con la voz desgarrada... Mi padre...

—Yo no lo he matado. Lo he mandado matar, que es diferente —me dijo soltándome en una silla y alejándose hacia al minibar—. El muy imbécil me lo puso difícil. Estaba más protegido que yo. Supongo que tu tío por fin decidió echarle una mano, aunque no le ha servido de nada, los he matado a los dos. Tu hermana ha sido el premio por tan arduo trabajo.

Me llevé las manos a la cara e intenté controlar el ataque de pánico que estaba sufriendo. Mi padre y mi tío asesinados por Marcus. Mi hermana debió de verlo todo y ahora la tenían allí abajo... La tenían lista para venderla. Si eso ocurría, sabía que no la volvería a ver jamás.

Dios mío, mi padre había muerto...

¿Dónde estaba Sebastian? ¿Dónde estaban los del FBI?

—Voy a explicarte lo que va a pasar —dijo sentándose en frente de mí en el sofá que teníamos delante—. Vas a decirme para quién cojones trabaja Sebastian Moore. Vas a darme una lista de nombres de cada una de las personas que está detrás de mí. Vas a contarme exactamente cuál era tu precioso plan para acabar conmigo en mi propio club.

Levanté la mirada con odio.

—Vete al infierno.

—Esto es el infierno, princesa y, ¿sabes una cosa? Yo soy el rey.

Miré hacia la puerta que había detrás de él. Tenía que salir de allí como fuera. Tenía que sacar a mi hermana...

—Es prácticamente imposible entrar aquí o salir sin la tarjeta de acceso —dijo Marcus leyéndome la mente otra vez—. Tu nada sutil intento de burlar mi vigilancia me demuestra que el imbécil del que te has enamorado es más idiota de lo que pensaba.

Entonces oímos un estruendo fuera del despacho.

Marcus se levantó del sofá y me señaló con el dedo.

—Ni te muevas —dijo amenazador. Sacó la pistola y abrió la puerta.

—Señor, lo hemos pillado en el subsuelo. Se ha cargado a Gorka y a los vigilantes que había en la entrada cuatro —oí decir a un hombre que hablaba deprisa.

—Voy a subirte el sueldo por esto, Mani —dijo Marcus abriendo la puerta—. Entradlo y sujetadlo con fuerza.

Me levanté del sofá cuando vi a Sebastian. El alivio momentáneo que sentí al verlo se esfumó cuando me di cuenta de que lo tenían completamente sujeto por los brazos. Tenía las muñecas atadas a la espalda y la cara se le llenó de terror cuando posó sus ojos en los míos.

—¡Sebastian! —grité corriendo hacia él, pero Marcus me sujetó a medio camino y me impidió que lo alcanzara.

—Quieta, princesa —dijo en mi oído y Sebastian se removió contra los guardias que lo sujetaban.

—¡No la toques, hijo de puta! —le gritó furioso.

—¿Que no la toque? —dijo entonces Marcus apartando un mechón de pelo de mi rostro—. Voy a hacer mucho más que tocarla, Sebastian Moore. —Me removí y me sujetó con más fuerza—. Pero antes voy a desahogarme un poco contigo. Te tengo ganas desde la última vez que te vi y, ahora que has decidido entrar en mi casa sin mi permiso..., supongo que no te va a venir nada mal un pequeño escarmiento.

Me soltó y me apuntó con la pistola.

—Siéntate —dijo sin dejarme otra opción que hacerle caso.

Sacó su teléfono y volvió a llamar.

A los cinco minutos dos hombres robustos y tan altos como Sebastian entraron en la sala.

—Sujetadlo —ordenó Marcus a la vez que dejaba la pistola en la mesa y se arremangaba la camisa que llevaba—. Voy a dejarte tan hecho trizas que te pensarás dos veces si meterte conmigo te sale rentable.

Los otros dos guardias se colocaron cerca de donde yo estaba y entonces... empezaron los golpes. Marcus empezó dándole en el estómago, en las costillas, en la cara...

—¡Basta! —grité sin poder evitar que las lágrimas cayeran por mis mejillas. Lo estaba destrozando y Sebastian no podía hacer nada. Aguantaba cada golpe con entereza, ni siquiera se quejaba. Le había partido el labio, le había roto seguramente más de una costilla, le había dañado los ojos y él seguía—. ¡Por favor, déjalo en paz, Marcus! ¡Lo vas a matar!

Marcus se detuvo y se giró para mirarme.

—Ostras, pues es verdad lo que dices, ¿eh, princesa? —repuso. Dio tres pasos hacia atrás y se quedó observando como la sangre caía del cuerpo de Sebastian y manchaba las alfombras del suelo—. Y no quiero matarlo de esta forma, no. Tenía algo mejor pensado para él... Para los dos, en realidad —añadió mirando cómo lloraba y cómo mis ojos no se apartaban de Sebastian.

Se acercó hasta mí y se agachó a mi lado en el sofá.

—Lo quieres, ¿verdad? —me preguntó en silencio—. Estás enamorada de él...

No dije nada, seguí con los ojos puestos en Sebastian, que intentaba levantar la cabeza para mirarme.

—Lo miras como siempre he querido que me mirases a mí.

—¡Nunca podría sentir algo por ti! ¡Eres basura humana, eso es lo que eres! —le grité al tiempo que lo empujaba con todas mis fuerzas.

Al estar de cuclillas, se cayó ya que no esperaba mi reacción.

Los guardias hicieron el amago de ayudarlo, pero Marcus levantó la mano impidiendo que hicieran nada.

Me sonrió divertido a la vez que se incorporaba sin esfuerzo.

—Sentadlo ahí —dijo señalando la mesa de póquer que había en una esquina. A mí me cogió por el brazo y me llevó hasta el mismo lugar.

Sebastian y yo quedamos enfrentados, con la mesa en el medio y nuestras miradas cruzadas en la poca distancia que había entre los dos.

—Voy a divertirme con esto —dijo con la pistola en la mano, mirándonos a uno y a otro. Entonces se dirigió hacia una especie de caja fuerte. La abrió, se guardó la Glock de 9 mm en la parte trasera de los pantalones y sacó una pistola diferente. Sebastian me había hablado de ella, era un revólver Smith & Wesson, si no me equivocaba.

Marcus se acercó hasta la mesa, abrió el tambor y empezó a sacar las balas una a una.

—Creo que con tres irá bien —dijo para sí mismo. Sebastian miró entonces hacia todos lados, sabía lo que estaba haciendo, intentaba idear un plan para sacarnos de allí, intentaba salvarme a mí, porque él estaba atado y destrozado...

Empecé a llorar cuando entendí lo que Marcus pretendía hacer. Hizo girar el cargador y lo cerró con un fuerte movimiento. Después se giró hacia mí.

—Cógela —me ordenó.

Temblando, cogí la pistola que me tendía. Sabía todo sobre ella, cómo cargarla, cómo desarmarla, el nombre exacto de cada parte que la conformaba... pero nunca la había entendido como la entendí en los minutos que siguieron a aquel momento.

Y todo porque él nunca debió estar allí.

Nos habían engañado y ahora... Ahora todo estaba a punto de irse a la mierda.

Le había dicho a Sebastian que estaba lista para morir, que no me importaba perder la vida si al hacerlo conseguíamos nuestro objetivo, que no me importaba morir por una buena causa, pero ahora que tenía el arma delante... Me sorprendió no temer tanto por mí, sino por él...

—Vamos a jugar a un juego, ¿os parece? —dijo Marcus, sonriendo de aquella manera infantil que me provocaba escalofríos.

Mis ojos se apartaron del arma y subieron hasta encontrarse con los de Sebastian.

Todavía no entendía cómo demonios había conseguido llegar allí, aunque las heridas en su rostro y en su abdomen dejaban claro que había tenido que pasar por un infierno hasta encontrarme.

¿Por qué me sorprendía? Me había dicho que lo haría..., que, si las cosas se desmadraban, entraría en persona a sacarme de allí.

Y lo había hecho.

—¿Quién quiere empezar? —dijo Marcus, cogiendo la pistola de entre mis dedos y colocándola en el centro de la mesa. La giró con un movimiento seco y, cuando el arma se detuvo, su sonrisa se agrandó hasta ocuparle toda la cara—. ¿Las damas primero?

Negué con la cabeza.

—Por favor... —le supliqué con la voz rota.

—Hazlo o seré yo quien le pegue un tiro, y no será directamente en la cabeza, no; sino que empezaré por una pierna, luego otra, luego en las costillas y en cualquier parte que se me antoje hasta que me supliques a gritos que lo mate deprisa.

Conteniendo las lágrimas, cogí la pistola de la mesa y la levanté con manos temblorosas.

—A la cuenta de tres... ¿de acuerdo?

Nuestras miradas se encontraron... La mía estaba horrorizada; la de él, calmada como el océano en un día de verano.

—Uno —dijo aquel cabrón hijo de puta.

Sebastian asintió dándome ánimos.

—Dos.

—No puedo...— dije llorando, mientras bajaba la pistola.

Pero Marcus me levantó el brazo con fuerza. Me apretujó los dedos y me obligó a apuntarle a la cabeza a la persona de la que estaba enamorada.

—Hazlo, elefante...

Negué con vehemencia y los dedos de Marcus me hicieron daño al apretarse con fuerza más contra el hierro del arma de fuego.

—Tres.

El estruendo del disparo me hizo cerrar los ojos y gritar.

32

SEBASTIAN

—¡Qué coño haces! —gritó Marcus arrancándole el revólver de las manos a Marfil, cuando esta disparó hacia la pared opuesta—. ¡Así no se juega, idiota! —dijo levantando la pistola y apuntándome con ella.

«Por favor, joder, dame una oportunidad para acabar con él», le pedí a quien fuera que pudiera oírme.

—¡No lo hagas, por favor! —gritó Marfil hecha un mar de lágrimas.

Pero lo hizo. El muy hijo de puta apretó el gatillo con el arma apuntándome directamente en la cabeza... Pero esta no se disparó.

Solté una maldición y un suspiro de alivio que me salió de lo más profundo de mi ser. Marfil parecía estar a punto de desmayarse... Marcus la había golpeado a ella también; tenía el pómulo hinchado con un pequeño corte por donde le salía sangre.

Joder... Iba a matarlo. Iba a matarlo aunque fuera lo último que hiciera en este mundo. Hacerla jugar a la ruleta rusa... Apreté los puños con fuerza.

—Marfil, todo va a salir bien —le dije intentando sonar seguro, intentando ocultar el pánico que me embargaba.

Una de las balas había sido disparada, otra no... Aún quedaban dos balas en el tambor y cuatro posibilidades para disparar.

—Y tanto que va a salir bien —me dijo Marcus—. Te toca a ti —agregó colocando la pistola en la mesa—. Desatadle las manos para que pueda coger el revólver —le ordenó a uno de sus guardaespaldas.

Me soltaron las manos y me sentí mejor; con las manos atadas no podía hacer mucho.

Joder... ¿Cómo iba a ser capaz de levantar una pistola y apuntarle a la cabeza a Marfil? ¿Cómo coño podía hacer eso cuando la quería más que a mí mismo?

—Hazlo —me ordenó Marcus impaciente apuntándome con la pistola a la cabeza.

Levanté el arma y evalué su peso... No era la primera vez que jugaba a esa mierda. Cuando tenía veinte años, en el ejército, nos dio por hacer el imbécil. Un chaval murió y casi nos echan a todos.

Respiré hondo y levanté la pistola

—No te pasará nada —le dije a Marfil con seguridad. Mi puntería era excepcional.

Moví la pistola unos centímetros hacia la izquierda.

Si llegaba a dispararse la bala, le rozaría la oreja. ¿Le haría daño? Sí. ¿La mataría? No.

—Mírame a los ojos —le dije y vi el pánico reflejado en ellos. Sus bonitos ojos verdes parecían estar a punto de quedarse sin vida.

Todo esto estaba siendo demasiado para ella; la presencia de ese hijo de puta, saber que su hermana estaba aquí dentro...

Todo había salido a la luz en el instante en que supimos que Marcus estaba dentro. Había entrado desde un túnel, un túnel que creíamos que estaba controlado, pero que era más largo y tenía más bifurcaciones de las que habíamos podido averiguar. No había sido fácil entrar... Joder, me había tenido que cargar como a siete tipos yo solo. Nadie había apoyado mi decisión de entrar a buscarla y sabía que había puesto todo en peligro por llegar hasta aquí.

Pero no iba a dejarla.

Nunca.

—Todo va a salir bien —dije. Y entonces... disparé.

33

MARFIL

Cerré los ojos con fuerza y solo oí el sonido del gatillo. Al ver que no había salido ninguna bala, Sebastian suspiró aliviado.

—Bueno, bueno... Parece ser que estáis teniendo mucha suerte —dijo Marcus sentándose en medio, entre los dos. En una mano llevaba su pistola, mientras que la otra la tenía simplemente apoyada encima de la mesa—. Este juego empieza a aburrirme, quiero ver sangre...

Sentí el frío metal del picahielos rozarme el tobillo, dentro de mi bota. En cuanto había podido, lo había escondido allí dentro, sin que él se diera cuenta.

Estaba muy cerca de mí, podía hacerle daño... Podía distraerlo para que Sebastian pudiera arrebatarle su pistola.

Ahora me tocaba a mi disparar.

—Tengo curiosidad —dijo Marcus. Cogió el revólver y me lo dio como si tal cosa—. ¿Cómo se ha tomado tu queridísimo Sebastian nuestra relación amorosa, Marfil?

Miré a Sebastian, que parecía estar controlando toda su energía y centrándola en no meter la pata, en no dejarse llevar por la rabia.

No le contesté y subí la pierna para poder coger el picahielos. Los demás guardaespaldas solo tenían ojos para Sebastian. Por qué centrar su atención en una chica indefensa, ¿verdad?

Apreté el picahielos con fuerza entre mis dedos y lo saqué escondiendo la mano debajo de la mesa.

—La única relación que tenemos tú y yo es la del odio que te profeso.

Marcus sonrió divertido.

—No decías eso cuando hacía esto... —dijo entonces, cogiéndome por la nuca y estampando su asquerosa boca en mis labios cerrados. Forcejeé para que me soltara, para que se alejara de mí, y vi que Sebastian hacía amago de levantarse y abalanzarse sobre Marcus, pero dos de los gorilas que tenía detrás se encargaron de sujetarlo con fuerza.

—¡Te voy a matar! —gritó furioso revolviéndose con tanta fuerza que los guardias estaban teniendo problemas para poder controlarlo.

Marcus se apartó sonriendo y se giró colocándose a mi espalda. Sentí el peso de sus manos en mis hombros y temí por lo que fuera capaz de hacerme, ahí, delante de Sebastian, solo para vengarse, para torturarlo, para torturarnos a ambos.

—Fue difícil para ti mantenerte alejado de ella ¿verdad? —dijo con sus manos deslizándose por mi cuello. —Debo admitir que puedo llegar a entenderte... cualquier hombre perdería la razón teniéndola delante... con esta cara... este cuerpo... —Una de sus manos bajó por el escote del vestido y se introdujo por él hasta agarrarme un pecho con fuerza.

—¡No la toques! —gritó Sebastian como loco. Estaba ido, y yo intentaba controlar las ganas de clavarle el objeto punzante que con tanta fuerza aferraba en mi mano. Debía esperar el momento indicado, sin apresurarme.

Entonces Marcus se inclinó para hablarme al oído, como si fuésemos amantes, aunque manteniendo el mismo nivel de voz para que todos pudieran oírlo perfectamente.

—¿Vas a cargarte a este imbécil para que pueda volver a follarte hasta dejarte seca?

Miré a Sebastian a los ojos y todo pareció quedar en pausa unos instantes. El peso de la verdad cayendo sobre ambos, por fin.

El dolor de su mirada me dolió incluso más que cualquier cosa que Marcus hubiese podido hacerme.

Su carcajada pareció despertarnos del doloroso letargo que nos había congelado en ese lugar.

Sentí cómo se separaba de mi lado y volvía a su correspondiente lugar entre los dos, su mano apoyada en la mesa... y entonces fue cuando todo pasó muy deprisa.

En el primer segundo, el dolor de Sebastian fue sustituido por la rabia que sintió al entender lo que había pasado: Marcus me había violado.

—Te voy a matar, hijo de puta —dijo Sebastian apretando las manos hasta que formaron dos puños como piedras sobre la mesa que se interponía entre nosotros.

Marcus volvió a reírse y aproveché para que Sebastian me prestara atención.

Señalé con mis ojos la pistola que Marcus tenía en la mano derecha, apoyada contra la mesa, de forma despreocupada, y cuando vi que entendía lo que iba a hacer, me moví...

Deprisa.

Con precisión.

Saqué el picahielos de debajo de la mesa, lo levanté en el aire con todas mis fuerzas y se lo clavé en su mano izquierda con un golpe seco y certero.

Gritó de dolor y entonces todo sucedió como en cámara lenta.

Sebastian tiró la silla hacia atrás cuando se incorporó y le arrebató la pistola a Marcus, aprovechando los segundos de distracción y las exclamaciones de dolor que soltaba al ver su mano anclada a la mesa, sangrando y manchándolo todo.

Él se encargó de dispararle a los dos gorilas que estaban detrás de él, y yo cogí el revólver y recé para que las siguientes balas salieran a toda mecha y que el disparo vacío se quedara para el final.

Tuvimos suerte.

Se dispararon las dos.

Sebastian y yo nos giramos hacia Marcus en cuanto los dos guardias cayeron muertos a nuestros pies.

—¡Hijo de puta! —empezó a gritar Sebastian mientras empezaba a patear y a golpear a Marcus con todas sus fuerzas. Le cogió la cabeza y empezó a darle contra la mesa.

Miré cómo lo golpeaba y sentí placer al verlo retorcerse de dolor.

Pero ahora había algo que era mucho más importante que terminar con esa escoria.

—Mi hermana, Sebastian —dije como único recurso para hacerlo parar.

Sebastian se detuvo y entonces me miró.

Fui hacia donde él estaba y lo abracé.

—Lo siento..., joder —dijo enterrando su cara en mi cuello. Noté la humedad en mi mejilla, la humedad de sus lágrimas de rabia, sus lágrimas de tristeza al comprobar que lo que él siempre había sospechado era cierto.

—Tenemos que salir de aquí —le dije apartándome y mirando a Marcus, que sangraba y se retorcía. Su mano aún estaba clavada a la mesa.

Me separé de Sebastian y fui hacia Marcus.

Me agaché a su lado.

—Ahora vas a llamar a quien sea que tengas que llamar y le dirás que traigan a mi hermana.

Marcus tosió y volvió a sonreír de esa forma terrorífica, esa forma con la que había jugado conmigo, con mi voluntad, con mi mente, con mi cuerpo, con mi autoestima.

Levanté el puño y le asesté un golpe en la boca.

—Tienes suerte de que te necesitemos para salir de aquí, porque juro por Dios, que te metía un balazo en la cabeza ahora mismo si no fuera por eso.

—No serías capaz... —me provocó.

Después de todo seguía haciéndolo.

Levanté la pistola, que en realidad no tenía balas, pero Sebastian me tiró del brazo.

—Tenemos que irnos —dijo cogiendo el teléfono del bolsillo de Marcus y dándoselo para que llamara—. Di que traigan a Gabriella.

Marcus se quedó quieto y yo levanté la mano y retorcí el picahielos contra su herida abierta.

Gritó de dolor.

—Ahora —dije apretando los labios con fuerza.

Marcus cogió el teléfono con la mano izquierda y marcó un número.

—Traed a la niña a mi despacho —ordenó con voz temblorosa, aunque creíble—. Me da igual... Traedla ahora.

Sebastian me indicó con un gesto de la mano que lo siguiera. Se colocó detrás de la puerta y me obligó a colocarme detrás de él. En sus manos tenía la pistola que había cogido de uno de los guardias y apuntaba a la puerta esperando el próximo movimiento.

A los pocos minutos la puerta se abrió y entraron dos tipos con mi hermana. Ambos se quedaron paralizados cuando vieron a Marcus tirado en el suelo, hecho pedazos.

Sebastian apuntó con la pistola y mató a los dos guardias. Mi hermana se tambaleo hacia atrás cuando el que la sujetaba la soltó.

—¡Gabi! —grité corriendo a ayudarla.

—¿Marfil? —dijo intentando abrir los ojos.

—¡Dios mío! —dije llorando y abrazándola—. ¿Qué te han hecho?

—Tenemos que salir de aquí. El ruido de los disparos ya habrá llamado la atención de los demás guardias —dijo Sebastian.

Cogí a mi hermana y la sujeté con fuerza, pasándole un brazo por los hombros y el otro, en su cintura.

—¿Puedes con ella? —me preguntó mientras comprobaba cuántas balas le quedaban.

Asentí.

Sebastian se acercó a Marcus y le arrancó el picahielos de la mesa.

Marcus chilló con fuerza.

—Dime la clave de la caja fuerte, necesito otro cargador.

Marcus escupió sangre en el suelo a los pies de Sebastian.

—No vais a salir de aquí con vida —murmuró.

Le costaba respirar.

—¡La clave! ¡Ahora!

Marcus levantó la cabeza y se la dijo.

—M304472WZ.

Sebastian la introdujo y sacó de allí los dos cargadores que había y otra 9 mm que me tendió a mí.

—Está cargada —dijo comprobándolo antes de dármela—. Recuerda...

—Dispara solo cuando esté segura.

—Dispara a todo lo que se mueva —me corrigió borrando sus clases de hacía semanas.

Asentí y fui detrás de él.

Me preocupaba mi hermana. Gabriella parecía otra persona, estaba sudando mucho y los ojos se le cerraban, apenas podía mantenerse en pie.

Cuando salimos al pasillo, vimos que no había nadie. Supuse

que los guardias que habían estado con nosotros, más los que acababa de matar Sebastian, eran los que se encargaban de aquella zona.

—El FBI tenía órdenes de entrar —dijo Sebastian avanzando,
pistola en mano—. Arriba ya habrán desalojado, pero aquí no ten-
drán ni idea de cómo acceder.

—¡Las demás chicas, Sebastian! —le dije recordando a las po-
bres mujeres que habían subastado hacía poco.

—Si las han sacado por el ascensor, el FBI las habrá detenido...

—Yo sé dónde están —dijo Gabriella en voz muy baja.

—¿Lo sabes, Gabi? —le pregunté apartándole el pelo de la cara.

Ella levantó la mano y señaló hacia delante.

Sebastian me miró y seguimos caminando.

—En esa puerta, el pasillo a la izquierda —dijo mi hermana y
seguimos sus instrucciones.

En efecto, cuando llegamos y abrimos la puerta, vimos a un
montón de chicas que se abrazaban y que lloraban.

Seguramente, al oír los disparos, los que habían podido se habían escapado dejándolas allí.

—Tranquilas —dijo Sebastian—, venimos a sacaros de aquí. No
os pasará nada.

Sebastian sacó su placa y se la enseñó para que estuvieran segu-
ras de que no mentíamos. ¿Cómo iban a confiar en nadie después de
lo que les había pasado?

—Seguidme, yo sé dónde está la salida —dije animándolas a
levantarse.

Al ser mujer, me miraron con un poco más de confianza. A Sebastian lo observaban con temor y odié ver que se le juzgaba a él por lo que otros hombres asquerosos habían hecho.

—Yo la llevo, Marfil —dijo cogiendo a Gabriella por la cintura—. Tú encárgate de que las demás nos sigan.

Y eso hicimos hasta llegar al ascensor.

Sebastian me miró y yo le devolví la mirada.

—Sube tú primero —le dije con calma—. Comprueba que todo está en orden y luego baja a buscarnos.

—No voy a dejarte aquí sola —dijo mirándome muy serio.

—Sé defenderme, ¿recuerdas?

Sebastian me miró unos segundos y luego, cogiendo a mi hermana con cuidado, la sentó en el suelo junto a la puerta.

—Vuelvo enseguida —prometió y se metió al ascensor.

Me acerqué para que con mi huella Sebastian pudiera subir y las puertas se cerraron.

—Tranquilas, chicas —dije mirándolas a todas—. La pesadilla se ha acabado.

—¿Se ha acabado? —oí una voz a mis espaldas.

Me giré automáticamente.

Marcus tenía a mi hermana cogida del cuello, su brazo la rodeaba con fuerza y un arma la apuntaba a la cabeza.

Levanté la mía casi al mismo tiempo que mi hermana soltaba un grito entrecortado.

—Suéltala —grité centrándome en la puntería—. Ahora.

—Si disparas, tu hermana morirá conmigo —dijo sonriendo con sangre entre los dientes. Apenas podía mantenerse en pie.

Las chicas que estaban detrás de mí habían empezado a llorar y a gritar.

—Suéltala, Marcus.

—¿Qué vas a hacer si no lo hago? No tienes lo que hay que tener para matar a alguien, princesa.

Las puertas del ascensor se abrieron justo entonces y siete agentes del FBI nos rodearon en medio segundo. Todas las pistolas apuntaron a Marcus.

—¡Suelten el arma! —nos gritó uno de ellos a los dos.

—Marfil, deja el arma en el suelo y da dos pasos hacia atrás —escuché que Sebastian me pedía a mis espaldas.

—No —dije entre dientes.

—¡Suelte a la chica y deje el arma en el suelo! —le gritaron a Marcus.

Me miró a los ojos y yo le devolví la mirada.

Y entonces lo supe.

No iba a hacerlo.

No iba a rendirse sin luchar.

No iba a soltar a mi hermana.

Si tenía que morir, lo haría haciéndome el mayor daño posible.

Entonces supe lo que debía hacer.

Era eso o nada... Y no pensaba quedarme sin hacer nada. No pensaba dejar que mi hermana muriera por alguien como él... no cuando yo tenía la oportunidad de evitarlo.

Los agentes del FBI siguieron gritando que dejáramos las armas.

Respiré hondo tres veces.

Apunté con la mayor precisión que pude conseguir.

Y disparé.

Todo el mundo gritó, mi hermana cayó al suelo y Marcus también.

Alguien me cogió por detrás y me desplomé a la vez que un agente me apresaba las manos contra la espalda.

Los ojos sin vida de Marcus me devolvieron la mirada.

—No soy ninguna princesa —fue lo último que le dije antes de que me levantaran del suelo y me metieran en el ascensor.

34

SEBASTIAN

No dejé que nadie la tocara. Fui yo quien le puso las esposas y quien la metió en la furgoneta.

Ya dentro se las quité y la abracé con fuerza. Temblaba como una hoja y lloraba sin parar.

—Tranquila —le dije al oído—. Ya ha pasado, elefante. Estás a salvo. Nadie os hará daño ni a ti ni a tu hermana, y todo gracias a lo valiente que eres, a lo valiente que has sido... No sabes lo orgulloso que estoy de ti.

Le aparté el pelo de la cara y la besé en la herida que Marcus le había hecho. Odiaba tener que llevarla a la comisaría. Odiaba haber tenido que ponerle unas esposas cuando lo único que había hecho era proteger a su hermana, proteger a todas las chicas que estaban allí.

Pero la ley es la ley y, cuando un agente del FBI te dice que bajes el arma..., tienes que bajar el arma.

Entendía las razones por las que Marfil no había hecho caso. Entendía perfectamente las razones porque yo hubiese hecho exac-

tamente lo mismo, pero ahora nada iba a ser de color de rosa: tocaba papeleo, juicio, testigos...

Pero antes de ir a la comisaría la llevamos al hospital. Allí le cu-
raron la herida de la mejilla y le miraron la contusión que tenía en
las costillas por la patada que ese cabrón le había dado nada más
verla. Yo tuve que quedarme un rato más, estaba hecho una mierda,
me habían dado la paliza de mi vida y tenía dos costillas rotas. Insistí en que podía irme a casa, no quería quedarme más tiempo del
necesario en el hospital, no con todo lo que había que hacer. Me
dieron analgésicos y salí de allí apoyándome en Marfil. Ahora que la
adrenalina había bajado, me di cuenta de que iba a tardar semanas
en curarme del todo, pero no me importaba. Había tenido heridas
peores.

No podía estar más feliz de que ese hijo de puta hubiese muerto,
no podía creerme que después de tantos años trabajando, después
de tantos años yendo detrás de él, por fin hubiese muerto. Tenía
ganas de montar una puta fiesta.

—Voy a ir a la cárcel, ¿verdad? —me preguntó Marfil cuando
subió al coche y conduje hasta la comisaría.

—No vas a ir a la cárcel —respondí muy seguro—. El pin que
llevabas en el vestido lo ha grabado todo. Suarez se encargó de poner
dos cámaras por si acaso, ni siquiera quiso que tú lo supieras por
seguridad, por si te interrogaban...

—¿Se ha grabado todo?

—Absolutamente todo —dije con una sonrisa—. Tenemos
pruebas suficientes para acabar con toda la industria de los Kozel.

Marfil parpadeó sorprendida y miró hacia fuera.

Empezaba a amanecer.

—Aún no me creo que esté muerto... —dijo al rato en un tono extraño.

—Marcus no se merecía estar ni un día más en este mundo.

—Me refería a mi padre —dijo mirando hacia fuera.

Me quedé callado. La muerte de Cortés nos había pillado desprevenidos a todos. Ese hombre había sido un cabrón con sus hijas, había delinquido durante años, pero también me había dado la oportunidad de tener un objetivo en la vida. Había creído en mí cuando nadie lo había hecho...

Era un asesino, sí. Era un delincuente, sí. Era un mal padre, también.

Pero la mente y el corazón no circulan por la misma carretera.

Escondí esa tristeza inexplicable en el fondo de mi corazón, cerré con llave esa puerta y la tiré por la ventana.

—Murió intentando proteger a tu hermana —dije para reconfortarla.

—Lo sé —contestó con tranquilidad—. Espero que eso baste para que no pase el resto de su existencia en el infierno.

No dije nada... Todo era demasiado reciente. No quería forzarla a nada, pues temía que se derrumbara de un momento a otro.

—Tu hermana se quedará unos días en el hospital —le dije cambiando de tema—. Fui a verla antes, mientras tú descansabas... Ha preguntado por Rico como unas cinco veces, al parecer ha sido ella quien lo ha estado cuidando desde que tú desapareciste.

Vi una sonrisa florecer en sus labios y sentí algo de paz interior.

—Rico... Tengo muchas ganas de verlo.

—Y lo verás —dije con seguridad—. Cuando lleguemos a la comisaría, explicarás todo lo que ocurrió, todo lo que sabes, todo lo que te hizo. Lo que ha pasado no solo hoy, sino desde que lo conociste. Estarás ahí un buen rato, te preguntarán de todo, pero recuerda que en estos casos la justicia estará de tu lado. Nadie se pone de parte del malo, no en casos como este.

Asintió en silencio y llegamos a la comisaría.

Tuve que esperar fuera durante tres horas hasta que la dejaron salir. El abogado de la familia había contactado con la policía y había logrado que la dejaran salir bajo fianza.

Después de hablar con él me quedé tranquilo, ya que afirmaba que el caso estaba ganado antes incluso de presentarlo.

Marfil había disparado en defensa propia, había salvado a su hermana, y nadie sería capaz de decir lo contrario.

Cuando terminamos, la llevé al piso franco.

Dentro nos esperaban Suarez y Ray.

Los dos, nerviosos, nos recibieron con un fuerte abrazo.

—¡Joder, niña, has estado espléndida!

Marfil sonrió de forma tímida.

—Ahora debería descansar —dije tirando de su mano hacia las habitaciones—. Mañana hablaremos de todo lo ocurrido.

Ambos asintieron y se volvieron a tirar en el sofá.

Todos estábamos exhaustos.

Cuando nos metimos en la cama la abracé con fuerza contra mi pecho.

—Gracias por ser como eres, elefante.

Marfil levantó la cabeza y me sonrió.

—Gracias por enseñarme que podía ser mejor.

Se durmió entre mis brazos y yo caí rendido poco después.

Qué bien sentaba dormir sin miedo por primera vez en años.

35

MARFIL

Fue difícil explicarle a mi hermana lo que nuestro padre había hecho. Ella siempre lo había querido, pero saber de primera mano lo que me había hecho a mí la había llenado de rabia. Tenía muchas preguntas, había muchas cosas que no entendía, pero decidí dejar esas explicaciones para más adelante. No quería asustarla más de la cuenta.

Su madre y su padrastro vinieron a verla en cuanto se enteraron de lo que había ocurrido. Elisabeth me abrazó en cuanto me vio.

—Lo siento tanto, cariño —dijo pasándome las manos por el pelo—. Tu padre siempre fue un hombre muy difícil, pero nunca nunca creí que fuera capaz de hacerte lo que te hizo. Me divorcié cuando supe de sus negocios... Ni siquiera pude luchar por la custodia de Gabriella. Con todo el poder que él tenía, supe que no ganaría jamás.

Elisabeth se giró hacia mi hermana, que en ese momento hablaba con Peter; le había llevado su ordenador, su móvil y una tableta enorme de chocolate. Estábamos en el hospital, Gabriella tenía un tobillo roto que ni siquiera recordaba cómo se había lesionado y tenían que operarla aquella tarde. Daba miedo pensar que había estado tan drogada que apenas recordaba nada.

—Nunca podré perdonarle lo que hizo, lo desprotegida que me dejó, ni sus intenciones de lucrase conmigo... Compró a mi madre, ¿lo sabías? La compró como si fuese un animal...

Pensar en ello y saber que no había sido capaz de averiguar qué había ocurrido con ella, quién la había matado... Aquella mañana me había reunido con Nika y su madre. Ambas estaban muy asustadas, no tenían ni idea de qué les iba a pasar a partir de entonces y yo les aseguré que no debían preocuparse por el trabajo. Mi padre me había dejado muchísimo dinero e iba a darles una indemnización por lo que habían sufrido. Le aseguré a Nika que iba a hacer todo lo posible por encontrarle trabajo a su madre entre las familias que yo conocía y que pagaban increíblemente bien. A ella la animé a hacer lo que quisiera, Era joven y se merecía labrarse un futuro, estudiar, trabajar, pintar..., lo que fuera que quisiera hacer, y yo estaría ahí para ayudarlas.

—No sabes lo feliz que me hace saber que has podido librarte de una vida como la mía —me dijo Naty abrazándome—. Siento haber sido tan dura contigo, no te lo merecías, pero lo hice para protegerte.

—Lo sé, lo entiendo, Naty, de verdad —repuse aceptando su abrazo—. Mi madre hubiese hecho lo mismo por Nika, estoy segura.

Naty volvió a abrazarme y me cogió las manos entre las suyas.

—Ojalá pudiera decirte o explicarte qué fue lo que pasó con

ella, pero cuando se marchó con tu padre no volví a verla. Nunca respondió a las cartas que le mandé y di por hecho que ni siquiera se las entregaban...

Eso cuadraba totalmente con una personalidad controladora y dominante como la de mi padre. Seguro que lo último que quería era que mi madre tuviera una amiga con la cual desahogarse por cómo la trataba él...

Nos despedimos y les dije que pronto recibirían un ingreso que las ayudaría a salir adelante. Prometimos que nos volveríamos a ver y, cuando les dije que estaban invitadas a Nueva York siempre que quisieran, vi la ilusión en los ojos de Nika imaginándose recorriendo la Quinta Avenida conmigo. Me prometí coordinar esa visita lo antes posible.

Era lo mínimo que podía hacer.

Volví al presente y me centré en Elisabeth, que cogió su bolso y lo abrió. Sacó un cuaderno desgastado, de esos de cuero que se cierran con una tira que va girando alrededor.

—Encontré este diario hace muchísimos años, estaba escondido entre las cosas de tu madre. Tu padre había querido vaciar la casa entera de sus pertenencias, pues decía que le traían malos recuerdos... Supe que algún día querrías conocerla un poco más y lo guardé. Nunca lo he leído, no me corresponde a mí hacerlo, pero supongo que ha llegado el momento de dártelo para que decidas qué quieres hacer con él.

Me tendió el diario y, cuando lo tuve entre mis manos, sentí que algo dentro de mí se removía.

Mi madre estaba allí conmigo... Lo sabía, lo sentía.

—Gracias, Elisabeth —dije con el corazón encogido. Me llevé el diario al pecho y lo abracé como si fuese a mi madre a quien abrazaba.

—De nada, cariño —dijo sonriéndome con lágrimas en los ojos—. Sabes que yo siempre estaré para ti, ¿verdad? Aunque tus padres ya no estén, en mí siempre vas a tener una madre. Nunca olvidaré el día en el que te conocí... Eras todo ojos verdes, tus trenzas te llegaban casi a la cintura y no te separabas de tu Barbie *ballerina* ni para ducharte.

Me reí y se me saltaron las lágrimas... Oír en voz alta que ya no tenía padres, que era huérfana, fue duro...

Y ver a mi hermana con su madre allí, preocupada y dándole cariño, incluso a Peter, que no era su padre, pero que la quería como si lo fuera... Yo nunca había conocido ese tipo de amor incondicional. De repente, necesité salir de allí con urgencia y entonces vi con el rabillo del ojo que Sebastian se asomaba a la puerta y me excusé para salir a recibirlo.

En cuanto me vio, me abrió los brazos para rodearme con ellos.

Sentir la calidez de su cuerpo me hizo muy bien, era lo único que necesitaba, a él, su cariño, su fortaleza, su amor...

—¿Estás bien? —me preguntó besándome en la cabeza.

—Lo estaré... —dije echando la cabeza hacia atrás y buscándolo con la mirada—. O eso creo.

—Te quiero. Lo sabes, ¿verdad?

Sonreí.

—Yo te quiero más.

—Podemos discutirlo —me rebatió sonriendo y agachando la cabeza para atrapar mi labio inferior con sus dientes. Me besó con cariño y algo dentro de mí volvió a despertarse...

—¿Cuándo podremos volver a Nueva York?

—La semana que viene lo más seguro —respondió pasando el brazo por mis hombros, y salimos juntos al aparcamiento—. Me han dado una lista de los nombres de las chicas que rescatamos de Noctumb —me dijo cuando nos sentamos en el coche y se echaba hacia delante, abría la guantera y me tendía una carpeta marrón—. Si te fijas, verás que todas las mujeres, gracias a ti, han vuelto a sus casas.

—Gracias a todos, querrás decir. ¿O es que tú no has tenido nada que ver? —contesté sonriendo.

Me devolvió la sonrisa encogiéndose de hombros.

—Le dedique solo unos cuantos años de mi vida —dijo sonriéndome de oreja a oreja.

Gracias a lo que habíamos hecho, al trabajo en equipo y a todos los años que tanto Sebastian, como Ray y Suarez llevaban esforzándose, se había podido desmantelar la red de tráfico de personas más grande del país. En veinticuatro horas, el FBI había hecho incontables detenciones. La información que habíamos conseguido era crucial y decenas de testigos habían empezado a hablar desde que supieron que Marcus había muerto. El caso había salido en todas las noticias, en todos los periódicos. Los arrestos se habían estado sucediendo sin descanso desde el día anterior y muchísimas mujeres, niños y niñas habían regresado a sus casas después de meses o años desaparecidos.

El daño que se les había hecho no era irreparable, pero les llevaría tiempo recuperarse. En mi cabeza ya había empezado a formarse una idea que no pensaba dejar atrás hasta llevarla a cabo. Crearía una asociación benéfica para casos de secuestro, de violación, de maltrato de mujeres... Mi padre había muerto y, con su muerte, toda su fortuna había pasado a mi hermana y a mí. Mucho de ese dinero se había generado haciendo daño a personas inocentes y era el momento de devolverlo de la mejor manera posible: ayudando a cada una de esas personas a recuperar su vida, a aprender que nada de lo que les había ocurrido había sido culpa de ellos. Las secuelas que dejaba haber pasado por algo así requerirían de un tratamiento psicológico que no era barato y que yo pensaba hacerles llegar como fuera.

Abrí la carpeta y empecé a leer los nombres: Isabella Gutiérrez, diecisiete años; María García, veintitrés años; Sofía Smith, trece años; Gabriel Styles, siete años; Lorena Williams, diecinueve años... La lista era infinita, pero me detuve en cada uno de esos nombres y los recordé con alegría, porque sabía que cada uno de esos nombres tenía una nueva oportunidad para vivir. Para vivir de verdad.

Cuando llegamos al piso franco, Suarez y Ray estaban fuera tomándose una cerveza.

Nos sentamos con ellos y nos quedamos mirando la puesta de sol que en ese momento casi desaparecía por el horizonte. El mar estaba en calma y el ruido del oleaje me transmitió una paz que hacía años que no sentía.

—Nos seguiremos viendo, ¿verdad? —les pregunté cuando el cielo ya se había teñido por completo de un naranja intenso.

Ray se giró hacia mí.

—Estás de broma, ¿no? —preguntó—. Esos brazos flacuchos aún necesitan un montón de entrenamiento.

Todos nos reímos y disfrutamos de una tranquila puesta de sol junto al mar.

Sabía que Ray en el fondo aún seguía teniendo una espinita clavada en el corazón. Había tenido acceso a informes confidenciales de mujeres secuestradas, vendidas o asesinadas y en él no había encontrado la foto de su querida Jessica. Me entristecía saber que para él la lucha aún no había finalizado, pero al menos tenía la satisfacción de haber ayudado a otras muchas mujeres que lo necesitaban tanto como Jessica.

Cuando anocheció, cogí a Sebastian de la mano y con una mirada le pedí que me acompañara.

Todavía no habíamos hablado del tema, pero sí se había desahogado la noche anterior... Nunca lo había visto perder la compostura de esa manera. Se había derrumbado, había llorado por todos: por mí, por su exmujer, por Wilson, hasta incluso por mi padre.

Habíamos llorado juntos hasta quedarnos dormidos, pero no habíamos hablado de lo que había ocurrido en casa de Marcus, y yo sabía que ese tema lo estaba matando por dentro.

—Quiero hacerlo —le dije tirando de él hasta que se sentó en el borde la cama.

—No sé si es buena idea, Marfil —me dijo con la mirada torturada.

—Es la mejor idea que he tenido en mucho tiempo —contesté sonriendo—. No quiero que él sea el último que estuvo dentro de mí —agregué más seria—. Por favor, Sebastian... Quiéreme de la mejor manera... Ayúdame a olvidarlo.

Me cogió por la cintura y apoyó su frente en mi estómago.

—No hay nada en el mundo que desee más. Haría lo que fuera por volver atrás en el tiempo, por impedir que te hicieran daño... Yo...

—Las cosas siempre pasan por algo —dije levantándole la cabeza y mirándolo a los ojos—. Todo lo que he vivido me ha hecho más fuerte, me ha hecho ser quien soy ahora. Y me gusta esta nueva Marfil —añadí con una sonrisa.

Pareció dudar de todos modos y por esa razón decidí dar el paso. Cogí el borde de su camiseta y tiré hacia arriba hasta sacársela y dejarla caer al suelo.

Sus ojos se centraron en el hematoma que aún tenía en las costillas y, cuando creí que iba a decirme que no, que no quería hacerme daño o que todavía no estábamos preparados, se inclinó y me besó justo ahí, con suavidad. Él también estaba para el arrastre, aunque Sebastian parecía ser de ese tipo de hombre que siempre tenía fuerzas guardadas para seguir moviéndose. Supuse que todo su entrenamiento le servía justo para eso, para soportar lo inimaginable.

Sus manos subieron por mi espalda y bajaron hasta mi culo, y lo apretó con fuerza acercando mi abdomen para que pudiera besarlo y lamerlo despacio.

Cerré los ojos disfrutando de sus caricias.

Sus manos se colaron entonces por la falda suelta que llevaba y tiraron hacia abajo dejándola caer.

Levantó la vista y me miró a los ojos antes de cogerme y tirar de mí hasta que quedé tumbada de espaldas, con él encima.

—Te quiero —dijo besándome el cuello—. Si quieres que pare, solo tienes que decírmelo... Por favor, no hagas nada que no quieras hacer —me recordó deslizando su mano por mi estómago, jugueteando con la zona del ombligo y luego introduciendo su mano por mi ropa interior.

Solté un suspiro entrecortado cuando noté sus dedos allí abajo. Estaba húmeda, lo notaba y sabía que solo era por él, por tenerlo ahí conmigo, por sentirlo, por olerlo...

—Dios, Sebastian —solté cuando sus dedos se introdujeron despacio en mi interior. Primero tantearon y luego, al ver mi respuesta, empezaron a entrar y a salir con un ritmo exquisito.

Ya no había miedo, ya no había pensamientos equivocados, solo la mano del hombre al que quería dándome placer.

Me quitó las braguitas y se agachó para besarme al mismo tiempo que sus dedos seguían torturándome de manera exquisita.

Sabía lo que vendría si seguía tocándome así, si seguía colmándome de caricias tan placenteras.

—Para, para —le dije y lo hizo de inmediato, asustado.

—¿Estás bien?

Sonreí para tranquilizarlo.

—Si sigues voy a correrme —dije mordiéndome el labio con fuerza.

—Eso es lo quiero que pase —contestó siguiendo con su tarea. Agarré con fuerza las sábanas e intenté controlar los temblores que empezaban a apoderarse de todo mi cuerpo.

—Juntos, Sebastian —dije cogiéndole la mano para detenerlo—. Quiero que nos corramos juntos, contigo dentro de mí.

Sebastian pareció dudar un segundo, pero finalmente hizo lo que le pedí.

Lo vi desnudarse para mí y necesité de todo mi autocontrol para no suplicarle que me penetrara. No entendía cómo era posible que el miedo hubiera desaparecido por fin. Supongo que tenía que ver con que me había enfrentado a él directamente; me había enfrentado a Marcus y había acabado con él.

Sebastian cogió un condón de la mesilla de noche, se lo puso con mis ojos clavados en su cuerpo escultural y luego se colocó encima de mí.

—¿Estás bien? —me preguntó inclinándose para besarme los pechos. Me quitó el sujetador que aún llevaba puesto y volvió a besarme por todas partes.

Asentí unas cuantas veces hasta que ya necesité que continuara y lo apremié.

—Por favor... —Me estaba volviendo loca.

Me miró a los ojos y fue introduciendo su miembro poco a poco en mí. Estaba tan excitada que ni siquiera me dolió y ese recuerdo...

esa asociación de penetración igual dolor dejó de existir en mi cabeza y pasé a asociarlo solo con el placer.

Cuando vio que no cerraba los ojos y le decía que continuara, empezó a moverse... Dios, no sabéis lo que sentí al tenerlo dentro. Fue algo mágico, una conexión que no se puede comparar con nada. Dos personas unidas en una sola, sus ojos en los míos. Solo importábamos nosotros dos, nadie más, solo importaba el placer, disfrutar, querernos y hacernos felices el uno al otro.

—Joder, Marfil... —susurró en mi oído acelerando el ritmo—. Necesitaba esto... No sabes cuánto...

Su ritmo era lento, profundo; me gustaba, claro que me gustaba, pero en ese instante necesitaba más. Necesitaba saber que no era delicada, que no me iba a romper. Quería sentir que volvía a ser yo misma, fuerte, y que podía hacerlo con mi novio como siempre había deseado hacerlo.

Lo empujé con fuerza y me coloqué encima.

Me sentí poderosa al mirarlo desde arriba, al llevar yo el ritmo.

—Siempre te ha gustado tener el control...

—Me encanta —dije acelerando los movimientos y deleitándome con su cara de placer, con los sonidos que soltaba, con sus manos apretándome con fuerza...

—Vayamos despacio, Marfil —sugirió cerrando los ojos un instante.

—No quiero ir despacio —dije acelerando el ritmo aún más.

Se incorporó y me movió de manera que quedamos ambos sentados, con mis pechos pegados a su pecho. Cuando empezó a moverse, noté el roce en aquella parte tan deliciosa de mi anatomía.

Aceleré el ritmo buscando el orgasmo y él me ayudó, acompasándose a mis movimientos.

Sentí que algo increíble se iba formando en mi interior y me dio hasta miedo por la intensidad con la que se acercaba. Iba creciendo, amenazando con llevarse todo a su paso.

Grité cuando llegué al orgasmo y él me cubrió la boca con la mano para que los chicos no pudieran oírnos.

Le mordí con fuerza y noté que él también se corría. Me mordió el hombro para no emitir sonido y, cuando ambos terminamos, nos dejamos caer sobre la cama. Yo encima y él abrazándome sin querer soltarme.

—Joder... —dijo cerrando los ojos.

—Ha sido...

—Increíble...

—Quiero repetir —dije levantando la cabeza.

Sebastian soltó una carcajada y yo me deleité con las vibraciones que eso provocó en mi interior, ya que aún seguía dentro de mí.

—Cómo voy a decirte que no a eso —contestó riéndose y colocándose encima—. Pero dame tiempo para recuperarme, mujer.

Sonreí al verlo tan feliz. La tristeza aún se apreciaba al final de sus ojos, supuse que en los míos también, pero juntos... Juntos éramos felices. No había nada ni nadie que pudiera negarlo.

Recordé entonces algo que siempre había querido saber y que, cuando nos conocimos, se negó a contestarme.

—Sebastian..., ¿cuántos años tienes? —pregunté con el ceño fruncido.

La carcajada que soltó me contagió con una sonrisa.

—¿A qué viene esa pregunta ahora?

Me encogí de hombros.

—No intentemos analizar cómo funciona mi cerebro, estaríamos aquí horas —contesté sonriendo como una tonta a la vez que le acariciaba la barba incipiente.

Me besó la punta de la nariz con una dulzura inimaginable.

—Tengo treinta y uno —dijo mirándome a los ojos, esperando ver en ellos algún tipo de reacción negativa.

No dije nada por un instante.

—Eres un viejo.

—¿Que soy un qué? —preguntó haciéndome cosquillas en el lado donde no tenía el hematoma.

Me reí y sentí igualmente un poco de dolor.

Él se detuvo en cuanto yo hice una mueca.

—Lo siento, mierda, joder —dijo mirando, asegurándose de que estaba bien.

—Estoy bien... ¿Tú te has visto? Estás peor que yo —dije recuperando la sonrisa—. Así que me sacas diez años...

—Mentales unos cuantos más...

Le di un golpe en el hombro y él se rio.

—¿Te parecen demasiados?

—Tú eres demasiado... —dije besándolo en el cuello—. Demasiado guapo, demasiado bueno, demasiado serio, demasiado sexy...

—Me encanta saber que por fin estamos de acuerdo en algo.

Sonreí y me acurruqué contra su costado. Él nos cubrió con la manta y empezó a acariciarme la espalda con sus dedos.

—Te quiero, elefante —me dijo justo antes de que me durmiera.

—Quiéreme para siempre —le pedí y me dormí.

Finalmente pudimos regresar a Nueva York. Volver a mi ciudad, libre por fin, fue una sensación maravillosa. Mi hermana se había marchado a Nueva Orleans con su madre y su padrastro, quería organizar ella el entierro de nuestro padre. Yo había decidido no asistir.

El diario de mi madre había abierto una herida nueva en mi corazón al leer de primera mano, como si estuviese contándome al oído todo lo que había vivido, todo lo que había sufrido y había tenido que dejar atrás para poder llegar a Estados Unidos. Sus esperanzas, sus sueños, su miedo cuando las cosas se torcieron... en ese diario estaba todo. En él explicaba cómo se había enamorado de mi padre, lo feliz que fue con él durante un tiempo y luego también cómo se torció todo. Cómo después de tenerme a mí las cosas empezaron a cambiar, cómo sus sospechas resultaron ser ciertas, cómo mi padre empezó a engañarla con otras mujeres, cómo le dio su primera paliza...

Fue muy duro y muy triste leer eso, saber lo mal que ella lo había pasado... Me sorprendió muchísimo que el diario hubiese estado escrito en inglés, su idioma materno había sido el ruso y no comprendí el motivo hasta llegar al final. Lo había escrito en inglés por mí, para que pudiera entenderla, para que pudiera saber la verdad.

Al final del todo había una carta.

Leerla, recordarla, a día de hoy, aún consigue que se me salten las lágrimas.

La carta decía lo siguiente:

Querida Marfil:

Mi niña, mi niña preciosa, ¿cómo te explico en palabras lo feliz que me hace ser tu madre, lo que me enorgullece saber que eres tan parecida a mí? Con solo cuatro años demuestras aptitudes increíbles para la danza y tus preciosos ojos verdes se iluminan cada vez que te pones el maillot. Eres todo lo que siempre soñé, eres todo lo que siempre quise. Escribo esta carta para que si algún día yo te faltara siempre puedas acudir a ella en busca de consuelo.

Escribo esta carta para decirte, para pedirte, más bien, que nunca dejes de soñar ni de luchar por lo que quieras hacer en esta vida. Nunca dejes que nadie te quite esa luz que llevas contigo a todas partes. Nunca dejes que este mundo, por muy malo que sea, cambie el alma preciosa que sé que llevas dentro y te hace ser quien eres.

Yo he intentado por todos los medios ser la mejor madre para ti. Lo único que deseo en esta vida es verte feliz, verte crecer sana y saber que el día de mañana llegarás a convertirte en una mujer de la cabeza a los pies.

Por esa misma razón he decidido marcharme... No sé cuánto tiempo podré alejarme de tu padre. No sé cuánto tiempo podré protegerte de lo que sé que oculta tras tanta riqueza y tras todas esas cosas que en un principio hicieron que perdiera la cabeza por él. No sé cómo terminará esto, ni siquiera sé si llegaré a sacarte de esta casa alguna vez, pero solo quiero que sepas que todo lo que hago lo hago por ti.

Si cuando leas esta carta yo ya no estoy contigo, significa que los planes no salieron del todo bien, pero que al menos, los pensamientos y recuerdos que hay en este cuaderno están en las mejores manos: en las tuyas.

Yo siempre estaré contigo, Marfil. Siempre estaré contigo cuando bailes, porque sé que llegarás a ser una bailarina increíble. Estaré contigo cuando llores o cuando te sientas perdida, porque eso es lo que hacemos las madres: estar ahí incluso cuando ni siquiera podemos estarlo.

Te quiero mucho, pequeña. Gracias por hacer que me sintiera completa. Gracias por darme una razón para arriesgarlo todo, incluso mi vida.

Te quiero, nunca lo olvides.

MAMÁ

Supe entonces que su muerte no había sido un atraco, que su muerte no había tenido nada que ver con que le robaran un anillo. Mi padre la había mandado matar cuando descubrió que había huido conmigo.

Y saber eso terminó por romper todos los lazos que aún me habían atado a aquel hombre.

—¿Estás contenta de volver a tu piso? —me preguntó Sebastian dejando el coche en el aparcamiento.

Ver Central Park a lo lejos me puso muy contenta. Volver a casa, a mi casa, me hacía muy feliz... Pero más feliz me hizo abrir la puerta y encontrarme a tres de mis seres preferidos esperándome con una sonrisa entusiasma.

El primero que llegó a mi lado fue Rico, saltó a mis brazos y empezó a lamerme toda la cara con entusiasmo. Lo abracé contra mi pecho y lo besé en la cabeza, para después dejarlo en el suelo y correr a echarme en brazos de mis dos mejores amigos.

Liam y Tami me acogieron mientras que yo me echaba a llorar como una magdalena.

—Voy a llevar a Rico a dar una vuelta —dijo Sebastian a mi espalda y supe que lo hacía para darme la intimidad que necesitaba con ellos.

Nos sentamos en el sofá y charlamos durante horas. Me escucharon con horror cuando les conté todo lo que había pasado. Liam me abrazó todo el tiempo, con su mano rodeando mis hombros, y Tami se quedó sentada en frente de mí sin soltarme la mano en ningún momento.

Los quería tanto... Ellos eran mi verdadera familia.

—Sabíamos que algo iba muy mal cuando te vimos en la fiesta de cumpleaños —dijo Tami con sus ojos azules abiertos como platos.

—Era imposible que tú estuvieses saliendo con un capullo integral como ese. Nada cuadraba y tenías la mirada perdida. No estabas allí, Mar —contó Liam mirándome a los ojos—. Me alegra saber que esa luz que siempre has desprendido ha regresado a tus ojazos.

Sonreí como una tonta y lo besé en la mejilla.

Seguimos hablando hasta que Sebastian regresó a las tres horas con Rico a cuestas.

—Se ha cansado y he tenido que traerlo en brazos, ¿os lo podéis creer? —dijo soltándolo en el sofá y sentándose en frente de nosotros.

Entonces Liam se puso de pie y fue hasta donde él estaba.

—Gracias por todo lo que has hecho por ella, Sebastian —dijo tendiéndole la mano—. Te pido disculpas por lo capullo que fui contigo al principio...

Sebastian le estrechó la mano y sonrió quitándole importancia.

—Ser capullo está en tu naturaleza, no se puede luchar contra eso.

Todos nos reímos y vi en Tami una mirada nostálgica que me preocupó.

Cenamos pizza los cuatro juntos y al rato mi amiga se puso de pie sacudiéndose las manos en su vestido color blanco.

—Debería regresar ya... —dijo sin poder evitar lanzarle una mirada a Liam, mirada que duró solo unos segundos—. Mañana regreso a Londres.

—Tami, ¿cuándo piensas volver? —le pregunté sin poderme creer que de verdad se hubiese mudado—. Nunca te gustó Londres...

—Allí es donde debo estar —dijo inclinándose para darme un beso en la mejilla.

Miré a Liam, que no le quitaba los ojos de encima, y sentí un pinchazo en el corazón.

Esos dos tenían que estar juntos... ¿Acaso no sentían lo que sentíamos el resto cuando veíamos cómo se miraban?

—Tamara... —dijo Liam consiguiendo que ella se detuviera en el camino hacia la puerta. Nunca había oído a nadie llamarla por su nombre completo—. No te vayas..., por favor —suplicó mi amigo acercándose a ella.

Tami dio un paso hacia atrás, asustada y triste.

—Ya hemos hablado de esto...

—Me importa una mierda lo que hayamos hablado —dijo Liam cortando la distancia que los separaba y cogiéndole la cara entre sus manos—. Por favor, quédate conmigo. No te vayas...

Tami negó con la cabeza, las lágrimas inundaron sus ojos.

No entendía nada. ¿Qué demonios ocurría?

Liam negó con la cabeza y la soltó, dando dos pasos hacia atrás.

—Lo que nos estás haciendo no tiene justificación ninguna... —dijo Liam con el enfado adueñándose de todo su ser—. Si te vas ahora, no vuelvas... No vuelvas a buscarme porque ya no estaré esperándote.

Mi mirada se cruzó con la de Sebastian, que parecía lamentar lo que veía tanto como yo... y también parecía ocultar algo más.

¿Él sabía lo que ocurría?

Tami sonrió con tristeza.

—Nunca te pediría que me esperaras, Liam —dijo abriendo la puerta y girándose hacia mí—. Me alegra saber que estás a salvo, amiga... Te quiero, adiós.

Y se marchó.

Liam volvió al sofá y se dejó caer allí, destrozado.

—Liam...

Negó con la cabeza y soltó una maldición.

—No entiendo nada... —dijo pasándose la mano por la cara—. Sé que hay algo que me oculta. Sé que hay algo que no quiere decirme por miedo a mi reacción... ¿Tú sabes algo? ¿Recuerdas algo que haya podido pasar cuando era pequeña? ¿Algo que haga que se comporte así conmigo?

Negué con la cabeza intentando hacer memoria...

—Solo sé que cuando estábamos en noveno curso se puso enferma... Estuvo muchos meses sin venir a clase y cuando regresó... ya no era la misma.

Liam me miró fijamente.

—No era la misma ¿en qué sentido?

Me encogí de hombros.

—No sé decirte... Cambió. Intenté hablar con ella, pero se cerró en banda. Durante meses no quiso hablar con nadie y finalmente lo dejamos correr.

Esa información pareció calar en Liam poco a poco. Parecía que quería quedarse conmigo horas para sonsacarme todo lo que pudiera recordar, pero miró a Sebastian, luego fijó su mirada en las heridas de mi cara y supuse que también en mi cansancio, y lo dejó correr. Hablaría con Tami de esto y luego con él, los ayudaría si estaba en mi mano hacerlo.

Liam se quedó con nosotros un tiempo más, pero finalmente se levantó y se despidió. Le dio la mano a Sebastian y luego me abrazó con fuerza haciéndome girar como siempre hacía.

—Cuídate, por favor —me pidió besándome en la cabeza—. No nos des más disgustos, anda.

Asentí. Odiaba ver que estuviera tan triste.

Cuando nos quedamos solos, me giré hacia Sebastian.

—Tú sabes algo —lo acusé con un dedo.

Sebastian negó con la cabeza.

—Sé lo mismo que tú —contestó atrayéndome hacia él y abrazándome con fuerza.

—Mentiroso —dije contra su camisa.

—Algún día lo sabremos por boca de Tami, no antes.

Y entendí lo que quería decir. No hay que forzar a nadie para que confiese, haga o diga algo que no está preparado para hacer.

Todo a su tiempo.

Sebastian y yo nos metimos en la cama bastante tarde y, al mirar los rascacielos desde allí arriba, desde mi ático, comprendí que por fin todo parecía haber vuelto a la normalidad...

Pero ¿a qué llamamos normalidad?

¿A dormir en nuestra cama? ¿A cocinar en nuestra cocina? ¿A ir al cine los miércoles? ¿A querer a las personas que siempre hemos querido? ¿Era normalidad lo que todos buscábamos a lo largo de la vida...?

Miré a Sebastian, que dormía profundamente a mi lado...

A mí la normalidad me aburría.

Me levanté de la cama y fui hasta el baño. Cogí un vaso de agua y me acerqué hasta donde Sebastian dormía como un tronco.

Con una sonrisa, dejé que el agua le cayera por la cara y lo despertara en el acto.

Me cogió por la muñeca y me tiró encima de la cama.

—¡¿Qué demonios haces?!

Me reí a carcajadas.

—Te la debía, ¿recuerdas? —dije intentando zafarme de su agarre—. Quiero seguir entrenando. Quiero seguir luchando. Quiero seguir creciendo. ¡Quiero ser la mejor!

—¿Y tiene que ser a las cuatro de la madrugada? —me preguntó incrédulo.

—¿Se te ocurre algo mejor para hacer a las cuatro de la madrugada? —contesté con segundas.

—¿Qué tal dormir?

—No buscaba esa respuesta...

—Eres incorregible —me dijo sujetándome los brazos detrás de mi cabeza.

—Esa tampoco era la resp... —Su boca se estrelló contra la mía con fuerza y empezamos entonces otro tipo de entrenamiento... En este también se sudaba en exceso, la técnica era importante llevarla con precisión, pero la ropa, en este caso, sobraba. Y los «te quiero» eran una obligación.

36

SEBASTIAN

Dos meses despúes...

Algo no iba bien... No me preguntéis cómo lo sabía, pero lo sentía
en todas las terminaciones de mi cuerpo. Habían pasado ya dos
meses desde que Marcus había muerto, dos meses desde que habíamos recuperado nuestra vida. Marfil había vuelto a la universidad,
se la veía feliz y contenta, era la chica de antes, o al menos casi la
misma.

Pero yo sentía que había algo en el aire. Se estaba gestando algo
que no me gustaba, que no me dejaba dormir.

Había vuelto a cargar el arma y la había vuelto a guardar en
la mesilla de noche. Había vuelto a seguir a Marfil cada vez que salía de casa. Ella no lo sabía, claro, no quería asustarla, pero no me
fiaba de dejarla ir y venir sola.

Había hablado con Suarez y con Ray. Había hablado con Carol.
Ninguno había obtenido ningún dato sospechoso, nada que se saliera de lo normal...

Y entonces, ¿por qué tenía esa sensación de que todo se iba a ir a la mierda en cualquier momento?

¿Por qué tenía la sensación de que nos vigilaban?

Regresé a casa después de dejar a Marfil en la universidad intentando convencerme de que me estaba volviendo paranoico, de que nada iba a ocurrirle. Habíamos acabado con todos... Aunque, ¿qué implicaba la palabra «todos»?

Aún quedaban muchos por juzgar, no estaba todo cerrado...

Cuando llegué al piso, sentí que algo no iba bien. Encontrarme con la puerta abierta fue suficiente razón para que desenfundara el arma.

Al entrar vi que todo estaba patas arriba. Lo habían destrozado todo.

«Mierda.»

Recorrí el apartamento hasta asegurarme de que estaba solo, de que nadie se escondía en ninguna parte.

Encontré a Rico debajo de la mesa, temblando.

—Ven aquí, pequeño —dije cogiéndolo en brazos—. Tranquilo...

Saqué el teléfono móvil y marqué el número de Marfil.

—¡Hola! —exclamó con su tono alegre de siempre.

—Quédate donde estás, voy a buscarte.

—¿Qué ha pasado? —preguntó cambiando el tono automáticamente.

—Quédate donde estás... No hables con nadie y no salgas fuera. Estaré allí en veinte minutos.

—Sebast... —empezó a decirme, pero corté.

Alguien me había dicho una vez que la mafia era una hidra de mil cabezas: si le cortabas una, le crecía otra sin más.

Y tenía todas las sospechas de que eso era exactamente lo que estaba a punto de pasar.

Epílogo

MARFIL

Dos años después...

Acabar en el programa de protección de testigos había sido duro, no os voy a engañar. El final feliz que yo había dibujado en mi cabeza nunca llegó a realizarse. Solo conseguí dos meses de normalidad tras la muerte de Marcus, pero después de él... Después de él alguien terminó ocupando su lugar. Supongo que acabar con la mafia, acabar con ella del todo, es algo imposible y, si vas contra ella, esta nunca te deja libre.

Aun me costaba asimilar esa palabra, que no era del todo libre y probablemente nunca lo sería. Había tenido que cambiar mi identidad. Había tenido que cambiar de residencia. De hecho, ya no vivía en Nueva York, sino en un pueblecito lejano en Montana, rodeada de campo. No es que me disgustara, pues amaba la naturaleza y ahí tenía incluso mis propios caballos, pero lo que no llevaba nada bien, o al menos lo que no había llevado nada bien, era la obligación de alejarme, la obligación de hacer algo que no quería a causa de terceros.

Sebastian también lo había llevado bastante mal, aunque más por mí que por él. Si no fuera porque aún seguíamos juntos, no sé qué habría hecho. Me entristecía saber que no podía acercarme a mis amigos, que no podía tener contacto directo con las personas que quería por miedo a perjudicarlas, por miedo a hacer que las mataran.

Mi hermana y su familia también habían tenido que cambiar de identidad. Nos veíamos una vez cada tres meses y lo hacíamos con mucho cuidado para que no nos viesen juntas. Las hermanas Cortés teníamos una diana en la cabeza, había recompensa por matarnos y eso era algo que aún me provocaba pesadillas: despertarme un día y que me dijeran que mi hermana había muerto.

Gabriella no lo llevaba del todo mal. Había empezado en un instituto nuevo, por fin estaba viviendo una vida normal; había tenido que dejar el internado y lo último que supe de ella es que estaba saliendo con el capitán del equipo de fútbol de su instituto.

Por mi parte, también intenté buscar mi propia normalidad. Abrí una escuela de ballet en el pueblo al que ya se habían apuntado más de veinte niñas. En unas semanas empezaría a darles clases, que preparaba con ilusión.

El sueño de ser *prima ballerina* había quedado sepultado ya hacía muchos años, pero enseñar... Enseñar me encantaba y saber que iba a ser la directora de mi propio estudio de baile me llenaba de alegría.

Sebastian trabajaba en el gimnasio del pueblo, enseñaba autodefensa personal y preparaba a casi treinta chicos para competir en artes marciales. En un pueblo como ese, tener un profesor tan cualificado era una joya que todos habían recibido con entusiasmo. Y Sebastian, con tanto entrenamiento, no podéis imaginaros cómo estaba... Madre mía.

Adoraba la rutina que habíamos creado juntos. Sebastian ya estaba más que acostumbrado a mis locuras, a mis arrebatos, a mis cambios de humor y a mi manera de ser en general. Él, en cambio, era la roca sólida en la relación, el estable, el fuerte, el hombre de mi vida.

Lo quería con locura, estaba tan enamorada que ya nada me importaba. Todo lo que había ocurrido me había llevado a quererlo como lo quería y para mí, para alguien que siempre lo tuvo todo, pero que en realidad le faltó lo más importante, eso era más que suficiente.

Me pasé la mano por la frente y me peleé con el relleno que estaba intentando cocinar. Hacía tres años desde que nos habíamos conocido y desde que, para mí, nos habíamos vuelto locos el uno por el otro. Aunque yo me volví más loca que él al principio, ese detalle nos lo podemos saltar.

Se me había ocurrido la genial idea de hacerle la cena. Nunca hacía tal cosa, Sebastian era el que se encargaba de alimentarme y yo lo dejaba gustosa, pero me apetecía hacer algo especial para él.

—¿Qué demonios estás haciendo? —oí una voz a mis espaldas.

Me giré sobre mí misma y, al hacerlo, resbalé con un poco de jugo de arándanos que había en el suelo. Me agarré enseguida a la encimera, aunque él, con dos zancadas, ya me tenía sujeta por el brazo izquierdo, impidiendo que me rompiera la crisma.

—¡Te hago la cena!

Sebastian maldijo entre dientes y dejó su bolsa de deporte en el suelo.

—¡¿Qué habíamos hablado sobre esto?! —me dijo furioso, mirando a su alrededor, al desastre apoteósico de la cocina, el suelo, las encimeras...

—Era una sorpresa...

—Acordamos que no entrabas aquí si no estaba yo presente, ¿me equivoco?

Miré al suelo un segundo. Odiaba que me echara la bronca.

—¿Cómo pretendes que te haga la cena si no se me permite entrar en la cocina?

—No me haces la cena. Punto —dijo soltándome y mirando alrededor—. Mira la que tienes montada, elefante.

Miré lo que él veía y sonreí.

—A esta cocina le hacía falta un poco de vida —dije tirando de su camiseta y atrayéndolo hacia mí. Me daba igual que mis manos estuviesen manchadas de harina, no me importaba ni cómo tenía el pelo, ni la cara, ni siquiera la ropa que llevaba. Él me quería como era, así, tal cual, y lo adoraba por eso.

Sus manos me apretaron el culo y me atrajeron hacia su cuerpo escultural.

—¡Feliz aniversario! —dije divertida.

Puso los ojos en blanco.

—Hoy no es nuestro aniversario, Marfil —me comunicó resoplando.

—Que para ti nuestro aniversario sea la primera vez que nos besamos, no significa que para mí no pueda ser la primera vez que nos vimos.

—¿Qué persona pone como fecha de aniversario la primera vez que ve a la otra?

—Yo, que creo en el amor a primera vista —dije besándolo en los labios.

Su lengua me recorrió la boca entera y sentí que mi cuerpo se excitaba sin poder hacer nada por evitarlo.

—Si nuestro aniversario tuviese que ser la primera vez que nos vimos, entonces tampoco sería hoy. La primera vez que te vi fue en Central Park, cuando corrías de noche y no me viste venir...

Me quedé callada un segundo.

Ostras, tenía razón.

Me acababa de descuadrar dos años de aniversario.

Sebastian soltó una carcajada y volvió a besarme.

—Elije la fecha que tú quieras, elefante. Yo no necesito marcas en el calendario para celebrar lo mucho que te quiero —me dijo levantándome y sentándome en la encimera.

Sentí que mi corazón se derretía.

—Qué bonito eso que me has dicho —dije atrayéndolo hacia mí y besándolo una, dos, tres veces.

—En el fondo soy un romántico, y lo sabes.

Eso era una mentira como una casa.

—¿Qué diantres estás cocinado, si se puede preguntar? —me dijo mientras su boca empezaba a recorrer mi cuello con la lengua. No sé cómo lo hacía, pero sabía exactamente dónde besarme para que todo mi cuerpo se activara al segundo.

—Algo con carne y arándanos —respondí distraída, cerrando los ojos cuando sus manos me apretaron por la espalda pegándome a él.

—Suena delicioso —dijo en un tono irónico que decidí ignorar—. Pero prefiero cenarte a ti en vez de eso que ya empieza a quemarse en el horno...

Abrí los ojos al mismo tiempo que el humo llegaba a mis sentidos.

Lo aparté y me bajé corriendo para abrir el horno y comprobar que, en efecto, se había quemado la carne que había puesto allí hacía una hora.

—¡Mierda! —exclamé inclinándome para sacarla.

—¡Ponte los guantes! —me detuvo tirando de mí hacia atrás y evitando que me quemara la palma de la mano—. Déjame a mí, por favor —dijo manipulando el horno, apagándolo o lo que fuera. Sacó la carne, la dejó sobre la encimera, se cercioró de que no había nada más que estuviese encendido y entonces se giró hacia mí.

—Vas a tener que compensarme por este estropicio que has hecho, lo sabes, ¿no? —me dijo acercándose hacia mí como cuando un león acecha a su presa—. Vas a tener que hacer un trabajo de sobresaliente para que mi mente se despeje y no entre en pánico al pensar en cómo está todo esto...

Llegó hasta a mí y me empujó contra la pared cuando sonreí divertida.

—¿Tu mente obsesiva compulsiva no va a dejar que te concentres?

—Exacto —dijo tirando de mi camiseta por la cabeza y dejándome desnuda de cintura para arriba. Sus manos me apretujaron los pechos con fuerza y su boca se apoderó de la mía una vez más—. Vas a tener que poner todo tu empeño en conseguir que no te deje en la cama y te haga esperar a que todo esté reluciente antes de que pueda prestarte algo de atención.

Solté un suspiro entrecortado cuando empezó a besuquearme el pecho. Sus dientes me mordieron el pezón con fuerza y ya perdí el hilo de mis pensamientos.

—Era el plan desde el principio... —dije soltando un suspiro entrecortado cuando vi que se agachaba y me bajaba los pantalones con las bragas incluidas.

—¿Que tenga que poner especial empeño en esto para no distraerme con todo lo demás?

—¡Exacto! —grité cuando su boca me deleitó con toda su sabiduría—. Joder...

Introdujo sus dedos en mi interior y perdí el sentido. Había descubierto tantas cosas de mi cuerpo estando con él... En realidad, él me había enseñado todo lo que tenía que saber con sus malditos dedos mágicos. Me conocía tan bien que sabía exactamente las teclas que tenía que tocar para volverme loca.

Pero eso es el amor, ¿no? Conocerte tan bien que una simple caricia pueda hacer que pierdas la razón... Conocerte tan bien, tanto por dentro como por fuera, que sepas de qué hilos tirar para conseguir la mejor sonrisa de todas, incluso si para hacerlo tienes que arriesgarte a incendiar la cocina.

Vi que se apartaba de mí y miraba de reojo la cocina.

Solté una carcajada.

—Salgamos de aquí —dije tirando de su mano y llevándolo de espaldas a la puerta—. No quiero que te dé un cortocircuito mental o algo parecido.

Sebastian me siguió, cerró la puerta de la cocina y me levantó en volandas hasta cruzar el pasillo que llevaba a nuestra habitación.

—El cortocircuito mental es el que te voy a dar yo dentro de cinco segundos, Marfil —añadió llamándome por mi nombre de aquella forma tan sexy que solo conseguía cuando estábamos cachondos perdidos.

Cerró la puerta de una patada y me tiró sobre la cama.

—¿Preparada para celebrar nuestro no aniversario por todo lo alto?

Sonreí divertida.

—Preparadísima.

Agradecimientos

Ay ¡si yo os contara lo que me ha costado terminar este libro! Con #ENFRENTADOS quería darle una vuelta a todo lo que había escrito hasta ahora. Quería sumergirme en una trama intensa, con acción, llena de peligros y, sobre todo, con mucho romance. A pesar de que lo he acabado —¡no sé cómo y encima en tan poco tiempo!—, sé que no habría sido posible sin la ayuda y el apoyo de la gente que me cuida y me quiere, tanto por parte de la editorial como por parte de mi familia y amigos.

Por primera vez desde que he empezado a escribir, he vivido en mis propias carnes eso que oímos que a veces les pasa a los escritores y que rezamos porque a nosotros no nos toque: el famoso bloqueo del escritor.

Fue una odisea intentar salir del bloqueo sabiendo que había tanta gente esperando este libro, sabiendo que la fecha de entrega se acercaba y respondiendo con evasivas cada vez que alguien me preguntaba: «¿Estás escribiendo?» «¿Cuánto te falta?» «¿Puedo leer algo?».

Ha sido duro, pero al mismo tiempo ha sido algo que tenía que vivir, algo que me ha demostrado que, a pesar del bloqueo, a pesar de que mi mente no estaba por la labor, se puede salir de ahí y encima acabar con una historia que es justo lo que yo quería que fuera.

Empezaré dando las gracias a Penguin Random House, por decirme cada día que ¡quieren más de Mercedes Ron! Este año he tenido la oportunidad de conoceros mucho mejor, de quedarme con muchos nombres, de ponerle cara a los correos electrónicos y solo os puedo decir que sois un equipo genial. Me encanta la familia que formáis y cómo os coordináis. Si no fuera escritora, creo que me hubiese encantado hacer eso que hacéis: dar forma a historias increíbles y convertirlas en su mejor versión. Mis libros no serían nada sin todo el trabajo que le ponéis y el cariño que les dedicáis. ¡Gracias de verdad!

Gracias en especial a Ada y Rosa, mis editoras, por no querer matarme cuando os pedía un poco más de tiempo y luego un poco más. Por ser un amor conmigo y ayudarme en todo lo que os pido.

Gracias a Conxita y a Alba, por querer llevar *Culpables* a niveles que siempre soñé con alcanzar, pero que creí que era imposible conseguir. Saber que todos mis libros van a ser traducidos al francés ya me vuelve loca, pero si encima añadimos las ganas que todos tenemos de que *Culpa mía* llegue a la gran pantalla, la locura se multiplica por mil. ¡Crucemos los dedos porque algún día ese sueño se haga realidad!

Gracias también a Manuel y a Nuria, por organizarme mi primera gira de firmas con tanto cariño y paciencia. Sois la organización en persona, lo opuesto a lo que soy yo, y no sé qué hubiese hecho sin vosotros.

Gracias a mi prima Bar, creo que ya todos te conocen, porque no sé qué haría sin ti. Gracias por leerme, por ayudarme, por aconsejarme y por ponerle tanto cariño a todo lo que escribo. De verdad que eres la mejor lectora cero que alguien puede llegar a tener.

Gracias a mi familia. Gracias a mi padre, por ayudarme en todo lo que no entendía, por hacerme ver que el final *happy flower* que tenía pensado no era realista y que era necesario cambiar; creo que muchos te van a odiar, pero el final era el que debía ser. Gracias a mis hermanas, por el entusiasmo que desprenden y porque por fin ya se han leído todos mis libros o bueno, casi. Pero sobre todo gracias a mi madre, por ser mi mejor amiga, por quererme tal y como soy y por ser la mejor madre del mundo. No sé qué haría si no estuvieses en mi vida.

Quiero dar también las gracias a mis amigas, a todas ellas por llenarme de consejos, por alegrarse de todos mis logros. No sabéis lo que disfruto escuchando vuestras historias, cada una de vosotras se merecería tener una novela con su nombre en la portada. Soy muy afortunada por teneros. ¡Os quiero más de lo que os podáis imaginar!

Y, por último, gracias y mil gracias a ti, que estás leyéndome. Espero haberte hecho disfrutar con esta historia. Sé que has sufrido un poco a lo largo de estas páginas, pero si no hubiese algo de drama en mis novelas, no serían mis novelas. De verdad, gracias por hacer que este sueño siga siendo posible.

ENAMÓRATE DE LAS SAGAS DE MERCEDES RON

Culpables

  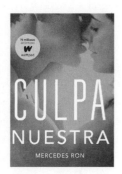

Enfrentados

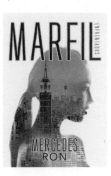 

Dímelo